民國滬上初版書·復制版

中國婦女文學史綱

梁乙真 著

上海三联書店

图书在版编目(CIP)数据

中国妇女文学史纲 / 梁乙真著. ——上海:上海三联书店,2014.3

(民国沪上初版书·复制版)

ISBN 978-7-5426-4651-4

Ⅰ.①中… Ⅱ.①梁… Ⅲ.①妇女文学—文学史—中国 Ⅳ.①I209

中国版本图书馆 CIP 数据核字(2014)第 038257 号

中国妇女文学史纲

著　　者 / 梁乙真

责任编辑 / 陈启甸 王倩怡

封面设计 / 清风

策　　划 / 赵炬

执　　行 / 取映文化

加工整理 / 嘎拉 江岩 牵牛 莉娜

监　　制 / 吴昊

责任校对 / 笑然

出版发行 / 上海三联书店

(201199)中国上海市闵行区都市路 4855 号 2 座 10 楼

网　　址 / http://www.sjpc1932.com

邮购电话 / 021-24175971

印刷装订 / 常熟市人民印刷厂

版　　次 / 2014 年 3 月第 1 版

印　　次 / 2014 年 3 月第 1 次印刷

开　　本 / 650×900　1/16

字　　数 / 342 千字

印　　张 / 28.25

书　　号 / ISBN 978-7-5426-4651-4/I·838

定　　价 / 135.00 元

民国沪上初版书·复制版

出版人的话

如今的沪上，也只有上海三联书店还会使人联想起民国时期的沪上出版。因为那时活跃在沪上的新知书店、生活书店和读书出版社，以至后来结合成为的三联书店，始终是中国进步出版的代表。我们有责任将那时沪上的出版做些梳理，使曾经推动和影响了那个时代中国文化的书籍拂尘再现。出版“民国沪上初版书·复制版”，便是其中的实践。

民国的“初版书”或称“初版本”，体现了民国时期中国新文化的兴起与前行的创作倾向，表现了出版者选题的与时俱进。

民国的某一时段出现了春秋战国以后的又一次百家争鸣的盛况，这使得社会的各种思想、思潮、主义、主张、学科、学术等等得以充分地著书立说并传播。那时的许多初版书是中国现代学科和学术的开山之作，乃至今天仍是中国学科和学术发展的基本命题。重温那一时期的初版书，对应现时相关的研究与探讨，真是会有许多联想和启示。再现初版书的意义在于温故而知新。

初版之后的重版、再版、修订版等等，尽管会使作品的内容及形式趋于完善，但却不是原创的初始形态，再受到社会变动施加的某些影响，多少会有别于最初的表达。这也是选定初版书的原因。

民国版的图书大多为纸皮书，精装（洋装）书不多，而且初版的印量不大，一般在两三千册之间，加之那时印制技术和纸张条件的局限，几十年过来，得以留存下来的有不少成为了善本甚或孤本，能保存完好无损的就更稀缺了。因而在编制这套书时，只能依据辗转找到的初版书复制，尽可能保持初版时的面貌。对于原书的破损和字迹不清之处，尽可能加以技术修复，使之达到不影响阅读的效果。还需说明的是，复制出版的效果，必然会受所用底本的情形所限，不易达到现今书籍制作的某些水准。

民国时期初版的各种图书大约十余万种，并且以沪上最为集中。文化的创作与出版是一个不断筛选、淘汰、积累的过程，我们将尽力使那时初版的精品佳作得以重现。

我们将严格依照《著作权法》的规则，妥善处理出版的相关事务。

感谢上海图书馆和版本收藏者提供了珍贵的版本文献，使“民国沪上初版书·复制版”得以与公众见面。

相信民国初版书的复制出版，不仅可以满足社会阅读与研究的需要，还可以使民国初版书的内容与形态得以更持久地留存。

2014 年 1 月 1 日

梁乙眞著

中國婦女文學史綱

中華民國廿一年九月初版

例言

一、本書係將中國歷代女作家及其作品加以系統的整理。上起周代，下迄清末，並詳其史實，辨其源流，爲一種文學史與文學讀本之混合書。

一、本書於敍述各個時期之文學時，先詳其時代社會之背景，然後再敍述各個作家之歷史與其作品。

一、本書於敍述中國婦女文學源流中，注重標示中國各種文學之優點劣點，及各作家之作風有無受他家（指男文學家）之影響與暗示。

一、本書敍述時側重於平民的及無名作家之作品，對於貴族的及宮庭文學，則多從簡略。例如敍述魏晉六朝之子夜吳聲以及木蘭北歌，其詳乃十倍於左嬪之賦蘇蕙之詩。

一、本書編次依時代爲序，然以敍述之便，或母女姑媳相從，或以詩派相近及同社同門者爲一類，並不拘於一格。

一、女子言行，有失之迂腐，不合現代生活；或流於迷信，不脫神權思想者，則編者依時代眼光，加以適切之批評。但饒有文學興味之神話（如青溪小姑華山畿）則不在此例。

一、讀書最難是選書，本書於每章之後，附有參考書目，足爲讀者作進一步的導引。

一、清代婦學號稱極盛，且詩文專集可考較多，但以篇幅所限，不能詳述。拙著清代婦女文學史，敍述較詳，讀者可參閱也。

目錄

第五章　五代宋遼婦女文學之中衰……二五〇

第一章　古代婦女文學之淵源

詩之發生，源於歌謠，而歌謠之興，又常在文字未發生之前。蓋民生而有悲愉之情，情性所至，自然流露，詩序所謂「情動於中，而形於言，言之不足，故嗟歎之；嗟歎之不足，故詠歌之；詠歌之不足，不知手之舞之足之蹈之也。」考世界文學之歷史，其起源皆在人類能寫作文字之前，戰士之呼喊與跳舞，祈禱之歌聲與禱詞，乃最古文學。其起源正與詩序所云同也。

中國太古之歌謠，見於記載者，擊壤（帝王世紀）康衢（列子）乃爲最古。沈德潛古詩源例言曰：「康衢擊壤，肇開聲詩。」然諸書皆後人所記，不盡可以爲信也。

古詩歌之可信者，其爲詩經乎。詩經一書，乃孔子所選錄，均姬周時之里巷歌謠與朝廟樂章，凡三百五篇，分國風、小雅、大雅、雅頌四體。其時代約自文王至定王之世，（約西前一一五〇——六〇〇）乃一部最完美之古代詩歌集。吾人研究古代文學者，當以此爲準，而婦女文學，亦當以此爲可信也。

第一節　邃古婦女文學之傳說

詩經以前之婦女文學，相傳有皇娥之清歌。然清歌爲王嘉僞造，昔人早已言之矣。西王母歌辭，雖見穆天子傳，但亦後人依託，不盡可信。然載籍相傳，由來已遠。且皇娥及西王母故事，又爲民間所習知，吾故敍之，置於傳說一類；然不可盡據以爲信也。

一　皇娥清歌之依託

皇娥戲白帝而生少昊，其故事乃由神話而進於傳說矣。

昔者初民，見天地萬物，變異不常，其諸現象，又出於人力所能以上，則自造衆說以解釋之。凡所稱述，今謂之神話。神話大抵以神格爲中樞，如女媧氏補天造人（註一）之類是也。迨神話演進，則爲中樞者漸近於人性，凡所敍述，今謂之傳說。傳說中樞，或爲神怪之人，或爲古英雄，其奇才異能神勇，爲凡人所不及，而由於天授，或有天相者。簡狄吞燕卵而生商，青虹繞神母而生庖犧，（註二）皆其例也。皇娥故事，亦爲此類。

皇娥嫘祖，少昊母也。夜處璇宮而織，晝乘桴木而遊，歷窮桑滄茫之浦。時有神童，容貌絕俗，稱爲白帝子，與皇娥讌戲，並坐，撫桐峯梓瑟，皇娥倚瑟而作清歌，帝子答焉。及皇娥生少昊，號曰窮桑氏。皇娥之歌曰：

天地清曠浩茫茫，萬象迴薄化無方。晗天蕩蕩望蒼蒼，乘桴輕漾著日傍。當期何所至窮桑，心知和樂悅未央。

此歌純爲七言古體。考七言之作，始自漢武帝之柏梁臺詩。（註三）柏梁以前，雖有華封、擊壤、箕山、大道、秋水、獲麟、南山、采葛、婦成人、易水諸歌，俱七言，然僅乃斷句，體非全篇。皇娥去漢二千餘年，何得有此純乎之七言古也。沈德潛古詩源謂爲晉王嘉僞撰，誠是。鍾伯敬亦疑此歌，然謂「奇渾高妙，自非漢以下所辦」（名媛詩歸）此亦昧於文學進步之自然程序而未爲詳考也。

（註一）女媧氏鍊石補天故事，見淮南子及列子湯問篇；其造人故事，見繹史引風俗通曰：「俗說天地初開闢，未有人民。女媧摶黃土爲人，劇務力不暇，及乃引繩絙泥中，舉以爲人。故富貴賢知者，黃土人也；貧賤凡庸者，引絙人也。」按此故事，至今猶流傳民衆口中。

（註二）王嘉拾遺記：「春皇者，庖犧之別號；所都之國，有華胥之洲，神母遊其上，有青虹繞神母，久而方滅，即覺有娠，歷十二年而生庖犧。」

（註三）武帝元封三年，（西紀前一〇八）作柏梁臺，召羣臣二千名，有能爲七言詩者，乃爲上坐；是七言之始。

二　北音南音之起

古有四音曰「東西南北。」北音與南音最先，且皆起自婦人也。

北音者簡狄所作，其故事即前所謂「簡狄呑燕卵而生商」也。呂覽音初：「有娀氏有二佚女，爲之九成之臺。飲食必以鼓。帝令燕往視之，鳴若謚隘。二女愛而爭搏之，覆以玉筐。少選，發而視之，燕遺二卵，北飛遂不返。二女作歌，一終曰：『燕燕往飛，』」實始作爲北音。

舊說有娀佚女即簡狄。高誘注曰：「帝，天也。天令燕降卵於有娀氏，女呑之生契。詩云：『天命玄鳥，降而生商』又曰：『有娀方將，帝立子生商』此之謂也。」

南音之作，雖後於北音，而其流被之廣，又爲北音所不及。且南音者，周南、召南之所取風也。呂覽：「禹行功，見塗山之女，禹未之遇，而巡省南土。塗山氏之女，乃令其妾候禹於塗山之陽。女乃作歌曰：『候人兮猗，』實始作爲南音。周公及召公取風焉，以爲周南召南。」高誘注曰「南方國風之音，取塗山女南音以爲樂歌也。」

吳越春秋：「禹年三十未娶，行塗山，恐失之暮，失其度制，乃辭云：『吾娶也必有應矣。』乃有白狐九尾造於禹。禹曰：『白者吾之服也，九尾者王之證也。』於是塗山之人歌之曰：『綏綏白狐，九尾龐龐。我家嘉夷，來賓爲王。成子室家，我都攸昌。天人之際，於茲則行，明矣哉。』禹因娶塗山之女嬌。」此外列女傳及華陽國志均記此事，而更爲推衍者也。

近人謝无量之中國婦女文學史有論南音之變遷一段，主張「詩樂是一」，頗足證文學之起源，與音樂大有關係也。其言曰：

周召所以取南音爲風者，南音出於巴國。（註一）武王伐紂，庸蜀巴渝之人實從。

所謂前歌後舞者，則巴渝之歌舞而南音之遺也。晉書樂志載：「高祖爲漢王時，自蜀定三秦，范因率賨人以從，勇而善鬭，其俗善舞。高祖樂其猛銳，數觀其舞曰：『此武王伐紂歌也。』使工習之，名『巴渝舞』。歌曲四篇，魏雖有改，而其淵源並自南音。蓋南音歷千餘年，其節奏尚在。始爲周召德化之音，繼爲漢魏勇武之樂，蓋詩樂是一，北音南音，其辭雖僅存一句，而南音於文學創造之力尤偉也。」（註二）

（註一）按塗山在今重慶，杜預曰：「江州巴國也。」

（註二）見第一章婦女文學之淵源。

第二節　西王母之傳說

西王母故事，最爲世間所知。後世詩人，引爲故實。民間奉若神仙，在中國民衆中，一重要之傳說也。余故集錄諸書而詳述其源委如左：

一 所傳西王母之詩文

西王母，傳古之仙人也。集仙錄云「西王母姓侯」或曰：「西王母姓楊，名回，一名婉妗。」（酉陽雜俎）鍾伯敬以為「名婉妗，姓緱氏。」（名媛詩歸）蓋西華仙籙之總管（註一）也。穆天子傳：「周穆王滿十七年（西紀前九八五）西征崑崙賓於西王母，觴於瑤池之上。王母為天子謠以送之，穆王答曰：『予歸東土，和洽諸夏，萬民平均，吾願見汝，比及三年，將復而野。』天子遂升於弇山，乃紀其跡於弇山之石，而樹之槐，眉曰『西王母之山。』」或又以為西王母乃周時西方國名，西王母卽其國之女王（註二）也。王母之歌曰：

天子謠

白雲在天，山陵自出。道里悠遠，山川間之。將子無死，尙復能來！

西王母吟

徂彼西土，爰居其所。虎豹為羣，烏鵲與處。嘉命不遷，我惟帝女。彼何去民，又將去予。

吹笙鼓簧，中心翱翔。世民之子，惟天之望。

楊升庵曰：「余嘗疑穆天子傳西王母歌辭出於後人粉飾。且山海經載西王母虎首鳥爪，形旣殊異，音亦不同。何其歌詞悉似國風乎？又觀後漢書朱輔上白狼王唐蕨歌三篇，音韻與漢無異，愈可疑也。」（丹鉛總錄）謝无量以爲「西王母殆當時外國之女王，此歌詞乃傳於周而經史臣潤色，是譯外國詩歌之始，蓋又在越鄂君歌之先矣。」亦別解也。

又傳西王母有問上元夫人書（上元夫人亦有答書），載漢武帝內傳。陳眉公曰：「予考漢武帝內傳但云侍女問答，亦不云書，」蓋亦後人依託也。

問上元夫人書

王九光之母敬謝：但不相見，四千餘矣，天事勞我，致以愆面。劉徹好道，適來視之，見徹了了，似可成進。然形慢神穢，腦血淫漏，五臟不淳，關胃彭孛，骨無津液，脈浮反升，肉多精少，瞳子不夷，三尸狡亂，玄白失時，雖當語之以至道，殆恐非仙才也。吾久在人間，實爲臭濁。然時復可游望，以寫細念。庸主對坐，悒悒不樂。夫人可暫來否？若能屈駕，當停相須。

（註一）道家語：東華爲男仙所居，領以東王公，西華爲女仙所居，領以西王母。故女仙名籍，謂之西華仙籙。

（註二）爾雅釋地第九：「四荒有西王母，」荀子：「禹學於西王母國，」莊子：「西王母坐乎少廣，」又穆天子傳：「崑崙墟西王母，」淮南子：「西王母在流沙之瀕。」觀諸書所云，西王母所在地雖有不同，而當日確有西王母國，似無疑義矣。復次若山海經、大戴禮、尙書大傳、補遺、宋書符瑞志、竹書紀年、丁氏穆天子傳地理考證，均有紀載。欲知其詳，可參看姚維銳漢族來源考一文。

二　西王母故事之轉變

西王母故事之轉變，可分三步言之：

一、西王母爲虎齒豹尾白首戴勝之神人——山海經。

二、西王母爲外國女王——穆天子傳。

三、西王母爲神仙爲美人——漢武帝內傳，陶詩及唐人詩。

茲彙集關於西王母之記述如次：

「玉山（郭璞傳云：「穆天子傳謂之羣玉之山」）是西王母所居也。西王母其狀如人，豹尾虎齒，而善嘯，蓬髮戴勝，是司天之厲及五殘。」西山經。

「蛇巫之山，上有人操杯而東向立。一曰龜山，西王母梯几而戴勝杖。其南有三青鳥，爲西王母取食，在崑崙墟北。」海內北經。

「西海之南，流沙之濱，赤水之後，黑水之前，有大山名曰崑崙之丘。有神人面虎身，有文有尾，皆白處之。其下有弱水之淵環之，其外有炎火之山，投物輒然。有人戴勝，虎齒有豹尾，穴處，名曰西王母。此山萬物盡有。」大荒西經。

據上所記三則觀之，則西王母爲虎齒豹尾，梯几戴勝，儼然一怪物也。司馬相如大人賦云：「吾乃今日覩西王母，皬然白首戴勝而六處。」白首云者，卽由山海經之蓬髮引伸而出。李白飛龍引曰：「下視瑤池見王母，蛾眉蕭颯如秋霜。」此均以老嫗目之，猶未爲全失古意也。

穆天子傳較後出，相傳與竹書紀年同於晉咸寧五年（西元二七九）自汲縣魏襄王塚掘出者。然其敍西王母則頗近於人王，而不復如前之異相矣。試觀：

「吉日甲子，天子賓於西王母。乃執白圭玄璧以見西王母，好獻錦組百純，□組三百純。西王母再拜受之。□乙丑天子觴西王母於瑤池之上。西王母爲天子謠，天子答之。」穆天子傳卷三。

後世至以西王母爲神仙美人，則是本於漢武帝內傳。陶詩更不取「虎齒豹尾白首戴勝」之說，而西王母遂再變而爲妙齡少女矣。陶詩云：

玉臺淩霞秀，王母怡妙顏，天地共俱生，不知幾何年。靈化無窮已，館宇非一山，高酣發新謠，寧效俗中言。

唐之詩人賦玄宗皇帝與楊貴妃之事，每不直陳，而引用穆天子或漢武帝之故事，於是便以西王母爲美人矣。如李白之清平調曰：

雲想衣裳花想容，春風拂檻露華濃；若非羣玉山頭見，會向瑤臺月下逢。

所謂羣玉山，卽西王母之所居也。

第三節 詩經與婦女文學

吾前謂詩之發生，源於歌謠。但中國古代之歌謠，無確實之記載可靠。如擊壤康衢均見後人所紀之書，不盡可信，爲歌謠之最古者也。

古詩歌之可信者，其惟詩經乎。詩三百五篇，乃孔子所選錄姬周時之里巷歌謠，與朝廟樂章，其時代約自文王至定王之世。（約西前一一五〇——六〇〇）古代最完美之一部詩歌集也。摯虞文章流別謂後世一切詩歌，均從詩經演化而出。（註一）則婦女之作，亦當以詩經中所紀較爲可靠矣。

謝无量中國婦女文學史謂「周時民間采詩，兼用老年之男女任之。其詩亦必男女均采，故詩經中宜多婦人之詞。」謝晉青詩經之女性的研究，謂「十五國風存詩一百六十篇，其中有關婦女問題者八十五篇。」若就宋人訓詩「國風男女之詞多淫奔自述之詩」一語觀之，則古之婦人矢口成章，女子之作，國風中蓋居其大半矣。（此說章學誠最反對之，見文史通義婦學篇）。然篇章荒遠，古義無徵。今惟據古書確以爲婦人之作者略舉一二，亦可以覘詩經中婦女文學之一斑矣。

（註一）摯虞文章流別論曰：「古之詩有三言、四言、五言、六言、七言、九言，古詩率以四言爲體，而時有一句二句雜在四言之間。後世演之，遂以篇古詩之三言者，振振鷺，鷺于飛。之屬是也，漢郊廟歌多用之。五言者誰謂雀無角，何以穿我屋之屬是也。於俳偕倡樂多用之。六言者，我姑酌彼金罍之屬是也，樂府亦用之。七言者交交黄鳥止於桑之屬是也。於俳偕倡樂多用之。古詩之九言者，泂酌彼行潦挹彼注茲之屬是也，不入歌謠之章，故後世希爲之……。」

一　二南中之婦女文學

周南之詩十一篇，召南十四篇，共二十五篇。其中關於婦女問題者，周南有關雎、葛覃、卷耳、樛木、螽斯、桃夭、芣苢、漢廣、汝墳九篇，召南有鵲巢、采蘩、采蘋、草蟲、行露、殷其靁、摽有梅、小星、江有汜、野有死麕、何彼襛矣十一篇，共二十篇。今周南中舉芣苢一詩，召南中舉行露一詩。

周南芣苢三章，列女傳以爲蔡人妻作。蔡人之妻者，宋人之女也。既嫁於蔡，而夫有惡疾，其母將改嫁之。女曰：「夫不幸乃妾之不幸，奈何去之？適人之道，一與之醮，終身不改。不幸遇惡疾，不改其意。且夫采采芣苢之草，雖甚臭惡，猶始於捋采之，終於懷擷之，浸以益親，況於夫婦之道乎？彼无大故，又不遣妾，何以得去。」終不聽其母，乃作采采芣苢之詩。

芣苢詩

采采芣苢，薄言采之；采采芣苢，薄言有之。
采采芣苢，薄言掇之；采采芣苢，薄言捋之。
采采芣苢，薄言袺之；采采芣苢，薄言襭之。

細味全詩，更凝神冥想，恍如一寬厚和平之女神，坐於曠大碧綠之宇宙中，輕移玉腕，緩緩而采捋芣苢也。詩經中寫實文學之妙，往往如此。至若劉向列女傳所解，及韓詩「芣苢傷夫有惡疾也」（文選劉峻辨命論注引韓詩）以來，附會穿鑿，致後世數千年無復知其本來面目，詩經之不幸，亦詩人之不幸也。

召南行露三章，劉向以爲申人女作，其詞曰：

厭浥行露，豈不夙夜？謂行多露。

誰謂雀無角，何以穿我屋？誰謂女無家，何以速我獄？雖速我獄，室家不足。

誰謂鼠無牙，何以穿我墉？誰謂女無家，何以速我訟？雖速我訟，亦不女從。

列女傳之解此詩曰：「召南申女者，申人之女也。旣許嫁於酆，夫家禮不備而欲迎之。女與其人言，以爲『夫婦者，人倫之始也，不可不正。輕禮違法，不可以行。』夫家訟之於理，致之獄。女終以一物不具，一禮不備，守節持義，必死不往，而作詩以見志。」此亦附會之說。然讀其詩，可以知申女乃具有反抗性之一女子也。「雖速我訟，亦不女從，」其強項乃如此。爲男子者，無所施其技矣。

二　邶風中之婦女文學

邶風之詩十九篇，其中有關於婦女問題者爲柏舟、綠衣、燕燕、日月、終風、凱風、雄雉、匏有苦葉、谷風、泉水、靜女、新臺十二篇。今舉柏舟、綠衣、燕燕、日月、終風、泉水六篇。

柏舟一詩，毛詩序以爲仁而不遇之詩；劉向列女傳以爲衞寡夫人所作，魯詩亦如此說：「衞宣夫人者，齊侯之女。嫁入衞，至城門而衞君死。保母曰：『可以返矣。』女不聽，遂入持三年之喪。畢，弟立，請曰：『衞，小國也；不容二庖。請同庖。』女不聽。衞愬於齊，齊兄弟使人告女，女作此詩。」此詩按諸詩義，似屬可通，然考之歷史，衞國無二宣姜也。宣姜乃一放蕩婦女。魏默深詩古微以爲蒸淫之人，亦決無守節三年之理。舊說附會，皆不足信。僅可賞其文詞而已。詩曰：

汎彼柏舟，亦汎其流。耿耿不寐，如有隱憂。微我無酒，以敖以遊。
我心匪鑒，不可以茹。亦有兄弟，不可以據。薄言往愬，逢彼之怒。
我心匪石，不可轉也。我心匪席，不可卷也。威儀棣棣，不可選也。
憂心悄悄，慍于羣小。覯閔既多，受侮不少。靜言思之，寤辟有摽。
日居月諸，胡迭而微。心之憂矣，如匪澣衣。靜言思之，不能奮飛。

綠衣、日月、燕燕、終風四篇，毛詩以爲衞莊姜作。小序曰：「綠衣，衞莊姜傷己也。妾上僭，夫人失位，而作是詩也。」其詩曰：

綠兮衣兮，綠衣黃裏。心之憂矣，曷維其已？

綠兮衣兮，綠衣黃裳。心之憂矣，曷維其亡？

綠兮絲兮，女所治兮。我思古人，俾無訧兮。

絺兮綌兮，淒其以風。我思古人，實獲我心。

此詩與柏舟大義相同，皆失戀後自述之詞也。

日月詩據小序曰：「日月，衞莊姜傷己也。遭州吁之亂，傷己不見答於先君，以至窮困之詩也。」詩曰：

日居月諸，照臨下土。乃如之人兮，逝不古處。胡能有定？寧不我顧。

日居月諸，下土是冒。乃如之人兮，逝不相好。胡能有定？寧不我報。

日居月諸，出自東方。乃如之人兮，德音無良。胡能有定？俾也可忘。

日居月諸，東方自出。父兮母兮，畜我不卒。胡能有定？報我不述。

終風所寫，較綠衣日月尤爲淒苦。小序曰：「終風，衛莊姜傷己也。遭州吁之暴，見侮慢而不能正也。」詩曰：

終風且暴，顧我則笑。謔浪笑敖，中心是悼。
終風且霾，惠然肯來。莫往莫來，悠悠我思。
終風且曀，不日有曀。寤言不寐，願言則嚏。
曀曀其陰，虺虺其靁。寤言不寐，願言則懷。

燕燕詩毛詩以爲莊姜作，小序曰：「衛莊姜送歸妾也。」然劉向列女傳以燕燕詩爲定姜作，其言曰：「衛姑定姜者，衛定公之夫人，公子之母也。公子既娶而死。其婦無子而歸，定姜送婦而作此詩。」禮記坊記引此篇「先君之思，以畜寡人，」鄭注亦以爲定姜詩。然毛詩朱注必以爲莊姜作，二說不同，究未知出誰氏手也。今且觀其詩：

燕燕于飛，差池其羽。之子于歸，遠送于野。瞻望弗及，泣涕如雨。
燕燕于飛，頡之頏之。之子于歸，遠于將之。瞻望弗及，佇立以泣。

燕燕于飛，下上其音。之子于歸，遠送于南，瞻望弗及，實勞我心。

仲氏任只，其心塞淵。終温且惠，淑愼其身。先君之思，以勗寡人。

此詩傷離別之情，令人黯然，寥寥數行，可抵一篇江淹別賦矣。王漁洋生平最喜三百篇詩，尤賞燕燕、竹竿、蒹葭、碩人七月諸詩，以爲如化工肖物，（見漁洋詩話）洵可謂有得之言也。

至泉水一詩，乃三百篇中寫女性生活之一種特殊程式也。毛詩小序曰：「泉水，衞女思歸也。嫁於諸侯，父母終，思歸寧而不得，故作是詩以自見也。」泉水之詩曰：

毖彼泉水，亦流于淇。有懷于衞，靡日不思。孌彼諸姬，聊與之謀。

出宿於泲，飲餞于禰。女子有行，遠父母兄弟。問我諸姑，遂及伯姊。

出宿于干，飲餞於言。載脂載舝，還車言邁。遄臻于衞，不瑕有害。

我思肥泉，茲之永歎。思須與漕，我心悠悠。駕言出遊，以寫我憂。

又傳姬氏衞侯女也。邵王問其賢，請聘之。未至而王薨。太子欲留之，女不聽。拘於深宮，欲歸不得，援琴而歌思歸引曰：「涓涓泉水，流及於淇兮。有懷於衞，靡日不思。執節不移兮，行不隨。砱軻何辜兮，離厥菑。嗟乎何辜兮，離厥菑。」其二云：「涓涓洪水，流於淇兮。有懷於衞，靡日不思。執節不移兮，行不詭隨。坎坷何辜兮，離厥菑。」此蓋從泉水一篇衍出，不然，何其歌詞之相類也。

三　鄘風中之婦女文學

鄘風選詩十篇，其中關於婦女問題者，有柏舟、牆有茨、君子偕老、桑中、蝃蝀、干旄、載馳七篇。今舉柏舟、載馳二詩。此外相鼠有皮，白虎通諫諍篇以爲妻諫夫詩。然作者不詳，未可卽定以爲婦人作也。

柏舟詩衞共姜作。毛詩鄘風，柏舟序曰：「柏舟，共姜自誓也。衞世子共伯蚤卒，其妻守義，父母欲奪而嫁之，誓而弗許，故作詩以絕之。」詩曰：

汎彼柏舟，在彼中河；髧彼兩髦，實維我儀。之死矢靡它！母也天只，不諒人只！

汎彼柏舟，在彼河側；髧彼兩髦，實維我特。之死矢靡慝！母也天只，不諒人只！

此詩乃寫女子不滿於父母之命，媒妁之言，包辦式之婚姻而提嚴重抗議者也。首二句與邶風汎彼柏舟相同。次言以己之年貌，應得相當配偶，而母竟不諒之，強與議婚。但終身大事，雖死亦不能遵母命。此全詩之大意也。毛詩序以爲共姜守寡，矢志不嫁，後世遂以「柏舟」二字比寡婦之有節操者，其去古乃益遠矣。

載馳詩許穆夫人作。左傳閔二年：「許穆夫人賦載馳。」毛詩小序曰：「載馳，許穆夫人作也。閔其祖國顛覆，自傷不能救也。衞懿公爲狄人所滅，國人分散，露於漕邑。許穆夫人閔衞之亡，傷許之小，力不能救，思歸唁其兄，又義不得，故賦是詩也。」其詩曰：

載馳載驅，歸唁衞侯。驅馬悠悠，言至於漕。大夫跋涉，我心則憂。

既不我嘉，不能旋反。視爾不臧，我思不遠。

既不我嘉，不能旋濟。視爾不臧，我思不閟。

陟彼阿丘，言采其蝱。女子善懷，亦各有行。許人尤之，衆穉且狂。

我行其野，芃芃其麥。控於大邦，誰因爾極？大夫君子，無我有尤。百爾所思，不如我所之。

此詩就性質而言，與邶風中之泉水相似，皆以寫貴族女子出嫁之後欲歸寧而不得也。毛詩所序，義亦可通。又楚邱詩序曰：「衛國有狄人之敗，出處于漕，齊桓公救而封之，是處漕即文公也。」詩稱「控於大邦，」本欲希齊之救，而桓公果出兵以置文公，意者此詩有以感發者乎。

四　衛風中之婦女文學

衛風詩十篇，其關於婦女問題者，爲碩人、氓、竹竿、河廣、伯兮、有狐、木瓜七篇。其中確知爲婦人作者，舉碩人、竹竿、河廣三篇。

碩人一詩，乃詩經中描寫女性美之最大手筆。蓋已開後世詩人香奩體之先例矣。往昔中國韻文家，每喜以女性之美爲詩中材料。三百篇中，此例最多。厥後楚之詩人若屈宋輩，亦喜以「美人」「香草」之句，寫託比興。後世韻文家，遂沿以爲習尚。而香奩之詩，遂成爲中國文學中極濃厚之色彩。若高唐、神女、洛神、美人、登徒子好色諸賦，皆中國文學中香奩體之上品也。

碩人詩劉向列女傳以爲莊姜傅母作也。其言曰：「莊姜始嫁，操行衰惰。淫佚冶容。傅母論之，乃作碩人之詩，砥礪女以高節。以爲家世尊榮，當爲世法則，姿質聰明，當爲世表式，徒修儀飾輿馬，是不貴德也。女遂感而自修。」毛詩序曰：「碩人，閔莊姜也。莊公惑於嬖妾，使驕上僭，莊姜賢而不答，終以無子。國人閔而憂之。」此又與劉向說不同矣。其詞曰：

> 碩人其頎，衣錦褧衣。齊侯之子；衛侯之妻；東宮之妹；邢侯之姨；譚公維私。
> 手如柔荑；膚如凝脂；領如蝤蠐；齒如瓠犀；螓首蛾眉。巧笑倩兮，美目盼兮。
> 碩人敖敖，說于農郊。四牡有驕；朱幩鑣鑣；翟茀以朝。大夫夙退，無使君勞！
> 河水洋洋；北流活活；施罛濊濊；鱣鮪發發；葭菼揭揭；庶姜孽孽；庶士有朅。

此詩首寫莊姜之家世，次寫莊姜之美麗。三四兩章並莊姜之地位與環境亦寫之矣。如此寫法，可當一篇美人賦讀。

竹竿、河廣二詩，在文義上亦皆婦女思歸之作。

竹竿之詩，據毛詩小序曰：「竹竿，衛女思歸也。適異國而不見答，思而能以禮者也。」河廣序曰：「河廣，宋襄公母歸於衛，思而不止，故作是詩也。」二詩原文如左：

竹竿

籊籊竹竿，以釣于淇。豈不爾思，遠莫致之。

泉源在左，淇水在右。女子有行，遠兄弟父母。

淇水在右，泉源在左。巧笑之瑳，佩玉之儺。

淇水滺滺，檜楫松舟。駕言出遊，以寫我憂。

河廣

誰謂河廣？一葦杭之。誰謂宋遠？跂予望之。

誰謂河廣？曾不容刀。誰謂宋遠？曾不崇朝。

竹竿一詩，與邶風之泉水、鄘風之載馳，大意相同。王漁洋詩話亦稱竹竿之思歸，悉如化工肖物也。至河廣一詩，據陳碩甫詩疏曰：「當時衛有狄人之難，宋襄公母歸在衛，見其宗國顚覆，君滅國破，憂思不已故篇內皆敍其望宋渡河救衞辭甚急也。未幾而宋桓公逆諸河，立戴公以處曹，則此詩之作，自在逆河之前。河廣作而宋立戴公矣。載馳賦而齊立文公矣。載馳許詩，河廣宋詩，而繫列於鄘衞之風，以二夫人於其宗國，皆有存亡繼續之思，故錄之。若僅謂思子而作，孔子奚取焉。」

五　王風與其他國風中之婦女文學

王風錄詩十篇。其中君子于役、君子陽陽、中谷有蓷、采葛、大車五篇，皆與婦女問題有關。茲舉大車一詩。

大車詩，劉向列女傳以爲息夫人作。其言曰：「夫人者，息君之夫人也。楚伐息，破之，虜其君，使守門，將妻其夫人而納之於宮。楚王出遊，夫人遂出見息君謂之曰：『人生要一死耳，何至自苦。妾無須臾而忘君也，終不以身貳醮。生離於地上，豈如死歸於地下哉。』乃作詩曰：『穀則異室，死則同穴。謂予不信，有如皦日。』息君止之，夫人不聽，遂自殺，息君亦自殺，同日俱死。楚王賢其夫人守節有義，乃以諸侯之禮合而葬之。……」此亦附會之詞。至毛詩序所云「大車刺周大夫也。禮義凌遲，男女淫奔，故陳古以刺今大夫，不能聽男女之訟焉。」更離詩義遠矣。姑且不論，但觀其詩。

大車檻檻，毳衣如菼。豈不爾思？畏子不敢！
大車啍啍，毳衣如璊。豈不爾思？畏子不奔！
穀則異室，死則同穴。謂予不信，有如皦日！

以上所敍六國風——周南、召南、邶風、鄘風、衛風、王風中之婦女文學，皆舉其史籍有據而確以爲婦女作者敍之。此外尚有鄭風、齊風、魏風、唐風、秦風、陳風、檜風、曹風、豳風九國風中之有關於婦女問題者，錄其篇目，以供參考，至何篇爲婦女作者，容俟後日考得也。下所列表多依謝晉靑詩經之女性的研究。

鄭風——二十一篇，其中將中子、遵大路、女曰雞鳴、有女同車、山有扶蘇、蘀兮、狡童、褰裳、丰、東門之墠、風雨、子衿、揚之水、出其東門、野有蔓草、溱洧十六篇，有關於婦女問題。孔子曰：「鄭聲淫。」正惟其如此，故鄭風中描寫男女戀愛之詩特多。漢書地理志

謂：「鄭國山居谷汲，土狹而險，男女聚會，故其俗淫」。此亦鄭風之所以多婦女文藝歟

齊風——二十一篇。其中著東方之日、南山、敝笱、載驅五篇，是關於婦女問題者。

魏風——共七篇。關於婦女問題者，只葛屨一篇。

唐風——十二篇。關於婦女問題者，只綢繆、葛生二篇。

秦風——十篇。關於婦女問題者只晨風一篇。

陳風——十篇。關於婦女問題者為：宛丘、東門之枌、東門之池、東門之楊、防有鵲巢、月出、澤陂七篇。

檜風——四篇。

曹風——四篇。

豳風——七篇。其中稍與婦女問題有關者，惟七月一詩。

第四節　春秋戰國時代之平民詩歌

孔子采詩，多取婦人之作，其人與詩，略如上章所述矣。然春秋而後，婦學未墜，閨幃之作，尚多流傳於民間。茲於詩經以外，更采取婦女詩歌，著錄於此。所敘仍以平民文學爲主。古今來津津樂道之「女儀母訓」，茲所不取。

春秋戰國之時，國家喪亂已極。憂時之士，每多激發之言。而風氣所播，卽編戶處女，亦往往關心國事。如所傳之魯漆室女越采葛婦。

漆室女，魯處女也，常倚柱悲吟而嘯。鄰人謂曰：「欲嫁耶？何吟之悲也。」女曰：「吾傷民心悲而嘯，豈欲嫁耶？」自傷懷潔而爲鄰人所疑，於是褰裳而去之。入山林之中，見女貞之木，喟然太息，援琴而歌，遂自縊。貞木者，冬不落葉，卽今之冬青也。其歌亦謂之女貞木歌，又謂之處女吟。

菁菁茂木，隱獨榮兮。變化垂枝，含蕤英兮。
修身養志，建令名兮。厥身不同，善惡幷兮。
屈身身獨，去微淸兮。懷中見疑，何貪生兮。

其次曰采葛婦，越之民婦也。越王自吳還國，勞身苦心，懸膽於戶，出入嘗之。知吳王好服，使國中男女入山采葛，作黃絲布以獻之。吳王悅，乃增越之封，賜羽毛之飾，几杖諸侯之服。采葛之婦，傷越王用心之苦，乃作詩以道其意。此事出吳越春秋。歌曰：

葛不連蔓棻台台，我君心苦命更之。嘗膽不苦甘如飴，令我采葛以作絲，女工織兮不敢遲。

弱於羅兮輕霏霏，號絺素兮將獻之。越王悅兮忘罪除，吳王歎兮飛尺書。增封益地賜羽奇，几杖茵褥諸侯儀。羣臣拜舞天顏舒，我王何憂能不移。

譚友夏曰：「越王薪膽之忱，下通婦女。涕泣歌舞，盡於一歌。欲不沼吳得乎」（鍾伯敬名媛詩歸）或謂采葛婦乃後世七言之祖，誤矣。此歌出吳越春秋（漢趙煜所撰），尚在漢武帝柏梁聯吟之後，歌必漢晉間人之所依託也。

此外吳越春秋尚有勾踐夫人之烏鳶歌，亦後人之僞撰也。

仰飛鳥兮烏鳶，凌玄虛兮號翩。集洲渚兮啄鰕，忞矯翮兮雲間，任厥性兮往還。妾無罪兮負地，有何辜兮譴天。颿獨煢兮西往，孰知返兮何年。心惙惙兮若割，淚泫泫兮雙懸。

彼飛鳥兮烏鳶，已迴翔兮翕蘇。心在專兮素鰕，何居食兮江湖。徊復翔兮游颺，去復返兮於乎。始事君兮去家，終我命兮君都。終來遇兮何辜，離我國兮去吳。妻衣褐兮爲婢，夫去冕兮爲奴。歲遙遙兮難極，寃悲痛兮心惻。腸千結兮服膺，於乎哀兮忘食。願我身兮如鳥，身翺翔兮矯翼。去我國兮心搖，情憤惋兮誰識。

吳越春秋：「越王將入吳，與諸大夫別於浙江之上。羣臣垂泣。句踐夫人見烏鵲啄江渚之鰕，飛去復來，因據船痛哭而作歌。王聞歌，心中自慟，乃謂夫人曰：『孤何憂，吾之六翮備矣。』遂入吳共稱臣妾」。鍾伯敬曰：「兩詩具平平敘訴，而黯淡悲悽之況，宛然在目。語直而情婉，由其氣之厚也。」（名媛詩歸）

以上所敘三人——魯漆室女、越采葛婦及句踐夫人，可歸之愛國類。以下所敘，乃社會方面一類文學也。——柳下惠誄、黃鵠歌、扊扅歌。

柳下惠妻自爲柳下惠誄，是誄文之最早者也。劉向列女傳：「柳下惠死，門人將誄之。其妻曰：『將誄夫子之德邪？則二三子不如妾知之也。』及誄旣成，門人從之以爲誄，莫能竄一字。」其詞曰：

夫子之不伐兮，夫子之不竭兮，夫子之信誠而與人無害兮。屈柔從俗，不強察兮。蒙恥救民，德彌大兮。雖遇三黜，終不弊兮。愷悌君子，永能厲兮。嗟乎惜哉，乃下世兮。庶幾遐年，今遂逝兮。嗚呼哀哉，魂神泄兮。夫子之諡，宜爲惠兮。

此誄能將柳下惠之和之介之不恭，和盤托出，眞知己，眞摯友也。卓文君司馬相如誄乃學此篇。

黃鵠歌，陶嬰作也。列女傳云：「陶嬰，魯陶明女也。少寡，養孤幼，紡績爲產。魯人聞其義，將求焉。嬰聞之，乃作歌以明志。」歌云：

悲夫黃鵠之早寡兮，七年不雙。宛頸獨宿兮，不與衆同。夜半悲鳴兮，想其故雄。天命早寡兮，獨宿何傷。寡婦念此兮，泣下數行。

嗚呼哀哉兮，死者不可忘。飛鳥尙然兮，況於貞良。雖有賢雄兮，終不同行。

扊扅歌，百里奚妻作也。風俗通：「百里奚爲秦相，堂上樂作，所賃澣婦自言知音，因援琴撫絃而歌，問之乃其故妻也。遂還爲夫婦。」其歌三首，謂之扊扅歌。——

百里奚，五羊皮。憶別時，烹伏雌，吹扊扅。今日富貴忘我爲？

百里奚，初娶我時五羊皮，臨當別時烹乳雞。今日富貴忘我爲？

百里奚，百里奚，母已死，葬南谿；墳以瓦，覆以柴。舂黃藜，搤伏雞。西入秦，五羊皮。今日富貴捐我爲？

前二歌激直，後一歌綿婉，各極妙境。

此外恭伯姬傅母之伯姬引：「嘉名潔兮行彌彰，托節孤兮令躬喪。歔欷何幸遇斯殃，嗟嗟奈何罹斯殃。」（見琴苑要錄）杞梁妻之琴歌「樂莫樂兮新相知，悲莫悲兮生別離。」（琴操）衛女傅母之雉朝飛：「雉朝飛兮鳴相和，雌雄羣遊於山阿。我獨何命兮未有家！時將莫兮可奈何，嗟嗟莫兮可奈何！」（崔豹古今注）皆古歌之入琴譜者。至若秦王殿上之琴女歌：「羅縠單衣，可掣而絕。三尺屏風，可超而越。鹿盧之劍，可負而拔。」（史記）則繁聲促節，陰陰有無限殺伐在其中也。

以下再敍此時文學之神祕一類者——紫玉歌，烏鵲歌。

紫玉歌，吳王小女紫玉所作也。其事見晉干寶搜神記：「吳王夫差小女名紫玉，悅童子韓重，欲嫁之不得，乃結氣而死。重游學歸，知之，往弔於墓側；玉形見，顧重延頸而歌，並贈重以明珠。」此等故事，頗有文學意味，後世才子佳人一派小說傳奇，頗多從此衍出。或以紫玉歌爲後代鬼詩之始，則昧於文學之眞義矣。

紫玉歌

南山有烏，北山張羅。意欲從君，讒言孔多。悲結成疹，歿命黃壚。命之不造，寃如之何！

羽族之長，名爲鳳凰。一日失雄，三年感傷。雖有衆鳥，不爲匹雙。故見鄙姿，逢君輝光。身遠心近，何曾暫忘。

譚友夏云：「古今多少才子佳人，被愚拗父母扳住，不能成對，齎情而死。讀紫玉歌，益悟文君奔相如是上上妙策，非膽到識到，人不能用。」(名媛詩歸) 此言雖誇，然有至理。證之今日社會，乃知卓文君之所爲，實高出紫玉萬萬也。

紫玉之歌，悲則悲矣，而烏鵲之歌，其結局爲尤慘也。——

韓憑爲宋康王舍人；妻何氏美，王欲之，乃築青陵臺而望之。後康王奪何而囚憑，何氏乃作烏鵲歌以見志。——

南山有烏，北山張羅。烏自高飛，羅當奈何！
烏鵲雙飛，不樂鳳凰。妾是庶人，不樂宋王。

何氏又答憑歌曰：

其雨淫淫，河大水深，日出當心。

康王得書以問蘇賀。賀曰：「雨淫淫，愁且思也，河水深，不得往來也，日當心，有死志也。」俄而憑自殺，何亦陰腐其衣，與王登臺，遽自投臺下。捉衣，衣不勝手，得遺書於帶中曰：「願以屍還韓氏而合葬。」王大怒，乃分埋之。兩塚相望，經宿，忽有梓木各生於塚，根交於下，枝連於上。又有鳥若鴛鴦，常雙宿其樹，朝暮悲鳴。人皆異之曰：「此韓大夫夫婦之精魄也。」見者莫不下淚。讀孔雀東南飛中之「東西植松柏，枝枝相覆蓋，葉葉相交通。中有雙飛鳥，自名爲鴛鴦。仰頭相向鳴，夜夜達五更。」一段，與此頗相類，極有價值之文學故事也。

參考書目

毛詩二十卷　漢毛亨傳，鄭玄箋，四部叢刊本。
詩說三卷附錄一卷　東吳惠周惕著，璜川吳氏原刻本。
詩古微　清魏默深撰，初刻本。
詩經之女性的研究　謝晉青撰，商務印書館出版。
古列女傳七卷續一卷　漢劉向撰，四部叢刊本。
竹書紀年二卷　梁沈約注，四部叢刊本。
吳越春秋十卷　漢趙曄撰，四部叢刊本。
越絕書十五卷　漢袁康撰，四部叢刊本。

華陽國志十卷　晉常璩撰，四部叢刊本。

水經注四十卷　漢桑欽撰，後魏酈道元注，四部叢刊本。

呂氏春秋二十六卷　漢高誘注，四部叢刊本。

山海經十八卷　晉郭璞注，四部叢刊本。

穆天子傳六卷　晉郭璞注，四部叢刊本。

風俗通義十卷　漢應劭撰，四部叢刊本。

拾遺記十卷　晉王嘉撰，通行本。

十洲記一卷　漢東方朔撰，坊間石印本。

漢武帝內傳一卷　漢班固撰，通行本。

名媛詩歸三十六卷　明鍾惺撰，上海有正書局鉛印本。

名媛詩彙二十卷　明鄭文昂編，石印本。

玉臺文苑八卷續玉臺文苑四卷　明江元禧江元祚編，此書選錄歷代名媛之文，自周至明，頗稱完備。清兩淮馬裕有家藏本，曾收入四庫全書內。

彤管新編八卷　明張之象編，四庫全書內。

歷代女子詩集八卷　清趙世杰編，上海掃葉山房石印本。

歷代女子文集十二卷　趙世杰編，掃葉山房本。
古詩源　清沈德潛編，商務印書館鉛印本。
紫玉傳　見晉干寶搜神記，吳增祺舊小說亦採之，商務印書館出版。
香豔叢書二十集八十册　上海國學扶輪社印。
文學源流　胡毓寰編商務印書館出版。
中國婦女文學史　謝無量編，中華書局出版。
中國小說史略　魯迅編，北新書局出版。
音樂的文學小史　朱謙之撰，泰東圖書局出版，
中國文字學　顧實編，東南大學叢書，商務印書館出版。
中國文字源流　張之純編，商務印書館出版。
文學大綱　鄭振鐸編，商務印書館出版，此書共四册，係敘述世界文學史的一部，對於中國文學的發達敘述尤詳，本書參閱處頗多。

第二章　漢代婦女作家之盛

文學至漢代，其風格乃一變矣。鍾惺曰：「讀古逸詩，與漢人諸作已不同，漢人莊麗，不如古之奧變；漢人雄深，不如古之淸質；漢人衍道理，不如古之切情事。古人無意爲詩，每當疾痛慘怛之時，卒然成韻，大都哀聲多而樂聲少，所謂本乎性情者也。……古人中女子作詩，亦只因事寫情，演入聲調；雖單詞質語，必曲折奧衍；非如今人纍纍成篇，比事屬偶，作游戲玩弄事也。喜怒哀樂之致，因乎情而止乎性，至於綿婉駘宕，讀者自相感發，作者未必能知。」（名媛詩歸）誠哉其言之也。

漢代多女作家，如唐山夫人，班婕妤，班昭，卓文君，王昭君，徐淑，蘇伯玉妻，蔡琰，……聲光赫赫，其文章不獨照耀當時，且大有影響於後世也。

第一節　安世房中歌與漢樂府

詩三百篇，皆可合樂。周末詩學中衰，樂亦漸廢，秦火而後，樂亡譜失，三代之樂，遂不可復繼矣。

漢高祖既定天下，過故鄉作大風之歌，(註一)令沛中兒歌之，命曰「三侯之章」。又令唐山夫人作房中歌。至孝惠二年(西紀前一九三)令夏侯寬備其簫管，更房中曰安世樂，是爲漢樂府之權輿。(註二)劉元城曰「西漢樂章可齊三代，舊見漢禮樂志房中樂十七章，格韻高嚴，規模簡古，駸駸乎商周之頌。噫異哉高祖一時佐命功臣，下至叔孫通輩，皆不能爲此歌；詩推其源，乃唐山夫人所作。漢初乃有此人！縱使竹竿、載馳，方之陋矣！」(劉元城語錄)是則房中之樂可以繼響三代樂章矣。

(註一)高祖大風歌見史記高帝本紀。

(註二)王漁洋曰「樂府之名由來久矣，世謂始於漢武非也。」余按：史記高祖過沛時，歌三侯之章，又令唐山夫人爲房中之歌；西京雜記又謂戚夫人善歌出塞、入塞、望歸曲，則樂府殆始於漢初。然大風、出塞諸曲，均不若房中歌之有名，故曰房中樂爲漢世樂府之權輿也。迨武帝定郊祀之禮，始立樂府，以李延年爲協律都尉，增大馬等十九章。郊祀時，使童男女七十人俱歌，於是樂府之名始備。其後凡朝廟所用樂章，皆謂之樂府；又其後一切歌曲如鐃歌鼓吹，凡被於管絃者皆以樂府名之；而樂府之名，遂有歌、行、引、曲、吟、辭、篇、唱、調、怨、歎之不同矣。

一　唐山夫人及其房中歌

唐山夫人者，高帝姬，韋昭曰：「唐山姓也。」漢書：「房中祠樂，高祖唐山夫人所作，凡樂，樂其所生，禮不忘其本，高祖樂楚聲，故房中樂楚聲也。」（禮樂志）

房中之樂，不始於唐山夫人，漢以前已有之矣。——周有房中之樂，歌后妃之德，秦始皇二十六年（西紀前二二一）改曰「壽人」，蓋婦人禱祠於房中者，故惟宮中用之。儀禮注：「弦歌周南召南而不用鐘磬之節，謂之房中者，后夫人之所諷頌以事其君子。」馬端臨曰：「房中樂本周樂，秦改曰壽人，房中者婦人禱祝於房中。」（文獻通考）蓋卽詩所謂「諸婦兄弟，備言燕私。樂具入奏，以綏後祿。」是也。

安世房中歌

大孝備矣，休德昭清。高張四縣，樂充宮庭。芬樹羽林，雲景杳冥。金支秀華，庶旄翠旌。

七始華始，肅倡和聲。神來宴娭，庶幾是聽。粥粥音送，細齊人情。忽乘青玄，熙事備成。清思眑眑，經緯冥冥。

我定歷數，人告其心。敕身齊戒，施教申申。乃立祖廟，敬明尊親。大矣孝熙，四極爰轃。

王侯秉德，其鄰翼翼，顯明昭式。清明鬯矣，皇帝孝德。竟全大功，撫安四極。

海內有姦，紛亂東北。詔撫成師，武臣承德。行樂交逆，簫勺羣慝。肅為濟哉，蓋定燕國。

大將蕩蕩水所歸，高賢愉愉民所懷。太山崔，百卉殖。民何貴？貴有德。

（自此以下，變調疊出，似急似繁，絃管嘈嘈。）

安其所，樂終產。樂終產，世繼緒。飛龍秋，遊上天。高賢愉，樂民人。

豐草葽，女蘿施。善何如，誰能回。大莫大，成教德。長莫長，被無極。

雷震震，電耀耀。明德鄉，治本約。治本約，澤弘大。加被寵，咸相保。德施大，世曼壽。

都荔遂芳，窅窊桂華。孝奏天儀，若日月光。乘玄四龍，回馳北行。羽旄殷盛，芬哉芒芒。孝道隨世，我署文章。

馮馮翼翼，承天之則。吾易久遠，燭明四極。慈惠所愛，美若休德。杳杳冥冥，克綽永福。

磑磑卽卽，師象山則。嗚呼孝哉，案撫戎國。蠻夷竭懽，象來致福。兼臨是愛，終無兵革。

嘉薦芳矣，告靈饗矣。告靈旣饗，德音孔臧。惟德之臧，建侯之常。承保天休，令聞不忘。

皇皇鴻明，蕩侯休德。嘉承天和，伊樂厥福。在樂不荒，惟民之則。浚則師德，下民咸殖。令聞在舊，孔容翼翼。

孔容之常，承帝之明。下民之樂，子孫保光。承順溫良，受帝之光。嘉薦令芳，壽考不忘。

承帝明德，師象山則。雲施稱民，永受厥福。承容之常，承帝之明。下民安樂，受福無疆。

二 房中歌與相和歌辭之關係

沈德潛之論房中歌曰：「郊廟歌近頌，房中歌近雅；古奧中帶和平之音，不膚不庸，有典有則，是西京極大文字。」（古詩源）又曰：「首言大孝備矣，以下反反覆覆，屢稱孝德，漢朝數百年家法，自此開出，累代廟號，首冠以孝，有以也。」陸少海曰：「觀其始二首，房中之音也。以下都頌上德，薦郊廟語，有唱有歎，似箴似銘。」（紅樹樓選）陳澤曾詩譜曰：「安世歌質古文雅，」此外評論者尙多，不備錄也。

吾人處今之世，而研究古人文字，宜具有時代批評之眼光，庶不昧於文學進步之自然程序。故漢代文學，亦應側重於平民之一方面。「西京文章東京賦」只好留爲古典派之點綴品耳。

安世房中歌以表面觀之，雖屬歌功頌德一類文字，然吾之所謂者，非鎚求其字句之雅潔，文詞之優美，乃論其與漢世樂府之關係也。

未論安世樂之前，先觀漢世樂府之三大類別——

（一）鼓吹曲

（二）横吹曲

（三）相和歌辭

此三類樂府，其所紀事，皆漢世之街陌歌謠，（見晉書樂志）與婦女文學，尤多密切之關係。其横吹曲，鼓吹曲當俟後章論及，茲所述者，相和歌辭中之房中樂也。

相和歌辭者，乃漢代之純粹平民文學也。其所用樂器，乃中國所固有之樂器取絲竹相合而歌之，故謂之相和歌辭。其與房中歌之關係，可觀下列宋書樂志唐書樂志所記之文——

「……絲竹相和，執節者歌。」（宋書樂志）

「……平調，清調，瑟調，皆周房中曲之遺聲，漢世謂之三調。又有楚調側調，楚調者，漢房中樂也。高帝樂楚聲，故房中樂皆楚聲也。側調生於楚調，與前之三調，總謂之相和。」（唐書樂志）

至相如和歌辭與漢代婦女樂府之關係及其後來遞嬗轉變之迹，可以看晉書樂志所記——

「……凡樂章古辭之存者，並漢世街陌謳謠江南可採蓮烏生十五子白頭吟之屬，其後漸被絃管，卽相和諸曲是也。」

魏晉之世，相承用之。永嘉之亂。五胡淪覆，中朝舊音，散落江左。後魏孝文宣武用師淮漢，收其所獲南音謂之清商曲樂。相和諸曲亦皆在焉，所謂清商正聲，相和五調是也。」可知漢代之相和歌辭，上嗣詩經中之國風，洎乎魏晉六朝，更與南方之歌謠混合，而生清商歌曲。當時流行之兒女情歌——子夜懊儂——一類，皆清商曲也。

三　陌上桑與箜篌引

漢樂府中有陌上桑箜篌引兩篇，均屬相和歌辭，然一則豔麗無匹，一則淒哀欲絕，其聲調與實質各不相同也。今分述之——

陌上桑一名豔歌羅敷行，舊說邯鄲女子秦羅敷所作也。崔豹古今注曰：「陌上桑者，出秦氏女子。秦氏邯鄲人，有女名羅敷，爲邑人千乘王仁妻。王仁後爲趙王家令，羅敷出采桑於陌上，趙王登臺見而悅之，因置酒欲奪焉。羅敷善彈箏，乃作陌上桑之歌以自明，趙王乃止。」至樂府解題謂：「古辭言羅敷采桑，爲使君所邀，乃盛誇其夫爲侍中郎以拒之。」與此不同。沈德潛曰：「此辭鋪陳穠至，與辛延年羽林郎一副筆墨，此樂府之別於古詩者。」（古詩源）其辭曰：

日出東南隅，照我秦氏樓。秦氏有好女，自名爲羅敷。羅敷善蠶桑，採桑城南隅。青絲爲籠系，桂枝爲龍鉤。頭上倭墮髻，耳中明月珠。湘綺爲下裙，紫綺爲上襦。行者見羅敷，下擔捋髭鬚。少年見羅敷，脫帽着帩頭。畊者忘其犂，鋤者忘其鋤。來歸相怨怒，但坐觀羅敷。使君從南來，五馬立踟躕。使君遣吏往，問是誰家姝。「秦氏有好女，自名爲羅敷。」「羅敷年幾何？」「二十尚不足，十五頗有餘。」使君謝羅敷，「寧可共載不？」羅敷前致辭：「使君一何愚！使君自有婦，羅敷自有夫。東方千餘騎，夫壻居上頭。何用識夫壻，白馬從驪駒。青絲繫馬尾，黃金絡馬頭。腰中鹿盧劍，可值千萬餘。十五府小史，二十朝大夫。三十侍中郎，四十專城居。爲人潔白皙，鬑鬑頗有鬚。盈盈公府步，冉冉府中趨。坐中數千人，皆言夫壻殊。」

此歌妙能以風流豔麗之詞，寫貞靜寧淑之情，句亦磊落古峭，漢代婦女樂府之極有價值者。唐人歌行，多從此出。

其次相和六引中之箜篌引一曰公無渡河，蓋歌中之首句也。其故事見崔豹古今注：「朝鮮津卒霍里小高晨起刺船，有一白首狂夫，披髮提壺亂流而渡。其妻隨而止之不及，遂墮河而死。妻援箜篌而鼓之，作公無渡河之曲，聲甚悽愴。曲終，亦投河而死。子高語其妻麗玉，麗玉傷之，乃引箜篌而寫其聲，名曰箜篌引，聞者莫不墮淚。」詞曰：

公無渡河，公竟渡河。墮河而死，當奈公何。

此歌不須引情刻語，眞堪墮淚，利在眞耳。沈德潛古詩源謂「纏綿悽惻，黃牛峽謠，音節相似。」可以盡此歌之妙矣。

漢代婦女樂府，除上述之外，尚有可以雜記者：——戚夫人之春歌。（註一）華容夫人之舞歌（註二）竇玄妻之古怨歌（註三）唐姬之抗袖歌（註四）皆有樂府之遺意。西京雜記又謂戚夫人善歌出塞入塞望歸曲，今不傳矣。

（註一）春歌「子爲王，母爲虜。終日舂薄暮，常與死爲伍。相離三千里，當誰使告女。」戚夫人事見漢書。

（註二）舞歌「髮紛紛兮寘渠，骨籍籍兮亡居。母求死子兮妻求死夫，裴回兩渠間兮君子將安居。」此歌讀罷，如淒風寒月過古戰場及墟墓間，尤勝於燕王旦之自歌「歸空城兮，狗不吠，雞不鳴。橫衢何廣廣兮，固知國中之無人。」一也。

（註三）古怨歌竇玄妻作。玄狀貌絕異，天子使出其妻，以公主妻之，舊妻悲怨作書別夫曰：「棄妻斥女，敬白竇生。卑賤鄙陋，不如庶人。妾日以遠，彼日以親，何所告訴，仰呼蒼天。悲哉竇生，衣不厭新，人不厭故。悲不可忍，怨不自去。彼獨何人，而居我處？」以天子而奪人之夫，其事絕悖。此書可謂極怨怒之至矣。又傳其怨歌曰：「煢煢白兔，東走西顧。衣不如新，人不如故。」亦名豔歌。

（註四）抗袖歌漢廢帝弘農王妃唐姬作也。董卓廢弘農王，其事至慘。故歌曰：「皇天崩兮后土頹，身爲帝兮命夭摧。死生異路兮從此乖，奈何煢獨兮心中哀。」

第二節　婦女與五言詩之起源

世傳五言詩，出自枚乘蘇武李陵等之作，即發生於景帝（西紀前一五六——一四一）武帝（西紀前一四〇——八七）之時代者也。任昉文章緣起曰「五言始自漢騎都尉李陵與蘇武詩」，但漢志不錄，蘇李詩，隋志始有漢騎都尉李陵集一卷，枚乘之作，亦據陳徐陵玉台新詠。是兩人之詩，未盡可信，而蘇李河梁贈答，唐劉知幾宋蘇軾早已先疑之矣。（註一）

五言短歌之作，由來已久。如三百篇中之行露詩春秋時之優施歌。然僅一二句，未爲全篇。若據載籍所傳，則項羽美人之和歌（註二）全乎四句五言矣。（見楚漢春秋）虞姬在漢初（約西前二〇五）之際，蘇李之前，較世傳五言起自蘇李者尤早數十年。是五言詩，淵源於婦女也。

茲更將漢世婦女爲五言者數人，——班婕妤卓文君……述之如左——

（註一）劉知幾說見史通雜說下，蘇軾辨見東坡志林。

（註二）虞姬和歌見楚漢春秋。

一　班婕妤之怨詩

班婕妤者，班彪之叔母，班固之叔祖母也。成帝選入宮爲婕妤，頗見寵信，後趙飛燕姊妹交譖之，婕妤恐久見危，求供奉太后於長信宮，作賦以自悼。事見漢書外戚傳。所作有賦二篇，蓋自寄其悲怨之思也。

自悼賦一篇。

擣素賦一篇。

婕妤又有報諸姪書曰：

托言所見元帝所賜趙婕妤書相比，元帝被病無悰，但鍛鍊後宮貴人書也。類多華辭。至如成帝，則推誠寫實，若家人夫婦相與書矣。何可比也？故略陳其短長，令汝曹自評之。

成帝嘗有書賜婕妤，故云然也。

婕妤又有團扇歌，亦名怨歌行，不載漢書，始見於梁昭明文選，及陳徐陵玉臺新詠二書。新詠錄曰怨詩——

新裂齊紈素，皎潔如霜雪。裁成合歡扇，團團似明月。出入君懷袖，動搖微風發。常恐秋節至，涼飇奪炎熱。棄捐篋笥中，恩情中道絕。

或云此歌不類婕妤口吻，疑魏代曹植王粲之所擬作也。（註一）北齊劉彥和亦疑之，文心雕龍明詩篇曰：「……至成帝品錄三百餘篇，朝章國采，亦云周備，而辭人遺翰，莫見五言。所以李陵班婕妤，見疑於後代也。」

何以云此歌之不類婕妤口吻也？蓋婕妤莊重者，決無如此輕浮氣。觀其辭成帝同輦，益可知矣。左芬班婕妤贊曰：「恂恂班女，恭讓謙虛。」更信怨詩之不出婕妤口矣。

漢樂府有班婕妤一曰婕妤怨蓋本此歌。

趙飛燕之歸風送遠操雖非五言，以其人之與婕妤有關也，故附於後。

飛燕姊妹，班婕妤之情敵也。本長安民家女，成帝召拜婕妤，有寵，尋册爲后。帝未有嗣，后欲得子，嘗用小犢車載年少子入內與通。帝疑，頗疎之。后生日，昭儀爲賀，帝亦同往，過暮方離后宮。后因帝幸，乃詐託有孕，上牋奏帝曰：

臣妾久備掖庭，先承幸御；遣肆大號，積有歲時。近因始生之日，復知善視之私；特屈乘輿，俯臨東掖；久侍宴私，再承幸御。臣妾數月來內宮盈實，月脈不流：飲食美甘，不異常日。知聖躬之在體，辨天日之入懷。虹初貫日，聽是眞符；龍據妾胸，茲爲佳瑞。更期蕃育神嗣，抱日趨庭；瞻望聖明，踴躍臨賀。僅以奉聞。

讀此牋頗有趣，想見飛燕之嬌癡一時也。余曼翁板橋雜記「顧眉生既屬龔芝麓，百計求嗣而卒無子，甚至雕異香木爲男，四嗣俱動，錦繃繡褓，僱乳母開懷哺之，內外通稱小相公。」何婦女母性本能迫切若是耶。

西京雜記「趙后有寶琴名鳳凰，亦善爲歸風送遠操」詞云：

涼風起兮天隕霜，懷君子兮渺難望，感予心兮多慨慷！

高視闊步，不似女子口吻，自是一種賦手，已開後人擬作之端矣。

飛燕之妹曰趙昭儀，今傳其與賀飛燕牋兩篇，敍次累累，若今之送禮單，殊不足取也。

飛燕姊妹逸事，多爲後世所習知，漢伶玄撰飛燕外傳一卷，四庫全書提要歸入小說類，其寫飛燕姊妹爭寵一段：「……昭儀拜乃泣曰：『寧忘共被衣長苦寒不成寐，使合德擁姊背耶？今日垂得貴皆勝人，且無外搏，我姊妹其忍內相搏乎？』后亦泣持昭儀手，抽紫玉九鶵釵爲昭儀簪髻，乃罷，……」其筆墨極艷縟之致。

（註一）日人鈴木虎雄所著之五言詩發生時期之疑問一書中，對於此詩表示懷疑，以爲此詩與辭帝同韻（見漢書）之班婕妤人格不合。詩係眞情之流露，此篇則頗有輕浮之氣味。又自文學上之作風觀之，此詩言辭雖美而哀，至於筆力靡弱特甚，又不似出有作賦力量之婕妤手筆，大抵係魏代曹植王粲之徒所擬作云云。或謂怨歌行乃顏延年作。

二　卓文君之白頭吟

卓文君者，漢代賦家司馬相如之戀人也。文君容色姣好，眉色如望遠山，臉際若芙蓉，肌膚柔滑如脂。十七而寡，爲人放誕風流，好音樂。成都司馬相如客游臨卬，飲卓氏，文君竊從戶窺，心悅而好之，相如因以琴心挑之，乃夜亡奔相如與馳歸成都。至西京雜記所載「文君當鑪」故事，已爲人所習知，不更錄也。

文君之詩文，傳於今者，有白頭吟司馬相如誄與相如書各一篇。

西京雜記「相如將聘茂陵女爲妾，文君作白頭吟（一作皚如山上雪）以自絕，相如乃止。」

皚如山上雪，皎若雲間月。聞君有兩意，故來相決絕。

今日斗酒會，明旦溝水頭。躞蹀御溝上，溝水東西流。

淒淒復淒淒，嫁娶不須啼。願得一心人，白頭不相離。

竹竿何嫋嫋，魚尾何簁簁。男兒重意氣，何用錢刀爲。

此辭載徐陵玉臺新詠中，題爲古樂府六首之一，但不言文君作也。又宋書樂志大典列古辭白頭吟，鍾惺以爲此乃文君原作，可謂極荒誕之至矣。古辭白頭吟之原文如左：

皚如山上雪，皎若雲間月。聞君有兩意，故來相訣絕。（一解）

平生共城中，何嘗斗酒會。今日斗酒會，明旦溝水頭。躞蹀御溝上，溝水東西流。（二解）

郭東亦有樵，郭西亦有樵。兩樵相推與，無親爲誰驕。（三解）

淒淒重淒淒，嫁娶亦不啼。願得一心人，白頭不相離。（四解）

竹竿何嫋嫋，魚尾何離蓰。男兒欲相知，何用錢刀爲。齕如馬噉箕，川上高士嬉。今日相對樂，延年萬歲期。（五解）

樂府詩集收此二篇，前爲本辭，後爲晉樂所奏。王僧虔技錄止言：「白頭吟行歌，古𨺓如山上雪篇」不題何辭，文君作也。樂府辭題曰：「古辭云『𨺓如山上雪，皎若雲間月』又云『願得一心人，白首不相離』始言良人有兩意，故來與之決絕。次言別於溝水之上，敍其本情。終言男兒重意氣，何用於錢刀。唐元稹又有決絕詞亦出於此」此乃晉樂所奏，卽古辭白頭吟也。

又文君司馬相如誄，或以詞氣平熟，不似出文君手者。

司馬相如誄

嗟嗟夫子兮亶通儒。少好學兮綜羣書。縱橫劍技兮英敏有譽。尙慕往哲兮更名相如。落魄遠游兮賦子虛。畢爾壯志兮駟馬高車。憶昔初好兮雍容孔都。憐才仰德兮琴心相娛。永托爲妃兮不恥當鑪。生平淺促兮命也難扶。長夜思君兮形影孤。步中庭兮霜草枯。雁鳴哀哀兮吾將安如。仰天太息兮抑鬱不舒。訴此悽惻兮疇忍聽予。泉穴可從兮願捐其軀。

柳下惠死，門人將誄之，其妻曰：「將誄夫子之德邪？則二三子不如妾知之也。」文君此誄，亦可稱相如知己。至文君與相如書，詞藻縟麗，豐韻嫣然，不類漢人筆，疑六朝人所依託也。

與相如書

羣華競芳五色淩素。琴尚在御，而新聲代故。錦水有鴛，漢宮有木。彼物而親，嗟世之人兮，瞀於淫而不悟。朱弦斷，明鏡缺。朝露晞，芳絃歇。白頭吟，傷離別。努力加餐勿念妾。錦水蕩蕩，與君長訣。

第三節　王昭君在中國文學史上之價值

漢代之有王昭君亦猶唐代之有楊貴妃。兩人者其身世之所遭遇雖不同，而影響於中國文學界均甚鉅也。今先述昭君於此，至若楊妃俟諸第四編。

一 昭君出塞故事之紀載

昭君出塞故事見於史籍者甚多——

「……元帝後宮既多，不得常見，乃使畫工圖其形，按圖召幸。宮人皆賂畫工，多者十萬，少亦不減五萬。昭君自恃容貌，不肯與工人乃醜圖之，遂不得見。後匈奴入朝，求美人爲閼氏。帝按圖以昭君行。及去召見，貌爲後宮第一，善應對，舉止閒雅。帝悔之，而名籍已定，方重信於外國，故不復更人，乃窮按其事。畫工有杜陵毛延壽爲人形醜好老少必得其眞，安陵陳敞新豐劉白龔寬並工爲牛馬飛鳥衆藝人形好醜，不逮延壽下，杜陽望樊淸尤善布色，同日棄市，籍其家貲皆巨萬。京師樂工，於是差稀。」（西京雜記）

樂府中亦有不少關於昭君出塞故事，但所記與西京雜記不同矣，

「王嬙字昭君。琴操載昭君齊國王穰女，端正閒麗，未嘗窺門戶。穰以其有異於

人，求之者皆不與。年十七獻之元帝。元帝以地遠不之幸，以備後宮。積五六年，帝每遊後宮，嘗怨不出。後單于遣使朝貢，帝宴之，盡召後宮。昭君盛飾而至，帝問欲以一女賜單于，能者往。昭君乃越席請行。時單于使在傍，驚眼不及。昭君至匈奴，單于大悅，以爲漢與我厚，縱酒作樂，遣使報漢白璧一雙，騵馬十四，胡地珍寶之物。昭君恨帝始不見遇，乃作怨思之歌。……」（樂府解題）

「明君歌舞者，晉太康中（約西紀二八四——二八六）季倫所作也。王明君本名昭君，以觸武帝諱，故晉人謂明君。匈奴盛，請婚於漢，元帝以後宮良家子配焉。……」——古今樂錄

又漢書匈奴傳曰：

「竟寧中，呼韓邪來朝，漢歸王昭君，號寧胡閼氏。呼韓邪死，子雕陶莫皋立，爲復株絫若鞮單于，復妻昭君，昭君不言飲藥而死。」（註一）

樂府中有王明君者唐書樂志謂：「明君漢曲也。……漢人憐其遠嫁，爲作此歌。晉石

崇妓綠珠（詳第三編一章三節）善舞，以此曲教之，而自製新歌。」其新歌卽古今樂錄所謂「明君歌舞者，晉太康中季倫所作。」而非復漢之舊曲矣。

（註一）按樂府解題「單于死，子世達立，昭君謂之曰：「爲胡者妻母，爲秦者更娶。」世達曰「欲作胡禮，」昭君乃吞藥死。」

二　昭君之詩文

昭君身死，既已明白，便可論其詩文矣。

昭君著名之作爲怨詩，乃將入匈奴時所作，其體爲四言，——至此吾可以略言漢代詩式之變遷矣。摯虞文章流別謂：「古詩率以四言爲體，而時有一二句三言五言六言七言九言，雜在四言之間，後世演之，遂以爲篇。」藝文類聚又詳見前編第三章註（註一）按周詩以四言爲定式，五言七言尙罕見；至漢則五言七言均已成立，而五言尤盛行，四言詩爲之者漸少。漢初韋孟之諷諫詩，尙能追摹三百篇雅頌，至婦人爲之者尤僅矣。

王昭君之怨詩曰：

秋木萋萋，其葉萎黃，有鳥處山，集於苞桑。養育毛羽，形容生光。既得升雲，上游曲房。離宮絶曠，身體摧藏。志念抑沉，不得頡頏。雖得委食，心有徊徨。我獨伊何，來往變常。翩翩之燕，遠集西羌。高山峨峨，河水泱泱。父兮母兮，道里悠長。嗚呼哀哉，憂心惻傷。

陸泉曰：「詩歌尤是三百篇之遺音，而能自出機杼，語氣矯激，聲情越絶。」（紅樹樓選）又沈歸愚之言曰：「若明訴入胡之苦，不特說不盡，說出亦淺也。呼父呼母，聲淚俱下，視石季倫擬作，瑣屑不足道矣。」（古詩源）譚元春云「石季倫詩，明敍其事；明妃自作怨詩，反委曲旁引，一字不露。翻恨石季倫有錢穀氣。」（鍾伯敬名媛詩歸引語）沈譚兩人所見略同，但沈膚冗不若陸詳之切當也。

昭君有報漢元帝書，或云後人依託，愛其短雋，故錄之——

臣妾幸得備員禁臠，謂身依日月，死有餘芳；而失意丹青，遠竄異域。誠得捐軀報主，何敢自憐；獨惜國家黜陟，移於賤工，南望漢關，徒增愴結耳。有父有弟，惟陛下幸少憐之。

明妃入胡，乃千古傷心事，歷代詩人之歌詠贊歎，見於記載者甚多，集錄如下，乃以見明妃之影響於中國文學界甚大也。

茲就樂府、琴曲、詩歌、詞、戲曲五類而統計之——

樂府類

王明君——石崇作（漢人王明君詞已亡）。

琴曲類

昭君怨——或題王嬙作

平調明君三十六拍

胡笳明君卅六拍

清調明君十三拍

閒絃明君九拍

蜀調明君十二拍

吳調明君十四拍

杜瓊明君二十一拍

——以上曲據謝希逸琴話——

詩歌類

王昭君——宋鮑明遠、北周庾信、唐盧照鄰、駱賓王、上官儀、劉長卿、李白、杜甫、儲光羲、白居易、李商隱均有擬作。

昭君詞——簡文帝、張正見、沈約、薛道衡、王褒、陳昭、均有擬作。昭君歎——范靜妻沈氏。

詞類

昭君怨

添字昭君怨

戲曲類

漢宮秋——元馬東籬傑作。

（註一）韋孟詩見漢書或以爲四言詩之始任昉文章緣起以四言詩起於前漢楚王傅韋孟諫楚王戊詩嚴滄浪詩話因之。謝榛詩家直說曰「四言體起於康衢歌，滄浪謂起於韋孟誤矣。」馮惟訥詩紀則以四言詩三百五篇在前，而嚴云起於韋孟非是按此說近是與摯虞文章流別之言亦合昔人論文每取秦漢以後，不及六經；不知六經者，文之源舍本齊末，技亦拙矣。

三　王昭君與烏孫公主

前於昭君入胡者，（漢武帝時）有烏孫公主亦遠嫁異國，兩人可謂同病相憐也。古今樂錄曰：「初武帝以江都王建女細君爲公主，嫁烏孫王昆莫，令琵琶馬上作樂，以慰其道路之思。送明君亦然也，其造新曲多哀怨之聲。」（古今樂錄明君歌舞解題）是又二人之相似者矣。漢書西域傳「元封中（約西紀前一〇九——一〇五）遣江都王建女細君爲公主，以妻烏孫昆莫。昆莫年老，言語不通。公主悲，乃自作歌。」其辭曰：

吾家嫁我兮天一方，遠託異國兮烏孫王。穹廬爲室兮氈爲牆，以肉爲食兮酪爲漿。居常土思兮心內傷，願爲黃鵠兮歸故鄉。

烏孫公主有上宣帝書或題曰王細君上宣帝書：

匈奴復連發大兵侵擊烏孫，取車延惡師地，收人民去。使使謂烏孫：趣持公主來！欲隔絕漢昆彌。昆彌願發國中精兵，自給人馬五萬騎，盡力擊匈奴。惟天子出兵以救公主昆彌。

第四節　班昭與中國婦女

班昭者，即世所稱曹大家，向被尊爲「女中聖人」在中國婦女史上極重要之人物也。其所作女誡一書，自來視爲婦女聖經。楊升庵曰：「孟母只教得一子耳，女誡七篇，並教及百世子女，可謂女中大宗師」。（歷代女子文集引）嗚呼！此其所以爲女中聖人歟，然而中國之婦女苦矣。

一　班昭略傳及其著述

班昭字惠斑，（約公元三〇年至一〇〇年之間）一名姬，扶風班彪之女，曹世叔之妻也。和帝數召入宮令皇后貴人師事焉，號曰「大家。」每貢獻異物，輒詔作賦頌。鄧太后臨朝，與聞政事。時漢書初出，未有能通者。同郡馬融伏於閣下，從昭受讀。昭所作女誡七篇，馬融善之，令妻女習焉。昭年七十餘卒，皇太后素服舉哀，使者監護喪事。自古婦女，未有如此之榮哀者也。

昭所著賦、頌、銘、誄、問注、哀辭、書撰、上疏、遺令，凡十六篇，子婦丁氏爲撰集之。又作大家讚，隋志有大家集三卷。

曹大家集今不傳，僅傳其——

賦四篇

東征賦

大雀賦

鍼縷賦

蟬賦

以上四篇惟東征賦確爲完篇，昭明文選錄之。注引大家集曰：「子穀爲陳留長，大家隨至官，作東征賦。」流別論曰：「發洛至陳留，述所經歷也。」餘篇雖見諸書所引，似非全文矣。

序二篇

女誡序

女論語序

書三篇

爲兄上書二首（永元十二年爲兄超乞歸書。）

上鄧太后書（永初中，太后兄大將軍鄧騭以母憂上書乞身，太后不欲許，以問昭，昭因上書。）

後漢書稱昭兄固著漢書，惟八表及天文志未及竟而卒，和帝詔昭就東觀閣藏書踵成之。八表者——

異姓諸侯王表第一

諸侯王表第二

王子侯表第三

高惠高后孝文功臣表第四

景武昭宣元成哀功臣表第五

外戚恩澤侯表第六

百官公卿表第七

古今八表第八

今按八表諸序，不類班固文，疑卽昭所作也。

此外，說者又謂：「漢書王莽傳敍事直遂而少檢制，或是大家之筆，」但史無明證。昭又有列女傳注，曾子固以列女傳中陳嬰母及東漢以來十六事爲昭所益。(註一) 然傳注不傳，時見御覽諸書所引。昭亦爲兄固幽通賦作注，尙存文選中。昭誠淹博也哉！

(註一) 曾鞏列女傳目錄序云「……而隋書及崇文總目皆稱向列女傳十五篇，曹大家注。以頌義考之，蓋大家所注。……而益以陳嬰母及東漢以來凡十六篇，非向書本然也。……」

二 班昭之女誡

班昭所作女誡，後漢書稱其有內助訓，馬融令妻女習之。惟世叔妹曹豐生獨爲書以難之。而其書不傳，殊可惜也。女誡七篇之目錄如左——

女誡幷序

卑弱第一

夫婦第二

敬愼第三

婦行第四

專心第五

曲從第六

和叔妹第七

觀上列篇目，卽可知女誡一書之內容。若更讀其序言，則著者之動機與思想，尤瞭然也。

女誡序

鄙人愚暗，受性不敏。蒙先君之餘寵，賴母師之典訓，年十有四，執箕箒於曹氏，於今四十餘載。戰戰兢兢，常懼黜辱，以增父母之羞，以益中外之累。夙夜劬心，勤不告勞。而今而後，乃知免耳。吾性疏頑，教導無素，恆恐子穀負辱清朝。聖恩橫加，猥賜金紫，實非鄙人庶幾所望也。男能自謀矣，吾不復以爲憂也。但傷諸女，方當適人，而不漸訓誨，不聞婦禮，懼失容他門，取恥宗族。吾今疾在沉滯，性命無常。念汝曹如此，每用惆悵。閒作女誡七篇，願諸女各寫一通，庶有補益，裨助汝身。去矣，其勗勉之。

班昭之婦女觀，從上序可以略窺其涯矣。至昭對於婦女自身問題之種種釋解，今節錄女誡各篇如下，讀者自批評之可也。

古者女子在家庭之地位若何？班昭之言曰：

「古者生女三日，臥之牀下，弄之瓦磚，而齋告焉。臥之牀下，明其卑下，主「下人」也。弄之瓦磚，明其習勞，主「執勤」也。齋告先君，明當主「繼祭祀」三者，蓋女子之常道，禮法之典教矣。……」（卑弱第一）

班昭之解釋「四德」曰：

「……夫曰「婦德」，不必才明絕異也。「婦言」，不必辯口利辭也。「婦容」，不必顏色美麗也。「婦功」，不必工巧過人也。清閒貞靜，守節整齊，行己有恥，動靜有法，是謂「婦德」。擇辭而說，不道惡語，時然後言，不厭於人，是謂「婦言」。盥浣塵穢，服飾鮮明，沐浴以時，身不垢辱，是謂「婦容」。專心紡績，不好戲笑，潔齋酒食，以供賓

客。是謂「婦功」。此四者，女人之大德，而不可乏之者也。……」（婦行第四）

班昭以女子對夫，有絕對恭順之義務。其言曰：

「陰陽殊性，男女異行。陽以剛爲德，陰以柔爲用。男以強爲貴，女以弱爲美。故鄙諺有云：『生男如狼，猶恐其尩。生女如鼠，猶恐其虎。』然則修身莫若敬；避強莫若順。故曰：「敬順之道，爲婦之大禮也。……」（敬愼第三）

女子既對夫宜敬順矣，如不敬順，則可以鞭撻隨之。班昭之言曰：

「……侮夫不節，遣呵隨之。忿怒不止，楚撻從之。夫爲夫婦者，義以和親，恩以好合。楚撻既行，何義之有？譴呵既宣，何恩之有？恩義既廢，夫婦離矣。」（敬愼第三）

班昭對於夫婦離異之主張曰：

「禮，夫有再娶之義，婦無二適之文。故曰夫者天也。天固不可逃，夫固不可離也。行違神祇，天則罰之。禮義有愆，夫則薄之。故女憲曰：『得意一人，是謂永畢。失意一人，是謂永訖。』由斯言之，夫不可不求其心。……」（專心第五）

女子對於舅姑之道如何？班昭之言曰：

「……姑云不爾而是，固宜從令。姑云爾而非，猶宜從命。勿得違戾是非，爭分曲直。此所謂曲從矣。故女憲曰：『婦如影響，焉不可賞。』」（曲從第六）

家庭中除丈夫舅姑之外，處叔妹之道如何？昭之言曰：

「婦人之得意於夫主，由舅姑之愛己也。舅姑之愛己，由叔妹之譽己也。由此言之，我臧否毀譽，一由叔妹。叔妹之心，不可失也。……然則求叔妹之歡心，固莫尙於謙順矣。謙則德之柄，順則婦之行。凡斯二者，足以和矣。詩曰：『在彼無惡，在此無射。』其斯之謂也。」（和叔妹第七）

昭書自今觀之，可謂集婦女「奴隸道德」之大成矣。

第五節　徐淑與蘇伯玉妻

漢代婦人爲五言者，除上述之外，徐淑答秦嘉詩亦有名。至若蔡琰之作，當俟後章論之。鍾嶸詩品曰：「漢爲五言者數家，而婦人居二。徐淑敍別之作，無滅於紈扇矣」。此亦大略言之也。

徐淑者，隴西人，上郡掾秦嘉之妻也。嘉適郡，淑病不能從，嘉以詩贈別之。後復作書遺之，兼以明鏡寶釵芳香素琴贈焉。故自來談夫婦之情篤者，每稱秦嘉之與徐淑也。

秦嘉贈徐淑詩見古詩源。

徐淑之答詩曰：

答秦嘉

妾身兮不令，嬰疾兮來歸。沉滯兮家門，歷時兮不差。曠廢兮侍覲，情敬兮有違。
君今兮奉命，迢遞兮京師。悠悠兮離別，無因兮敍懷。瞻望兮踴躍，佇立兮徘徊。思君兮感結，夢想兮容暉。
君發兮引邁，去我兮日乖。恨無兮羽翼，高飛兮相追。長吟兮永歎，淚下兮沾衣。

漢詩每以兮字爲語助詞，如此篇將兮字除去，則又純乎四言詩也。淑此詩情理備至，詞氣溫雅，在漢詩中似稍薄，然閨房之作，固無取乎高古也。劉知幾曰：「東漢一代賢婦人，如徐氏動合禮儀，言成規矩，毀形不嫁，哀慟傷生，此才德兼美者也。董祀妻蔡氏，載誕胡子，受辱虜庭，文詞有餘，節概不足，此言行相乖者也。蔚宗後漢書傳標列女。徐淑不齒，而蔡琰見書。欲使彤管所載，將安準的？」此論近村婦嫚駡，殊不足取。要之徐淑之傳，不在其毀形不嫁，而在其用情之貞。所以當時美談後世樂道者，在此而不在彼。若必是徐淑而抑蔡琰，豈通論哉！

徐淑答秦嘉書兩篇，文辭婉變多姿，已開六朝穠麗柔靡之習——

答夫秦嘉書

知屈珪璋，應奉歲使，策名王府，觀國之光。雖失高素皓然之業，亦是仲尼執鞭之操也。自初承問，心願東還，迫疾未宜，抱歎而已。日月已盡，行有伴列。想嚴裝已辦，發邁在近，誰謂宋遠，企予望之。室邇人遐，我勞如何！深谷逶迤，而君是涉；高山巖巖，而君是越，斯亦難矣！長路悠悠，而君是踐；冰霜慘裂，而君是履。身非形影，何得動而輒俱？體非比目，何得同而不離？於是詠萱草之喻，以消兩家之思；割今者之恨，以待將來之歡。今適樂土優游京邑，觀王都之壯麗，察天下之珍妙，得無目玩意移，往而不能出耶？

王百谷曰：「書中眷念之意，懸望之情，曲寫殆盡。」（歷代女子文集卷八）

再答夫秦嘉書

既惠令音，兼賜諸物。厚顧殷勤，出於非望。鏡有文彩之麗，釵有殊異之觀，芳香既珍，素琴益好。惠異物於鄙陋，割所珍以相賜。非豐恩之厚，孰肯若斯。覽鏡執釵，情想彷彿。操琴詠詩，思心成結。敕以芳香馥身，喻以明鏡鑑形，此言過矣，未獲我心也。昔詩人有飛蓬之感，婕妤有誰榮之歎。素琴之作，當須君歸；明鏡之鑑，當待君還。未奉光儀，則寶釵不列也。未侍帷帳，則芳香不發也。

其次再敍蘇伯玉妻之盤中詩。

盤中詩，三言體也。三言詩古爲者絕少，後世亦不盛，在漢代偶見之。武帝之郊祀歌，其最著也。婦人作者僅有蘇伯妻。

盤中詩何爲作也？——蘇伯玉久客於蜀不歸。其妻居長安，思而作詩，寫於盤中，屈曲成文，名盤中詩。沈歸愚古詩源曰「此詩似歌謠，似樂府，雜亂成文，而用意忠厚，千秋絕調」可以知其價值矣。

盤中詩

山樹高，鳥鳴悲。泉水深，鯉魚肥。空倉雀，常苦飢。吏人婦，會夫希。出門望，見白衣。謂當是，而更非。還入門，中心悲。北上堂，西入階。急機絞，杼聲催。長歎息，當語誰？君有行，妾念之。出有日，還無期。結巾帶，長相思。君忘妾，未知之。妾忘君，罪當治。妾有行，宜知之。

黃者金，白者玉，高者山，下者谷。

姓者蘇，字伯玉。人才多，知謀足。——

家居長安身在蜀，何惜馬蹄歸不數。羊肉千斤酒百斛，令君馬肥麥與粟。今時人，知四足。與其書，不能讀，當從中央周四角。

鍾伯敬謂：「房中歌非婦人語，白頭吟盤中詩眞婦人語。」（詩歸）以此詩柔婉堪憐，能以打動伯玉之心，非若房中歌之堂皇典麗也。至若詞氣之宕逸疎快，則非深於文者不能到。

第六節　漢代大作家蔡琰

蔡伯喈有女曰琰，字文姬。才多命乖，漢代最薄命之女詩人也。其所作悲憤詩二首，及胡笳十八拍，皆文學傑作。而十八拍尤與魏晉六朝時北方文學以極大之影響。其有功於中國文學界蓋不在乃父下也。

一　蔡琰家世及其詩

琰少博學，有才辯，善鼓琴，爲都鸞別鶴之操。初適河東衞仲道。夫亡無子。興平中（約西紀一九四——一九五）天下喪亂，文姬爲胡騎所擄，南匈奴左賢王以爲后，在胡十二年，生二子。曹操素與邕善，痛其無嗣。乃遣使者以金璧贖之而重嫁陳留董祀。後漢書：「琰歸祀後，感傷亂離，追懷悲憤，作詩六章。」其詩沈德潛最激賞之，「激昂酸楚，讀去如驚蓬坐振，沙礫自飛。在東漢人中，力量最大。」（古詩源）又曰：「段落分明，而滅去脫卸轉接痕跡。若斷若續，不碎不亂，少陵奉先、詠懷、北征等作，往往似之。」斯言，非過譽也。

悲憤詩

漢季失權柄，董卓亂天常。志欲圖篡弑，先害諸賢良。逼迫遷舊邦，擁王以自強。海內興義師，欲共討不祥。卓衆來東下，金甲耀日光。平土人脆弱，來兵皆胡羌。獵野圍城邑，所向悉破亡。斬截無孑遺，尸骸相撐拒。馬邊懸男頭，馬後載婦女。長驅西入關，迥路險且阻。還顧邈冥冥，肝脾爲爛腐。所略有萬計，不得令屯聚。或有骨肉俱，欲言不敢語。失意幾微間，輒言斃降虜。要當以亭刃，我曹不活汝。豈敢惜性命，不堪其詈罵。或便加捶杖，毒痛參并下。旦則號泣行，夜則悲吟坐。欲死不能得，欲生無一可。彼蒼者何辜，乃遭此戹禍。

邊荒與華異，人俗少義理。處所多霜雪，胡風春夏起。翩翩吹我衣，肅肅入我耳。感時念父母，哀歎無窮已。有客從外來，聞之常歡喜。迎問其消息，輒復非鄉里。邂逅徼時願，骨肉來迎己。己得自解免，當復棄兒子。天屬綴人心，念別無會期。存亡永乖隔，不忍與之辭。

兒前抱我頸，問：「母欲何之？人言母當去，豈復有還時！阿母常仁惻，今何更不慈。我尚未成人，奈何不顧思？」

見此崩五內，恍惚生狂癡。號呼手撫摩，當發復回疑。兼有同時輩，相送告別離。慕我獨得歸，哀叫聲摧裂。馬爲立踟躕，車爲不轉轍。觀者皆歔欷，行路亦嗚咽。

去去割情戀，遄征日遐邁。悠悠三千里，何時復交會。念我出腹子，胸臆爲摧敗。既至家人盡，又復無中外。城郭爲山林，庭宇生荆艾。白骨不知誰，從橫莫覆蓋。出門無人聲，豺狼嘷且吠。煢煢對孤景，怛咤糜肝肺。登高遠眺望，魂神忽飛逝。奄若壽命盡，傍人相寬大。爲復彊視息，雖生何聊賴。託命於新人，竭心自勗勵。流離成鄙賤，常恐復捐廢。人生幾何時，懷憂終年歲。

宋蘇軾以此詩非文姬所作，乃後人依託也。軾之言曰：「文姬流離，在父沒之後，董卓既誅，乃遇禍。今此詩乃云爲董卓所驅，虜入胡，尤知其非也。蓋擬作疏忽，而范曄荒淺，遂載之本傳。」（東坡好辨，蔡寬夫已駁之矣。蔡之言曰：「後漢書蔡琰傳載其二詩，或疑董卓死，邕被誅，而詩敍以卓亂流入胡，爲非琰辭，此蓋未嘗詳考於史也。且卓既擅廢立，袁紹輩起兵山東，以誅卓爲名，中原大亂。卓扶獻帝遷長安，是時士大夫豈皆能以家自隨乎。則琰之入胡，不必在邕誅之後，其詩首言：『逼迫遷舊都，擁王以自彊。海內興義師，欲共誅不詳。』則指紹輩固可見。繼言：『平土人脆弱，來兵皆胡羌。縱獵圍城邑，所向悉破亡。馬邊懸人頭，馬後載婦女，長驅西入關，道路險且阻。』則是爲山東兵所掠也。其末乃云：『感時念父母，哀歎無窮已。』則邕尚無恙尤無疑也。」（蔡寬夫詩話）

後漢書蔡琰傳載詩二首，前爲五言，而後則爲七言。漢世婦女爲七言者絕少，惟琰此詩，及其胡笳十八拍爲七言，故更錄於此——

悲憤詩其二

嗟薄祜兮遭世患，宗族殄兮門戶單。身執略兮入西關，歷險阻兮之羌蠻。山谷眇兮路漫漫，眷東顧兮但悲歎。冥當寢兮不能安，饑當食兮不能餐。常流涕兮眥不乾，薄志節兮念死難。雖苟活兮無形顏。

惟彼方兮遠陽精，陰氣凝兮雪夏零。沙漠壅兮塵冥冥，有草木兮春不榮。人似禽兮食臭腥，言兜離兮狀窈停。歲聿暮兮時邁征，夜悠長兮禁門扃。不能寐兮起屏營，登胡殿兮臨廣庭。玄雲合兮翳月星，北風厲兮肅泠泠。胡笳動兮邊馬鳴，孤雁歸兮聲嚶嚶。樂人興兮彈琴箏，音相和兮悲且清。心吐思兮胸憤盈，欲舒氣兮恐彼驚，含哀咽兮涕沾頸。

家既迎兮當歸寧，臨長路兮捐所生。兒呼母兮啼失聲，我掩耳兮不忍聽。追持我兮走煢煢，頓復起兮毀顏形。還顧之兮破人情，心怛絕兮死復生。

鍾伯敬曰：「文姬胡笳十八拍與此首同是七言，而淺深雅俚老稚，望而知其不侔矣。」

余嘗謂十八拍非文姬筆，卽以此一首定之。……」（名媛詩歸）十八拍是否全出文姬手，已成疑問，第其慷慨悲歌，聲情激越，所敍前後情事，自去胡至歸漢宛曲在目，似又非身歷其境者不能道也。或謂文姬始製幾首，而好事者衍之，遂有十八拍，此說近是。茲更於下節論之。

二　胡笳十八拍與胡歌之關係

漢代當西歷第二世紀之末，武帝使張騫李廣利等經略西域，大奏其功。於是漢人與葱嶺以西諸國交通。後漢班超遠征，經略中亞細亞諸地，而番兜人敍利亞人又多懷威慕利來貢。胡漢交通，於新爲盛。而植物之移植，（註一）音樂之輸入，（註二）尤與漢族文化之發展，有極大關係也。

魏晉之時，胡漢雜居內地，於是漢族文化，受胡人之影響更深。迨東晉分裂，黃河流域，皆爲鮮卑、匈奴、羯、氐、羌等異餘所佔據。風俗既變，化亦隨之。於是北方文學，乃全帶異族色彩矣。

吾上所述，乃略言胡漢文化交通之關係，欲語其詳，則數千百言亦不能休也。(註三)

吾今可回言十八拍與胡歌之關係矣。

胡歌與漢族文學不同之處，即「自然質直」是也。海達爾 (Heldel, 1744—1803) 謂：「凡民族愈質野，則其歌亦愈自由多生氣，出於自然。」匈奴、鮮卑諸族，文明程度，較漢族爲低，故其歌亦眞實自然。如匈奴歌「失我焉支山，令我婦女無顏色。失我祁連山，使我六畜不蕃息。」何等眞切。若再觀折楊柳歌辭「遙看孟津河，楊柳鬱婆娑。我是虜家兒，不解漢兒歌。」慷慨疏朗，決非漢族文學之所能有也。蔡文姬留胡十二年，風俗習慣，受其感化，則文學亦當然受其薰陶浸染。故字句情調間，時常有異族色彩，十八拍即其例也。鍾伯敬以十八拍淺俚，疑非文姬所作，不知其已受異族的洗禮也。

(註一) 張騫自西域移植中國之有用植物甚多——葡萄、苜蓿、撒失藍、胡麻、胡瓜、胡豆、胡荽、胡蒜、胡桃、安石榴。……或謂此等植物，多半傳自希臘，由西域間接傳入中國者，見鍾聲中國歷代文化與中西之交通一文。

（註二）黃河渭水間，乃中國音樂發源地，唐之伊州涼州甘州渭州諸曲，皆出其地。但遠溯其源，實漢代時來自西域龜茲高昌諸國，而後傳入內地者也。王建詩云：「弟子歌中留一色，聽風聽水作霓裳。」歐陽永叔詩話以不曉聽風聽水爲恨。蔡絛詩話云：「出唐人西域記龜茲國王與臣庶知樂者於大山間聽風水聲，均成音，後翻入中國，如伊州甘州涼州皆自龜茲致。」洪容齋隨筆，以爲伊涼諸樂卽發生於伊涼熙石渭諸地，蓋未深究其源也。

（註三）讀者欲知其詳，可參觀鍾聲所著之中國歷代文化與中西之交通。

胡笳十八拍

我生之初尙無爲，我生之後漢祚衰。天不仁兮降亂離，地不仁兮使我逢此時。干戈日尋兮隨路危，民族流亡兮共哀悲；烟塵蔽野兮胡虜盛，志意乖兮節義虧。對殊俗兮非我宜，遭惡辱兮當告誰？——笳一會兮琴一拍，心憤怨兮無人知！

其二

戎羯逼我兮爲室家，將我行兮向天涯。雲山萬里兮歸路遐，疾風千里兮揚塵沙；人多暴猛兮如虺蛇，控絃被甲兮爲驕奢。——兩拍張絃兮絃欲絕，志摧心折兮自悲嗟。

其三

越漢國兮入胡城，亡家失身兮不如無生！氈裘爲裳兮骨肉震驚，羯羶爲味兮枉遏我情！鞞鼓喧兮從夜達明，胡風浩浩兮暗塞營。——傷今感昔兮三拍成，銜悲畜恨兮何時平？

其四

無日無夜兮不思我鄉土，稟氣含生兮莫過我苦。天災國亂人無主，惟我薄命兮殁戎虜。殊俗心異兮身難處，嗜欲不同誰可與語？尋思涉歷兮多艱阻。——四拍成兮益悽楚。

其五

鴈南征兮欲寄邊聲，鴈北歸兮爲得漢音。鴈飛高兮邈難尋，空斷腸兮思愔愔。攢眉向月兮撫雅琴，——五拍泠泠兮意彌深。

其六

冰霜凜凜兮身苦寒，饑對肉酪兮不能餐。夜聞隴水兮聲嗚咽，朝見長城兮路杳漫。追思往日兮行李難，——六拍悲兮欲罷彈。

其七

日暮風悲兮邊聲四起，不知愁心兮說向誰？原埜蕭條兮烽戍萬里，俗賤老弱兮少壯爲美。逐有水草兮安家葺壘，牛羊滿埜兮聚如蜂蟻。草盡水竭兮羊馬皆徙，——七拍流恨兮惡居於此。

此首寫盡邊愁，卽雄心猛氣人讀之亦將淚下。唐李益詩所謂「不知何處吹蘆管，（卽胡笳，胡人捲蘆葉吹之，見杜摯笳賦序）一夜征人盡望鄉。」也。

其八

爲天有眼兮，何不見我獨漂流？爲神有靈兮，何獨處我天南海北頭？我不負天兮，天何配我殊匹儔？我不負神兮，神何殛我越荒州，——製斯八拍兮擬俳優，何知曲成兮心轉愁。

其九

天無涯兮地無邊，我心愁兮亦復然。人生倏忽兮如白駒之過隙，愁不得歡樂兮當我之盛年。——怨兮欲問天，天蒼蒼兮上無緣。舉頭仰望兮空雲烟，——九拍懷情兮誰與傳。

其十

城頭烽火不曾滅，疆場征戰何時歇。殺氣朝朝衝塞門，胡風夜夜吹邊月。故鄉隔兮音塵絕，哭無聲兮氣將咽。一生辛苦緣離別，——十拍悲深兮淚成血。

其十一

我非貪生而惡死，不能捐身兮心有以。生仍冀得歸桑梓兮，死當埋骨長已矣！日居月諸兮在戎壘，胡人寵我兮有二子。鞠之育之兮不羞恥，愍之念之兮生長邊鄙。——十有一拍因茲起，哀響纏綿兮徹心髓。

其十二

東風應律兮暖氣多，知是漢家天子兮布陽和。羌胡舞蹈兮共謳歌，兩國交懽兮罷兵戈。忽遇漢使兮稱近臣，詔遣千金兮贖妾身。喜得身還兮逢聖君，嗟別稚子兮會無因。——十有二拍兮哀樂均，去住兩情兮難具陳。

其十三

不謂殘生兮卻得旋歸，撫抱胡兒兮泣下沾衣。漢使迎我兮四牡騑騑，胡兒號兮誰得知。與我生死兮逢此時，愁爲子兮日無光輝。焉得羽翼兮將汝歸，一步一遠兮足難移，魂銷影絕兮恩愛遺。——十有三拍兮弦急調悲，肝腸攪刺兮人莫我知。

其十四

身歸國兮兒莫之隨，心懸懸兮常如饑。四時萬物兮有盛衰，惟有愁苦兮不暫移。山高地闊兮見汝無期，更深夜闌兮夢汝來斯。夢中執手兮一喜一悲，覺後痛吾心兮無休歇時。——十有四拍兮涕淚交垂，河水東流兮心是思。

其十五

十五拍兮節調促，氣塡胸兮誰識曲？處穹廬兮偶殊俗，願得歸來兮天從欲。再還漢國兮歡心足，心有懷兮愁轉深。日月無私兮曾不照臨，子母分離兮意難任。同天隔越兮如參商，生死不相知兮何處尋。

其十六

十六拍兮思茫茫，我與兒兮各一方。日東月西兮徒相望，不得相隨兮空斷腸。對萱草兮憂不忘，彈鳴琴兮情何傷。今別子兮歸故鄉，舊怨平兮新怨長。泣血仰歎兮訴蒼蒼，胡爲生兮獨罹此殃？

其十七

十七拍兮心鼻酸，關山阻修兮行路難。去時懷土兮心無緒，來時別兒兮思漫漫。塞上黃蒿兮枝枯葉乾，沙場白骨兮刀痕箭瘢。風霜凜凜兮春夏寒，人馬饑尫兮筋力單，豈知重得兮入長安，歎息欲絕淚闌干。

其十八

胡笳本自出胡中，緣琴翻出音律同，十八拍兮曲雖終，響有餘兮思無窮。是知絲竹微妙兮均造化之功，哀樂各隨人兮有變則通。胡與漢兮異域殊風，天與地兮子西母東。若我怨氣兮浩於長空，六合雖廣兮受之應不容。

文姬十八拍中，自十一拍至十七拍之中間七拍，均是慈母別子之血淚語。「母性本能」之表現，最爲強摯。英詩人勃朗寧（R, Browning 1812—1889）之詩曰：「婦女的意義，便在母心。一切的愛，創於此，終於此。」斯言直貫澈婦女之心。文姬去住兩情，交互胸中。留也不得，去也不忍。「舊怨平兮新怨長。」此文姬處境之所以尤慘酷也。謂之薄命詩人，誰曰不宜！

參考書目

史記（高帝本紀項羽本紀）漢司馬遷撰四部叢刊本

漢書　漢班固撰四部叢刊本

後漢書　宋范曄撰四部叢刊

宋書（樂志）　梁沈約撰四部叢刊本

晉書（樂志）唐太宗御撰四部叢刊本

史通通釋　劉知幾撰浦二田釋通行本

玉臺新詠十卷　陳徐陵撰四部叢刊本

玉臺新詠考異十卷　清紀容舒編

西京雜記六卷　漢劉歆撰四部叢刊本

飛燕外傳一卷　此書記趙飛燕姊妹故事題漢河東都尉伶玄子于撰

文心雕龍十卷　梁劉勰撰清黃叔琳注掃葉山房本

詩品三卷　梁鍾嶸撰通行本

文章緣起一卷　梁任昉撰上海有正書局石印本（文學津梁內）

女誡　漢班昭撰上海醫學書局鉛印本

文選　梁昭明太子撰李善注中華書局四部備要本通行本

樂府詩集一百卷　宋郭茂倩撰四部叢刊本

古列女傳七卷　漢劉向撰

古詩源十四卷　清沈德潛撰

樂府原十五卷　明陳獻忠撰四庫本

文藝流別二十卷　明黃佐撰四庫本

古樂府十卷　元左克明撰

詩女史十四卷拾遺二卷　明田藝蘅編是書採錄閨閣之詩上起古初下迄明代拾遺二卷則皆宋以前作也

漢魏六朝女子文選　上海掃葉山房石印本

紅樹樓選歷代名媛詩詞十二卷　清陸泉編此書選歷代名媛詩詞起自唐山夫人迄於元末明以下無有也
　掃葉山房本

中國大文學史　謝無量編中華書局出版

國語文學小史　胡適編講義本

新著國語文學史　凌獨見編商務印書館出版

中古文學概論　徐嘉瑞編上海亞東書局出版

中國民歌研究　胡懷琛編商務印書館出版

白話文學史　胡適編上海新月書店出版

中國詩史　陸侃如馮沅君編上海大江書鋪出版

漢代婦人詩辨僞　陳延傑撰東方雜誌二十四卷二十四號

第三章　魏晉六朝平民文學之勃興

魏晉六朝間，婦女文學起一大變化，卽平民文學——古情歌——之勃興是也。試觀陽春、子夜、懊儂、石城等等，何一而非盡量的描寫男女戀愛之情。國風多抒情小詩，至此則變爲寫情短歌矣。昔人論詩，每薄六朝。如李白詩：「自從建安來，綺麗不足珍。」鄭燮詩：「文章六代總蟬聲。」然彼所鄙者，指當時之駢儷而言，更不知婦女文學中乃有此寶藏——古情歌——也。

第一節　魏晉之婦女文學

魏晉文學，承建安之後，故詩歌五言大盛。風氣所趨，婦女亦然。魏武、卞后、文帝、甄后並有文采。此外若王宋之棄婦篇，猶存建安之骨。孟珠之陽春歌，早開子夜之先聲矣。左芬謝女，時稱大家。紈扇桃葉，尤稱雋品。等而下之，不勝計矣。

一　甄后之塘上行

魏文帝甄后者，才多命薄，一傷心之女詩人也。鄴都故事：「魏文帝甄皇后，中山無極人。袁紹據鄴，與中子熙娶后爲妻。後太祖破紹，文帝時爲太子，遂以后爲夫人。後爲郭皇后所讒，文帝賜死後宮。臨終爲詩曰：『蒲生我池中，其葉何離離』。卽所謂塘上行者，乃一篇失戀歌也」。

塘上行

蒲生我池中，其葉何離離？傍能行仁義，莫若妾自知。衆口鑠黃金，使君生別離。念君去我時，獨愁常苦悲。想見君顏色，感結傷心脾。念君常苦悲，夜夜不能寐。莫以賢豪故，棄捐素所愛。莫以魚肉賤，棄捐葱與薤。莫以麻枲賤，棄捐菅與蒯。出亦復苦愁，人亦復苦愁。邊地多悲風，樹木何脩脩。從君致獨樂，延年壽千秋。

此詩婉朴有漢樂府之遺。若其辭長秋宮一表，甚無謂也。

又塘上行一名蒲生行，樂府中淸商曲名也。樂府解題曰：「晉樂奏魏武帝蒲生篇而諸集錄皆言魏文帝甄后所作。」至其樂乃包含一段極悲哀之故事。或謂陳思王之洛神賦，卽爲甄后而作也。文選洛神賦注云：

「魏東阿王，漢末求甄逸女不遂。太祖回與五官中郎將。植殊不平，晝思夜想，廢寢與食。黃初中（約西紀二二一——二二三）入朝，帝示植甄后玉鏤金帶枕。植見之不覺泣。時已爲郭后讒死。帝意亦尋悟，因令太子留宴飲，仍以枕賚植。植還度轘轅，少許時。將息洛水上，思甄后，忽見女來。自云：『我本託心君王……爲郭后以糠塞口，今被髮，羞將此形貌重覩君王爾。』言訖，不復見所在。遣人獻珠於王，王答以玉佩，悲喜不能自勝。遂作感甄賦。後明帝見之，改爲洛神賦。」

洛神賦小序「黃初三年，（西紀二二二）余朝京師，還濟洛川。古人有言，斯水之神，名曰宓妃，感宋玉對楚王神女之事，遂作斯賦。」與上紀相合。又觀賦中「余情悅其淑美兮。心振蕩而不怡。無良媒以接懽兮，託微波而通辭。」即植求甄氏女而不得也。至若「雖潛處於太陰，長寄心於君王。忽不悟其所舍，悵神宵而蔽光。」此即文選注所記甄后現形一段之縮影也。

二 陽春歌及其他

陽春歌，丹陽女子孟珠所作。其體五言四句，蓋已開子夜之先聲矣。胡懷琛謂：「在子夜歌以前，未有五言四句之絕詩。」（中國民歌研究第三章）蓋未究其源也。陽春歌所傳共三首，措詞絕佳。豔而不妖，只自情味中出來。六朝情歌一派，不愧先鋒。其詞曰：

陽春歌

陽春二三月，草與水同色。道逢遊冶郎，恨不早相識。

陽春二三月，草與水同色。攀條摘香花，言是歡氣息。

望觀四五年，實情將懊惱。願得無人處，回身與郎抱。

王宋者，平虜將軍劉勳之棄婦也。宋嫁勳二十餘年，後勳悅山陽司馬女，以宋無子出之，宋賦詩自傷。其詩淡淡說來，自然入情。次首懇摯而委婉，怨在言外，不覺其妬，轉益可傷。

詩曰：

雜詩

翩翩牀前帳，張以蔽光輝。昔將同爾去，今將爾共歸。緘藏篋笥裏，當復何時披？

誰言去婦薄？去婦情更重。千里不唾井，況乃昔所奉。望遠未爲傷，躑躅不得共！

魏時女子，除上所述之外，丁廙妻之寡婦賦，亦頗有價值。蓋其所寫者，寡婦處境之慘苦，非一味頌贊寡婦之爲美也。

寡婦賦何爲而作也？——王百穀曰：「丁廙字敬禮，儀之弟也。少有姿才，目書如注。建安中爲黃門侍郎。（歷代女子文集引）文帝卽位，（西紀二二一）以陳思王故被誅，其妻因作此賦。」趙問奇曰：「賦事者雖極力形容，終不眞至身入其際，雖不作怨尤語，自覺情深，此情文相生之妙。」可以語寡婦賦矣。

寡婦賦

惟女子之有行，固歷代之彝倫。辭父母而言歸，奉君子之清塵。如懸蘿之附松，假浮萍之托津。恐施厚而德薄，若臨淵而履冰。何性命之不造，遭世路之險屯。榮華曄其始茂，所恃奄其徂泯。

靜閉門以卻埽，魂孤煢以窮居。刷朱扉以白堊，易玄帳以素幬。含慘怛以何訴，抱弱子以自慰。顧顏貌之豔豔，對左右而掩涕。時翳翳以東陰，日亹亹以西墜。雞斂翼以登栖，雀分散以赴肆。氣憤薄而交縈，撫素枕而歔欷。還空牀而下幬，拂衾褥以安寐。想逝者之有憑，因宵夜之髣髴。痛存歿之異路，終窈冥而不至。

時荏苒而不留，將遷靈以大行。駕龍輴於門側，設祖祭於前廊。彼生離其尤難，況永絕而不傷。

自衍恤而在疚，履春冬之四節。風蕭蕭而增勁，寒凜凜而彌切。霜凄凄而夜降，冰溓溓而晨結。瞻靈宇之空虛，悲屏幌之徒設。仰皇天而歎息，腸一日而九結。

惟人生於世上，若馳驥之過櫺。計先後其幾何，亦同歸乎幽冥。

三　魏晉婦女之短椾

短椾者，短篇之書牘，用最經濟的文字，能以表現情感思想，與事實之最深切的部分者也。短椾之興，約在周秦，其發達則在漢魏六朝。唐宋作者輩出，——至蘇黃尤有名——至清尤盛。此亦文學上自然之趨勢也。

魏晉文章，崇尚短篇，——如陳琳之賦，張華之議，傅咸之彈文，曹操父子之詔、令、表、序，……每多短篇，時會所趨，於是乎短椾興矣。

婦女作者，在漢時若上述之——班婕妤報諸侄書，趙飛燕奏成帝牋，卓文君與相如書，王昭君報漢元帝書，烏孫公主上宣帝書，徐淑答秦嘉書兩篇，皆短雋清警，耐人尋味。洎乎魏晉，若寡婦淑之答兄弟書，孫瓊之與虞定夫人書，與從弟孝徵書，徐燦妻之與妹書，陳元芳之答舅母書，衞夫人之與支法師書，孫氏之答夫書，亦短椾中之雋品也。選錄數篇，以見一斑——

寡婦淑答兄弟書

蓋聞君子導人以德，矯俗以禮。是以烈士有不移之志，貞女無迴二之行。淑雖婦人，竊慕殺身成義，死而後已。夙罹禍罰，喪其所天。男弱未冠，女幼未笄。是以僶俛求生，將欲長育二子。上奉祖宗之嗣，下繼祖禰之禮。然後覲於黃泉，永無慚色。仁兄德弟，既不能厲高節於弱志，發明德於闇昧。許我從人，逼我干上，乃命官人訟之簡書。夫志者不可惑以事，仁者不可脅以死。晏嬰不以白刃臨頸，改正直之辭；梁寡不以毀形之痛，忘執節之義。高山景行，豈不思齊？計兄弟備託學門，不能匡我以道，博我以文，雖曰既學，吾謂之未也。

王鳳洲曰：「二寡婦者淑也曷也。淑喪夫守寡，兄弟將嫁之，誓而不許，爲書……」（歷代女子文集引）吾選此篇，愛其詞，非是其人。然驕氣凌人不若丁廙妻寡婦賦之爲本色文字矣。

孫瓊與從弟徵書

省爾譏我以養鵠，乃戒以衞懿滅斃之禍，斯言惑矣，吾未之取。彼衞懿之好，民無役車之載，鵠有乘軒之飾，禍敗之由，由乎失所。若乃開囿匹於靈囿，沃池矩乎神詔，文魚躍於白水，素鳥翔乎神州，豈非周文之德，大雅所修哉！夫嘉肴旨酒，非不美也，夏禹盛以陶豆，殷紂貯以玉杯。而此聖以興，彼愚以滅，蓋置之失所。如其無失，來難可施乎？

陳元方妻答舅母書

元方春秋始富，德業亦隆，弘道博文，才質兼備。冀志與時暢，榮耀當年，豈意一朝，冥然長往。季方沖幼，過庭莫聞，聖善明訓，業成三徙，亦既冠婚，雙譽見集，庶幾偕老，色養膝下；而殃厲橫流，艱禍仍遘。媛姊傾逝，宗模永絕，姊方玄華，並夭歲年，豈慮豈圖，禍降彌酷。良才夭於始立，崇基殞於一簣，仰痛殄滅，俯悼二弟，斯人斯命，當可奈何？母年踰耳順，備經百罹，一紀之中，四遘至痛，目前廓然，三從靡託，窮悼中發，情馳難處。

晉世婦女多善書畫，而衛夫人之書尤爲著稱。衛夫人名鑠，字茂猗，汝陰太守李矩妻也，雅善鍾繇法，王逸少常師事之，著筆陣圖行於世。法帖中又有衛夫人與支法師書，亦雋品也。

與支法師書

衛頓首和南。近奉勑寫急就章，遂不得與師書耳。但衛隨世所學，規摹鍾繇，遂歷多載。年廿著詩論，草隸通解，不得上呈。衛有一弟子王逸少，甚能學衛眞書，咄咄逼人，筆勢洞精，字體遒媚，師可詣晉尚書館書耳。仰憑至鑒，大不可言。弟子李氏衛和南。

又孫氏答夫許邁書

愚下不材，侍執巾櫛，榮華福祿，相與共之。如何君子，駕其大義，輕見斥逐？若以此處遐曠，非婦人所便。昔梁生涉嶺，孟光是攜；蕭史登臺，秦女不舍；衛人修義，夫妻同行；老萊逃名，伉儷俱逝；豈非古人嘉遯之舉者。許君乖離矣！

陳眉公曰：「邁妻孫氏。吳郡散騎常侍孫宏女也。邁總角好道，立精舍於懸溜山，往來茅嶺，惟朔望時節還家定省。父母既終，乃遣妻孫氏還家，爲書以謝絕之。孫爲書答邁，以永和三年（西紀三四七）入臨安西山。」（歷代女子文集引）魏晉好道，六朝佛教思想之移人甚矣哉！

四　左芬與貴族文學

以下所敍，乃左芬與其他作者，皆魏晉貴族婦女。僅存其目，不錄其文——

左貴嬪名芬，晉世貴族婦女作者之大手筆也。以鮑昭兄妹之才，尙謂「臣妹才自亞於左芬，臣才不及太沖爾。」（鮑昭答宋武帝語）芬少好學，與兄思齊名。武帝聞而納之。泰始八年（西紀二七二）拜修儀，受詔作愁思之文，因爲離愁賦。後爲貴嬪。姿陋無寵，以才德見禮。體羸多患，常居薄室。帝每游華林，輒回輦過之。言及文義，辭對淸華；左右侍聽，無不稱美。及元皇后崩，芬獻誄。咸寧二年（西紀二七六）納郭后，芬於座受詔作頌。及帝女萬年公主薨，帝痛悼不已。詔芬爲誄，其文甚麗。武帝重芬辭藻，每有方物異寶，必詔爲賦頌。晉書稱其有答兄思詩書及雜賦頌贊數十篇，輝煌典麗，可以媲美班姬也。

左芬辭賦，傳於今者，有離思賦、松柏賦、涪漚賦、孔雀賦、鸚鵡賦。晉書獨載其離思賦，尚爲完篇。至孔雀、鸚鵡，則斷句也。

今將左芬作品列目如下——

賦五篇

離思賦——此篇載晉書

涪漚賦

松柏賦——以上兩賦歷代女子文集亦載之。

孔雀賦

鸚鵡賦

表一篇

上元皇后誄表

頌二篇

納楊后頌

鬱金頌

贊十三篇

納楊后贊

魯敬姜贊

虞舜二妃贊

齊義繼母贊

荆武王夫人鄧曼贊

孟軻母贊

巢父惠施

周宣王姜后贊

楚狂接輿妻贊

班婕妤贊

德剛贊

齊杞梁妻贊

德柔贊

誄二篇

元皇后誄（泰始十年）

萬年公主誄

左芬詩之傳於今者，僅四言五言各一首——

啄木詩

南山有鳥，自名啄木。餓則啄樹，暮則巢宿。無干於人，惟志所欲。惟情者榮，惟濁者辱。

答兄感離詩

自我離膝下，倏忽逾載期。邈邈情彌遠，再奉將何時。披省所賜告，尋玩彈離詞，彷彿想容儀，歔欷不自持。何時當奉面，娛目於詩書。何以訴厥苦，告情於文辭。

陸少海之論此兩詩曰：「啄木詩所以自道，而託之蟲鳥；感兄一章，敍兄妹離別之情，歸之詩書文翰，淑女胸中，別有明哲道理。」（紅樹樓選）左芬所作，僅此兩詩，尚是情性之眞，而又爲附會者強引到「文以載道」之上，寃煞左芬矣。

鍾繇有曾孫女曰琰，黃門侍郎鍾徽女也。數歲能屬文。及長，聰慧容雅，博覽記籍。善容止，喜嘯詠。禮儀法度，爲中表所則。著有詩、賦、誄、頌，今所傳賦二首，疑非全篇也。賦見歷代女子文集卷一。

遐思賦

鶯賦

即詠「柳絮因風起」之謝家才女道韞，其詩文亦帶有很濃厚之貴族色彩。道韞有才辨，神清散朗。其所著詩、賦、誄、頌，在當時必多，但傳於今者甚少也。茲列其所作篇目如下：

詩二首

登山

擬嵇中散詠松

贊一篇

論語贊

松陽令鈕滔之母孫瓊，有集二卷行世，今不傳。陳眉公曰：「孫瓊者，晉劉滔（一作鈕滔）之母也。善詩文，性好養鶴。教滔成名，有文集行世。」（歷代女子文集卷一引）前節所載其與從弟孝徵書，即爲養鶴而發也。

孫瓊其他所作——

賦二篇

悼艱賦

箜篌賦　（此兩篇俱短賦）

贊一篇

公孫夫人序贊

書二篇

與龔定夫人書

與從弟孝徵書（見前節）

隋志有劉柔妻王劭之集十卷。今傳——

賦二篇

春花賦（短篇僅百餘字王百穀甚稱之）

懷思賦

頌二篇

啓母塗山頌

姜源頌

銘一篇

靈壽杖銘

詩一篇

正朔詩

劉臻妻陳氏晉書有傳。或謂陳氏乃晉陶融妻也。其所作有——

賦一首

箏賦

頌二首

元月獻椒花頌

午時畫扇頌

書二首

與舅母書（見前節題爲劉臻妻陳元方）

與妹劉氏書

隋志又有常侍傅伉妻辛蕭集一卷

頌三首

燕頌

芍藥花頌

菊花頌

詩一首

元正詩

此外所傳，若康帝褚后，（註一）北漢劉聰后，（註二）秦苻堅妃張氏，（註三）其詔制書疏，並見於史籍。至若名媛詩歸所載諸仙女詩，——杜蘭香、蕚綠華、魏華存、雙禮珠、九華安妃、……大抵皆後世文人方士所僞託，毫不足顧。然即此亦可以覘晉時道教之盛矣。

（註一）后名蒜子，河南陽翟褚裒女也。好佛知書。穆帝時，臨朝稱制，前後凡四十年。其所作詔書，有——答請臨朝詔，歸政詔，歸政穆帝與羣公詔，答復請臨朝詔。

（註二）劉聰后名娥，字麗華，有諫營鷍儀殿疏。

（註三）堅妃張氏有諫苻堅伐晉疏。

第二節　子夜歌及其他吳聲歌曲

子夜歌者，中國詩歌界最偉大之平民文學也。晉世詩歌，傳於今者，婦人之作，子夜最多。唐書樂志「子夜歌者，晉曲也。晉有女子名子夜，造此聲，聲過哀苦」今所傳子夜歌四十二章，或云古辭如此；或云其中雜有宋齊之辭。後人更爲子夜行樂之歌，謂之子夜四時歌。又有大子夜歌，子夜警歌，子夜變歌，皆曲之變。若宋書所記，則子夜歌又爲鬼物矣。（註一）子夜，吳人，故子夜歌亦稱吳聲，乃淸商曲調。（註二）其他若綠珠之懊儂曲，謝芳姿之團扇歌，劉妙容之宛轉歌，桃葉之桃葉歌，亦子夜之類也。

（註一）宋書樂志云：「子夜歌者，有女子造此聲。晉孝武太原中，瑯琊王軻之家有鬼歌子夜。殷允爲豫章時，豫章僑人庾僧度家亦有鬼歌子夜。殷允爲豫章亦是太原中，則子夜是此時以前人也。」

（註二）參看本書第二編一章二節

一　子夜歌之研究

今所傳子夜歌四十二首，子夜四時歌七十五首，共百餘。大子夜歌云；「歌謠數百首，子夜最堪憐。慷慨吐清音，明轉出天然。」（大子夜歌二首之一）慷慨天然四字，可以盡子夜之妙矣。

子夜歌四十二首

落日出前門，瞻矚見子度。治容多姿鬢，芳香已盈路。

芳是香所爲，冶容不敢當。天不奪人願，故使儂見郎。

宿昔不梳頭，絲髮被兩肩。腕伸郎膝上，何處不可憐？

自從別歡來，奩器了不開。頭亂不敢理，粉拂生黃衣。

崎嶇相怨慕，始獲風雲通。玉林語石闕，悲思兩心同。
見娘喜容媚，願得結金蘭。空織無經緯，求匹理自難。
始欲識郎時，兩心望如一。理絲入殘機，何悟不成匹？
前絲斷纏綿，意欲結交情。春蠶易感化，思子已復生。
今夕已歡別，會合在何時？明燈照空局，悠然未有期。
自從別郎來，何日不咨嗟？黃蘗鬱成林，當奈苦心多。
高山種芙蓉，復經黃蘗塢。果得一蓮時，流離嬰辛苦。
朝思出前門，莫思還後渚。語笑向誰道，腹中陰憶汝。
擘枕北窗臥，郎來就儂嬉。小喜多唐突，相憐能幾時。
駐筯不能食，蹇蹇步闈裏。投瓊着局上，終日走博子。
郎爲傍人取，負儂非一事。攡門不安橫，無復相關意。
年少當及時，蹉跎日就老。若不信儂語，但看霜下草。

綠攬迮題錄，雙裙今復開。已許腰中帶，誰共解羅衣？

常慮有貳意，歡今果不齊。枯魚就濁水，長與清流乖。

歡愁儂亦慘，郎笑我便喜。不見連理樹，異根同條起。

感歡初殷勤，歎子後遼落。打金側瑇瑁，外豔裏懷薄。

別後涕流連，相思情悲滿。憶子腹糜爛，肝腸尺寸斷。

道近不得數，遂致盛寒違。不見東流水，何時復西歸？

誰能思不歌，誰能飢不食？日冥當戶倚，惆悵底不憶。

攣裙未結帶，約眉出前窗。羅裳易飄颺，小開罵春風。

舉酒待相勸，酒還杯亦空。願因微腸會，心感色亦同。

夜覺百思纏，憂歎涕流襟。徒懷傾筐情，郎誰明儂心？

儂年不及時，其於作乖離。素不如浮萍，轉動春風移。

夜長不得眠，轉側聽更鼓。無故歡相逢，使儂肝腸苦。

歡從何處來，端然有憂色。三喚不一應，有何比松柏？

念愛情慊慊，傾倒無所惜。重簾持自鄣，誰知許後薄？

氣清明月朗，夜與君共嬉。郎歌妙意曲，儂亦吐芳詞。

驚風急素柯，白日漸微濛。郎懷幽閨性，儂亦恃春容。

夜長不得眠，明月何灼灼。想聞散喚聲，虛應空中諾。

人各既疇匹，我去獨乖違。風吹冬簾起，許時寒薄飛。

我念歡的的，子行由豫情。霧露隱芙蓉，見蓮不分明。

儂作北辰星，千年無轉移。歡行白日心，朝東莫還西。

憐歡好情懷，移居作鄉里。桐樹生門前，出入見梧子。

遣侶歡不來，自往復不出。金銅作芙蓉，蓮子何能實！

初時非不密，其後日不如。回頭批節脫，轉覺薄志疏。

寢食不相忘，同坐復俱起。玉藕金芙蓉，無稱我蓮子。

恃愛如欲進，含羞未肯前。口朱發艶歌，玉指弄嬌弦。
朝日照綺裝，光風動紈素。巧笑蒨兩犀，美目揚雙蛾。

子夜四時歌七十五首

春歌二十首

春風動春心，流目矚山林。山林多奇采，陽鳥吐清音。
綠荑帶長路，丹椒重紫莖。流吹出郊外，共歡弄春英。
光風流月初，新林錦花舒。情人戲春月，窈窕曳羅裾。
妖冶顔蕩駘，景色復多媚。温風入南牖，織婦懷春意。
碧樓冥初月，羅綺垂新風。含春未及歌，桂酒發清容。
杜鵑竹裏鳴，梅花落滿道。燕女遊春月，羅裳成芳草。
朱光照綠苑，丹華粲羅星。那能閨中繡，獨無懷春情？
鮮雲媚朱景，芳風散林花。佳人步春苑，繡帶飛紛葩。

羅裳迮紅袖，玉釵明月璫。冶遊步春露，豔覓同心郎。

春林花多媚，春鳥意多哀。春風復多情，吹我羅裳開。

新燕弄初調，杜鵑競晨鳴。畫眉忘注口，遊步散春情。

梅花落已盡，柳花隨風散。歎我當春年，無人相要喚。

昔別雁集渚，今還燕巢梁。敢辭歲月久，但使逢春陽。

春園花就黃，陽池水方淥。酌酒初滿杯，調弦始終曲。

娉婷揚袖舞，阿那曲身輕。照灼蘭花在，容冶春風生。

阿那曜姿舞，逶迤唱新歌。翠衣發華落，回情一見過。

明月照桂林，初花錦繡色。誰能不相思，獨在機中織。

崎嶇與時競，不復自顧慮。春風振榮林，常恐華落去。

思見春華月，含笑當道路。逢儂多欲摘，可憐持自誤。

自從別歡後，歎音不絕響。黃蘗向春生，苦心隨日長。

夏歌二十首

高堂不作壁，招取四面風。風吹羅裳開，動儂含笑容。
反覆華簟上，屏帳了不施。郎君未可前，待我整容儀。
開春初無歡，秋冬更增凄。共戲炎暑月，還覺兩情諧。
春別猶春戀，夏還情更久。羅帳爲誰褰，雙枕何時有？
疊扇放牀上，企想遠風來。輕袖拂華妝，窈窕登高臺。
含桃已中食，郎贈合歡扇。深感同心意，蘭室期相見。
田蠶事已畢，思婦猶苦身。當暑理絺服，持寄與行人。
朝登涼臺上，夕宿蘭池裏。乘月採芙蓉，夜夜得蓮子。
暑盛靜無風，夏雲薄暮起。攜手密葉下，浮瓜沈朱李。
鬱蒸仲暑月，長嘯出湖邊。芙蓉始結葉，花艷未成蓮。
適見戴青幡，三春已復傾。林鵲改初調，林中夏蟬鳴。

春桃初發紅，惜色恐儂摘。未夏花落去，誰復見尋覓？
昔別春風起，今還夏雲浮。路遙日月促，非是我淹留。
青荷蓋綠水，芙蓉葩紅鮮。郎見願採我，我心欲抱蓮。
四圍芙蓉池，朱堂敞無壁。珍簟鏤玉牀，繾綣任懷適。
赫赫盛陽月，無儂不握扇。窈窕瑤臺女，冶遊戲涼殿。
春傾桑葉盡，夏開蠶務畢。晝夜理機縛，知欲早成匹。
情知三夏熱，今日偏獨甚。香巾拂玉席，共郎登樓寢。
輕衣不重採，飇風故不涼。三伏何時過，許儂紅粉妝？
盛暑非遊節，百慮相纏綿。汎舟芙蓉湖，散思蓮子間。

秋歌十八首

風清覺時涼，明月天色高。佳人理寒服，萬結砧杵勞。
清露凝如玉，涼風中夜發。情人不還臥，冶遊步明月。

鴻雁寒南去，口燕指北飛。征人難爲思，願逐秋風歸。

開窗秋月光，滅燭解羅裳。含笑帷幌裏，舉體蘭蕙香。

適憶三陽初，今已九秋莫。追逐泰始樂，不覺華年度。

飄飄初秋夕，明月耀秋輝。握腕同遊戲，庭含媚素歸。

秋夜涼風起，天高星月明。蘭房競妝飾，綺帳待雙情。

涼秋開窗寢，斜月垂光照。中宵無人語，羅幌有雙笑。

金風扇素節，玉露凝成霜。登高去來雁，惆悵客心傷。

草木不常榮，顦顇爲秋霜。今遇泰始世，年逢九春陽。

自從別歡來，何日不相思。常恐秋葉寒，無復連條時。

掘作九州池，盡是大宅裏。處處種芙蓉，婉轉得蓮子。

初寒八九月，獨纏自絡絲。寒衣尚未了，郎喚儂底爲？

秋愛兩兩雁，春感雙雙燕。蘭鷹接野雉，雉落誰當見？

仰頭看桐樹，桐花特可憐。願天無霜雪，梧子解千年。
白露朝夕生，秋風凄長夜。憶郎須寒服，乘月搗白素。
秋夜入窗裏，羅帳起飄颺。仰頭看明月，寄情千里光。
別在三陽初，望還九秋暮。惡見東流水，終年不西顧。

冬歌十七首

淵冰厚三尺，素雪覆千里。我心如松柏，君情復何似？
塗澀無人行，冒寒往相覓。若不信儂時，但看雪上跡。
寒鳥依高樹，枯林鳴悲風。爲歡顦顇盡，那得好容顏？
半夜冒霜來，見我輒怨唱。懷冰闇中倚，已寒不蒙亮。
躡履步荒林，蕭索悲人情。一唱泰始樂，枯草銜花生。
昔別春草綠，今還墀雪盈。誰知相思老？玄鬢白髮生。
寒雪浮天凝，積雪冰川波。連山結玉巖，修庭振瓊柯。

炭爐卻夜寒，重抱坐疊褥。與郎對華榻，絃歌秉蘭燭。

天寒歲欲莫，朔風舞飛雪。懷人重衾寢，故有三夏熱。

冬林葉落盡，逢春已復曜。葵藿生谷底，傾心不蒙照。

朔風灑霰雨，綠池蓮水結。願歡攘皓腕，共弄初落雪。

嚴霜白草木，寒風晝夜起。感時爲歡歎，霜鬢不可視。

何處結同心？西陵松柏下。晃蕩無四壁，嚴霜凍殺我。

白雲停陰岡，丹華耀陽林。何必絲與竹，山水有清音。

未嘗經辛苦，無故彊相矜。欲知千里寒，但看井水冰。

果欲結金蘭，但看松柏林。經霜不墮地，歲寒無異心。

適見三陽日，寒蟬已復鳴。感時爲歡歎，白髮綠鬢生。

以上所錄子夜歌四十二首，後子夜四時歌七十五首，除子夜歌爲晉時女子子夜原作已見著籍外，若子夜四時歌，蓋雜集宋齊人之辭而成，未必子夜作，亦未必爲女子作，或者晉宋間流傳民間之歌謳也。觀冬歌中「何處結同心？西陵松柏下。」二句，乃南齊蘇小小之西陵歌中詞，觀下章第四節更可以明吾言之非無據。

二　子夜歌中之庾詞

子夜歌吾所以多錄至百餘首者，以其在文學上有絕大價值。——蓋唐人五絕之所自出也。子夜之前，陽春歌雖已具五言四句之形式，然以其數量之寡，故影響於詩歌之變遷亦鮮。子夜百餘首，在當時——晉六朝——固已盛唱於民衆之口，其後迴環孕育者又數百年。唐興，遂一變而爲五絕矣。

唐初詩歌，五絕尚少。李白之「玉階生白露，夜久侵羅襪。卻下水晶簾，玲瓏望秋月。」(玉階怨)「美人捲珠簾，深坐顰蛾眉。但見淚痕溼，不知心恨誰。」(怨情) 猶存子夜遺音。若晁采之「儂既翦雲鬟，郎亦分絲髮。覓得無人處，綰作同心結。」(子夜歌)（註一）則又純乎子夜也。蓋唐代詩人尚有習爲此體者矣。

復次，——子夜歌中多含庾詞。庾詞乃文字上之一種象徵，換言之，卽隱語也。或稱爲

「謎語」此類文字，發源於三百篇中。詩經而下，楚辭最多。六朝文學，此類尤盛。子夜歌其著也。如——

見娘喜容媚，願得結金蘭。空織無經緯，求匹理自難。（子夜歌第六）

始欲識郎時，兩心望如一。理絲入殘機，何悟不成匹。（子夜歌第七）

此兩首中，前歌「求匹理自難」句中之「匹」字，與後歌「何悟不成匹」句中之「匹」字，兩匹字均含有「偶」字之意，不作「布匹」之匹也。

又如：——

前絲斷纏綿，意欲結交情。春蠶已感化，絲子已復生。（子夜歌第八）

此首中「前絲斷纏綿」句中之「絲」字，與「絲子已復生」句中之「絲」字，兩絲字均作「思」字解，若直解之，便如嚼蠟矣。

更如：——

高山種芙蓉，復經黃蘗塢。果得一蓮時，流離嬰辛苦。（子夜歌十二）

我念歡的的，子行由豫情。霧露隱芙蓉，見蓮不分明。（子夜歌三十五）

此兩首中「高山種芙蓉」之「芙蓉」及「霧露隱芙蓉」之「芙蓉」，兩芙蓉字，均作「夫容」解，謂「夫之容貌」也。又兩首中之「蓮」字應作「憐」字解；「蓮子」者，「憐子」也。

又第四十首中「玉藕金芙蓉」之「藕」字，應作「我」字解。三十七首中「桐樹朱門前」之「桐」字，應作「同」字解。「出入見梧子」之「梧子」，應作「吾子」解。子夜歌中如此類者尚多，更不可以詳計矣。

此種廋詞在讀曲歌、華山畿、江陵女歌、丹陽孟珠歌、……均有其例。最妙者，如「將懊惱，石闕晝夜題碑淚常不燥。」（華山畿）此中之「題」字，應作「啼」字解，「碑」字應作「悲」字解。「嬌笑來問儂，一抱不能已。湖燥芙蓉萎，蓮汝藕欲死。」（讀曲歌）曲中「蓮」字倘不作「憐」解，「藕」字不作「我」解，便不能通。六朝文學中，廋詞用法之妙，眞神乎其技矣。

中國文人，喜仿前輩。六朝廋詞之用，唐以後詩歌中，亦時時有之。善讀者覺其匠心獨妙，不善讀者便索然寡味矣。王漁洋詩話中，載有粵西民歌一首云：「天旱蜘蛛結夜網，想晴只在晴中絲。蜘蛛結網三江口，水推不斷是香絲。」其中多不可盡解。後見來雨村詩話亦載此歌：「雨裏蜘蛛還結網，想晴惟有晴中絲。」（梁紹王兩般秋雨盦隨筆亦載之，名爲蜘蛛曲）與漁洋詩話略有不同。其注解云：「詩有借字寓意之法，……以晴寓情，以絲寓思；樂府閨怨體也。」得此一解便覺悠然生趣，此廋詞在文學上之眞價値也。

（代曰）晁采大曆中女子，小字試鶯，有文才，著子夜歌十六首。見中國詩選。

三　綠珠與翔風

吳聲歌曲中之懊儂曲，晉石崇妓綠珠作也。

綠珠，南海梁氏女。貌美善舞。石崇以珠三斛易之，故名綠珠。大將軍孫秀橫甚，欲之，求於崇，不許。崇曰：「我爲爾得罪。」珠泣曰：「當効死於君前。」因投金谷樓下死。秀怒，誅崇。

珠嘗有詩曰懊儂曲，亦淸商曲辭也。

懊儂歌

絲布澀難縫，令儂十指穿。黃牛細犢車，遊戲出孟津。

江中白布帆，烏布禮中帷。撢如陌上鼓，許是儂歡歸。

江陵去揚州，三千三百里。已行一千三，所有二千在。

寡婦哭城頹，此情非虛假。相樂不相得，抱恨黃泉下。

我與歡相憐，約誓底言者。常歎負情人，郎今果成詐。

我有一所歡，安在深閤裏。桐樹不結花，何由得梧子。

躄蹲牛渚磯，歡不下廷板。水深沾儂衣，白黑何在浣。

月落天欲曙，能得幾時眠。悽悽下牀去，儂病不能言。

髮亂誰料理？託儂言相思。還君華豔去，催送實情來。

懊惱奈何許？夜同家中論，不得儂與汝。

石崇又有一愛婢曰翔風。始十歲，得之胡中。十五，美豔無比。石崇嘗謂之曰：「五百年後，當指白日以汝爲殉。」答曰：「生愛死離，不如無愛。妾得爲殉，身其何休。」於是彌見寵愛。及翔風年三十，諸妙年者爭嫉之。或云：「胡女不可爲羣。」競排擠之，遂退爲房老，乃懷怨作詩。

怨詩

春華誰不美，卒傷秋落時。突煙還自低，鄙退豈所期？
桂芳徒自蠹，失愛在蛾眉。坐見芳時歇，憔悴空自嗤。

此詩怨而不怒，仍自歎其非復芳時也。低徊之致，彌覺動人而相憐相恤之意，猶繞柔腸娟娟。讀孟郊之「夭桃花，清晨遊女紅粉新；夭桃花，薄莫遊女紅粉故。樹有百年花，人無一定顏。花送人老盡，人悲花自閒。」（雜怨詩）益歎青春之無幾時也。

四　團扇郎及其他雜歌

團扇郎，（一作團扇歌）晉時女子桃葉所作也。古今樂錄曰：「晉王獻之愛妾名桃葉，其妹曰桃根，獻之嘗臨渡歌以送之，後人因名渡曰桃葉。（註二）獻之歌曰：「桃葉復桃葉，渡口不用檝。但渡無所苦，我自來迎接。」（桃葉歌三首之一）桃葉因以團扇歌答之。

團扇郎八首

七寶畫團扇，燦爛明月光。餉郎卻暄暑，相憶莫相忘。
青青林中竹，可作白團扇。動搖郎玉手，因風託方便。
犢車薄不乘，步行耀玉顏。逢儂都笑語，起欲著夜半。
團扇薄不搖，窈窕搖蒲葵。相憐中道罷，定是阿誰非？
御路薄不行，窈窕決橫塘。團扇障白日，面作芙蓉光。
白練薄不著，趣欲著錦衣。異色都言好，清白為誰施？
手中白團扇，淨若秋潭月。清風任動生，嬌聲任意發。
團扇復團扇，持許自遮面。憔悴無復理，羞與郎相見。

樂府中有桃葉歌三首，其一卽前獻之所歌也。此外兩首，亦非男子口吻。或云亦桃葉所作也。

桃葉歌

桃葉映紅花，無風自婀娜。春風映何限，感郎獨采我。

桃葉復桃葉，桃樹連桃根。相憐兩樂事，獨使我殷勤。

鍾惺團扇歌評云，「……樂府桃葉歌有『感郎獨采我』句，感字獨字俱體貼得情事出。」（名媛詩歸）此亦以桃葉歌，爲桃葉所作也。

又一團扇歌乃王珣婢謝芳姿所作。珣弟珉，好捉白團扇，與芳姿情好甚篤。嫂知之，加以箠楚。王東亭止之，令婢歌一曲以贖罪。芳應聲而歌云：

團扇歌二首

白團扇，辛苦五流連，是郎眼所見。

白團扇，顦顇非昔容，羞與郎相見。

前首委婉入情，後首悲楚堪憐。兩見字如一意，各有其妙。在兒女文學中，此尚羞澀含情。與「碧玉破瓜時，爲郎情顛倒。感郎不羞郎，回身就郎抱。」（碧玉歌者）殆大異其機趣矣。

此外若劉妙容之宛轉歌二首，其歌可取，其人與事不可據也。（註二）

宛轉歌二首

月旣明，西軒琴復淸。寸心斗酒爭芳夜，千秋萬歲同一情。歌宛轉，宛轉凄以哀。願爲星與漢，形影共徘徊。

悲且傷，參差淚成行。低紅掩翠方無色，金徽玉軫爲誰鏘！歌宛轉，宛轉淸復悲。願爲煙與霧，氤氳對容姿。

唐女子宋大家有宛轉歌兩首，蓋仿此作，然情調不及遠矣。

（註一）桃葉渡在南京秦淮靑溪會流處。

（註二）劉妙容，字稚華，與婢曰春條，桃枝，皆善彈箜篌，歌宛轉歌。相繼俱卒。會稽王敬伯過吳，登中渚亭望月，倚琴歌泣露之詩。稚華聞而悅之，遣二婢相邀，歡讌竟夕。詰旦訪之，乃知向所見三女——妙容春條桃枝——也。其故事頗似青溪小姑。

五 迴文詩之起源

中國詩體中有所謂「迴文詩」者，——其詩以一定之法，排列成文，迴環往復，無不可讀。——其法肇始於晉竇滔妻蘇蕙。劉彥和以爲起自賀道慶。「迴文所興，道原（註一）爲始。」誤矣。蓋道慶宋人，其時尙在蘇蕙後也。

迴文詩雕蟲小技，在今日固無硏究之必要，然流行於中國詩界者數千百年，亦不無小小之影響也。茲略述其源流——

欲知蘇蕙之事跡，及其詩之流傳，可參閱武則天及朱淑眞二記。

「……竇滔妻蘇氏，名蕙，字若蘭。……行年十六，歸於竇氏，滔甚敬之。……初，滔有寵姬趙陽臺，歌舞之妙，無出其右。滔置之別所，蘇氏知之，求而獲焉，苦加捶辱，滔深以爲憾。及滔鎭襄陽，攜陽臺之任，斷其音問。蘇氏悔恨自傷，用織錦迴文，五綵相宣，瑩心耀目。其錦縱橫八寸，題二百餘首，計八百餘言。縱橫反覆，皆成章句，其點畫無缺。才情之妙，超今邁古。名曰璇璣圖。……蘇氏著文詞五千餘言，屬隋季喪亂，文字散落，追求不獲。而錦字迴文，盛見傳寫。是近代閨怨之宗旨，屬文之士咸龜鏡焉。……如意元年五月一日大周天冊金輪皇帝御製」（武則天蘇氏織錦迴文記）

又如：

「……予於是坐臥觀究，因悟璿璣之理。試以經緯求之，文果流暢。蓋璿璣者，天盤也，經緯者，星辰所行之道也。中留一眼者，天心也。極星不動，蓋運轉不離一度之中，所謂居其所而斡旋之處。中一方，太微垣也。乃疊字四言詩。其二方，紫微垣也，乃四言迴文。二方之外四正，乃五言迴文。四維乃四言迴文。三方之外四正，乃交首四言詩。其文則不迴也。四維乃三言迴文。三方之經以主外四經，皆七言迴文詩，可周流而讀者也。錢唐幽棲居士朱氏淑眞書。」（朱淑眞璿璣圖記）

蘇蕙之家世及璿璣圖讀法略如上記，至迴文詩一篇及璿璣圖七，俱從略。古今人論璿璣圖者衆矣，茲但錄武則天朱淑眞二記以概其餘。至其詳，更有專書在也。按璿璣圖內詩，——反讀，橫讀，斜讀，交互讀，退一字讀，疊一字讀，皆成詩詞。計八百四十一字，得三千八百餘首。黃山谷詩云：「千詩織就迴文錦。如此陽臺暮雨何。亦自英靈蘇蕙子，只無悔過竇連波。」鈎心鬬角，眞古今絕技。盤中詩何敢望焉。

（註一）即賀道慶，劉謨道原。

第三節　六朝之歌曲

吳聲歌曲——子夜懊儂團扇桃葉——在魏晉已極發達。六朝分立，黃河流域，盡爲鮮卑匈奴羯氐羌所佔據，所以北方文學，全染異族色彩（註一）故在六朝時，除吳聲歌曲繼續發達之外，而北方文學之橫吹曲辭，（註二）亦應時而出。讀木蘭詩可以見北方文學之特色矣。

（註一）唐書樂志云：「北狄樂，其可知者，鮮卑吐谷渾部落稽三國，皆馬上樂也。後魏樂府始有北歌，卽所謂眞人代歌是也。周隋時與西涼樂雜奏，今存者五十三章，其名可解者六章，慕容可汗吐谷渾部落稽鉅鹿公主白淨皇太子企喻是也。其不可解者，咸多可汗之辭。」又顏氏家訓謂：「齒時少年，喜學鮮卑語」更可證當時漢人之文物習俗，莫不受異族影響也。

（註二）當時橫吹曲辭，——如馳驅捉搦紫騮馬歌折楊柳歌辭之類，純爲北方文學，與吳聲歌曲決不相同。

一　宋鮑令暉之近代歌

宋齊之際，婦女作者，鍾嶸詩品以鮑令暉，韓蘭英並稱。蘭英作罕傳，觀於令暉詩歌，洵一代之大家也。

令暉者，東海詩人鮑照之妹也。才情橫溢，歌詩卓絕。照嘗答武帝曰：「臣妹之才，自亞於左芬，臣才不及太冲耳。」然自今觀之，令暉之近代歌曲，實勝於左芬之擬古諸文萬萬矣。

昔人論令暉詩者，每稱其擬古之作。鍾嶸曰：「宋鮑令暉歌詩往往嶄新清巧，擬古尤勝。」（詩品）鍾伯敬沈德潛均因其說。雖然，令暉之詩，其佳者爲近代歌曲，更不在擬古諸篇。擬古雖工，雕琢粉飾，無生氣也。

令暉擬古之作如——

擬青青河畔草

擬自君之出矣

擬客從遠方來

三首雖工，皆不能繼響前人，反不若古意贈今人（註一）代葛沙門妻郭小玉作兩首中，時有動人情處句也。

據詩歸所記——近代西曲歌五首，近代吳歌九首，近代雜歌三首。

石城樂估客樂烏夜啼襄陽樂楊叛兒——近代西曲歌也。

石城樂五首

生長石城下，開窗對城樓。城中美少年，出入見依投。

陽春百花生，摘插環髻前。揜指蹋忘愁，相與及盛年。
布帆百餘幅，環環在江津。執手雙淚落，何時見歡還？
大艑載三千，漸水丈五餘。水高不得渡，與歡合生居。
聞歡還行去，相送方山亭。風吹黃蘗藩，惡聞苦離聲。

估客樂有將「郎作十里行，儂作九里送。拔儂頭上釵，與郎資費用。」四句置於「有信數寄書。」一曲之前者，但鍾選詩歸，無前四句也。古今樂錄曰：「估客樂者，齊武帝之所製也。帝布衣時，嘗遊樊鄧，登祚以後，追憶往事，而作此歌……」則估客樂歌乃民間所傳唱，而樂府採用者未必非一人之所作也。令暉之歌云：

有信數寄書，無信心相憶。莫作瓶落水，一去無消息。（估客樂之一）

烏夜啼八曲

歌舞諸少年，娉婷無踵跡。菖蒲花可憐，聞名不曾識。
長檣鐵鹿子，布帆阿那起。詫儂安在間，一去數千里。

辭家遠行去，儂歡獨離居。此日無啼音，裂帛作還書。

可憐烏臼鳥，彊言知天曙。無故三更啼，歡子冒闇去。

烏生如欲飛，飛飛各自去。生離無安心，夜啼至天曙。

籠窗窗不開，蕩戶戶不動。歡下葳蕤籥，交儂那得住？

遠望千里煙，隱當在歡家。欲飛無兩翅，當奈獨思何？

巴陵三江口，蘆荻齊如麻。執手與歡別，痛切當奈何？

又襄陽樂

朝發襄陽城，暮至大堤宿。大堤諸女兒，花豔驚郎目。（襄陽樂之一）

楊叛兒

暫出白門前，楊柳可藏烏。郎作沉香水，儂作博山爐。（楊叛兒之一）

鍾伯敬曰：「二句（郎作沉香水，儂作博山爐）各爲一意，似不相連屬。樂府中有此體，不得以不貫串目之。蓋比興不妨互用，但須轉掉急疾耳，」

吳歌九首者——春歌夏歌秋歌冬歌前溪歌上聲歌歡聞歌長樂佳獨曲是也。

朝日照北林，初花錦繡色。誰能春不思，獨在機中織。（春歌）

鬱蒸仲暑月，長嘯北胡邊。芙蓉始結葉，抛豔未成蓮。（夏歌）

秋風入窗裏，羅帳起飄颺。仰頭看明月，寄情千里光。（秋歌）

六朝文學影響於唐代者甚大，唐詩佳句，每多出自六朝。如李白之「何日重相見？滅燭解羅衣。」乃自「開窗秋月光，滅燭解羅裳。」子夜四時歌秋歌之四蛻化而來也。李商隱之「小姑居處本無郎。」乃自「小姑所居，獨處無郎。」青溪小姑曲蛻化而來者。即如秋歌之「仰頭看明月，寄情千里光。」到李白詩中則爲「落月滿屋梁，猶疑照顏色。」與「舉頭望明月，低頭思故鄉。」（夜思）矣。

又如：

淵冰厚三尺，素雪覆千里。我心如松柏，君心復何似？（冬歌）

按冬歌一首與子夜四時歌冬歌一首同。更可證吾前言「子夜四時歌已雜入宋之辭」矣。

前溪歌共七首詩歸僅載一首，茲全錄之。疑非令暉一人作也。

前溪歌七首

憂思出門倚，逢郎前溪渡。莫作流水心，引新都捨故。

爲家不鑿井，擔瓶下前溪。開穿亂漫下，但聞林鳥啼。

前溪滄浪映，通波澄綠清。聲弦傳不絕，千載寄汝名。永與天地幷。

逍遙獨桑頭，北望東武亭。黃瓜被山側，春風感郎情。逍遙獨桑頭，東北無廣親。黃瓜是小草，春風何足歎？憶汝啼交零。

黃葛結蒙籠，生在洛溪邊。花落逐水去，何當順流還？還亦不復鮮。

黃葛生爛熳，誰能斷葛根。寧斷嬌兒乳，不斷郎殷勤。

上聲歌八首

儂本是蕭草，持作蘭桂名。芬芳頓交盛，感郎爲上聲。

郎作上聲曲，柱促使弦哀。譬如秋風急，觸遇傷儂懷。
初歌子夜曲，改調促鳴箏。四座暫靜寂，聽我歌上聲。
三鼓染烏頭，聞鼓白門裏。驛裳抱履走，何冥不輕紀。
三月寒暖適，楊樹可藏雀。未有涕交零，如何見君隔。
新衫繡兩端，迮著羅裙裏。行步動微塵，羅裙隨風起。
裲襠與郎著，反繡持貯裏。汙汙莫濺浣，持許相存在。
春月暎何太，生裙迮羅襪。曖曖日欲冥，從儂門前過。

此外如——

遙遙天無柱，流漂萍無根。單身如螢火，持底報郎恩。（歡聞歌之一）
紅繡複斗帳，四角垂珠璫。玉枕龍鬚席，郎眠何處牀？（長樂佳）

此首（長樂佳）與「反覆華簟上，屏帳了不施。郎君未可前，待我整容儀。」（子夜變歌之一）一歌雖同一機趣；然一則婉而媚，一則直而憤，聲情又各自相肖也。至若獨曲一歌，表情處直截了當，決無迴旋餘地。正如「明月光光，星星欲墮，欲來不來早語我。」（驪駒樂歌）一首，聲情口態，是南方文學而帶有北方之強也。其詞云：

柳樹得春風，一低復一昂。誰能空相憶？獨眠度三陽。（獨曲）

潯陽樂青陽歌曲蠶絲歌雜詩——皆近代雜歌也

近代雜歌

雞亭故人去，九里新人還。送一便迎兩，無有暫時閒。（潯陽樂）

青荷蓋綠水，芙蓉發紅鮮。下有並根藕，上有同心蓮。（青陽歌曲）

春蠶不應老，晝夜常懷思。何惜微軀盡，纏綿自有時。（蠶絲歌）

玉釵色未分，衫輕似露腕。舉袖欲障羞，迴持理髮亂。（雜詩）

豔詞治調，極表情之能事。比之「宿昔不梳頭，絲髮披兩肩。腕伸郎膝上，何處不可憐？」（子夜歌之三）尤宛轉合情。至若「宵中無人語，羅幌有雙笑。」（子夜四時歌秋歌之八）則男女間性的本能之流露，又毫無所遮飾矣。吾嘗用心理學之方法以研究六朝時婦女之文藝——古情歌若據精神分析學（Psychoanalysis）以解剖婦女文藝之內容，則可以看出有最顯明的兩種特殊之表現而為他時代婦女文藝之所不及者，——即麻醉的現像（Phenomena of Contretation）與性慾的想像（Sexual imagination）是也。六朝婦女文學之價值在此，而為拘迂之士之所鄙棄者亦在此。

（註一）沈德潛古詩源以為吳邁遠作。

二　神話中之青溪小姑

樂府中有青溪小姑曲（註一）其故事的敍述，則頗近於神話——青溪地名，小姑——蔣子文第三妹也。（見楊升庵文集）晉干寶搜神記云：「廣陵蔣子文嘗為秣陵尉，因擊賊傷而死。吳孫權時封中都侯，立廟鍾山。」異苑曰：「青溪小姑，蔣侯第三妹也。」

小姑之來歷既明，可進而敍其神話的故事矣。

吳均續齊諧記載會稽趙文韶宋元嘉中（約西紀四三八——四四三）為東宮扶

侍，坐青溪中橋，秋夜嘉月，悵然思歸，倚門唱西烏飛，其聲甚哀怨，忽有青衣，年可十五六前曰：「王家娘子白扶侍聞君歌聲，有門人、逐月遊戲，故遣相問。」文韶不之疑，遂邀暫過。須臾，女郎至，年可十八九許，容色絕妙。謂文韶曰：「聞君善歌，能爲作一曲否？」文韶卽爲歌草生盤石下，音韻淸暢。女郎顧青衣，取箜篌鼓之，泠泠似楚曲。又令侍婢歌繁霜，自脫金簪扣箜篌和之。留連宴寢，將旦別去，以金簪遺文韶。文韶亦贈以銀盌及琉璃匕。明日，於青溪廟中得之，乃知所見青溪女神也云云。

青溪小姑歌二首

日暮風吹，落葉依枝。丹心寸意，愁君未知。

歌闋夜已久，繁霜侵曉幕。何意空相守？坐待繁霜落。

前歌意深，此歌意直，然尙有幽響，故不覺其膚淺耳。陸梅垞以爲「歌辭甚有逸氣，日暮句不似塵坌中人語，次首亦悠然意外；小姑大約在人與仙之間。」（紅樹樓選）此論頗恍惚。總之，青溪小姑一段故事，頗饒文學上之興味。至於小姑或人或仙，或其人之有無，可以置而不論。近人徐嘉瑞以爲青溪小姑與愛神阿弗祿代（Aphrodite）（註二）相類似而歸之神秘文學一派，中古文學概論頁一〇六頗有幾分見地也。

（一）青溪小姑曲：「開門白水，側近橋梁。小姑所居，獨處無郎。」

（二）阿皮弗祿代女神愛哭，聞者爲之泣下。

三　樂府中之華山畿

樂府中之華山畿，蓋宋時雲陽女子所作也。古今樂錄曰：「宋少帝時，南徐有士子從華山畿往雲陽。見客舍有女子年十八九，悅之無因，遂感心疾。母問其故，具以啓母，母爲至華山畿尋訪，見女具。說，女聞感之，因脫蔽膝令母密置其席下，臥之當已。少日果差。忽舉席見蔽膝而抱持，遂吞食而死。氣欲絕，謂母曰：『葬時車從華山度。』母從其意。比至女門，牛不肯前，打拍不動。女曰：『且待須臾。』妝點沐浴而出，歌曰：『華山畿，君既爲儂死，獨活爲誰施？歡若見憐時，棺木爲儂開。』歌畢，棺應聲闢，女遂入棺。家人扣打，無如之何，乃合葬焉。」

此段故事極慘；至其詞，則皆悲聲也。

華山畿。君旣爲儂死，獨生爲誰施？歡若見憐時，棺木爲儂開。

夜相思。投壺不停箭，憶歡作嬌時。

未敢便相許，夜聞儂家論，不持儂與汝。

懊惱不堪止，上牀解腰繩，自經屛風裏。

啼著曙，淚落枕將浮，身沈被流去。

別後常相思，頓書千丈闕，題碑無罷時。

奈何許！所歡不在間，嬌哭向誰緒？

隔津歎。牽牛語織女，離淚溢河漢。

啼相憶。淚如漏刻水，晝夜流不息。

無故相然我，路絕行人斷，夜夜故望汝。

一坐復一起，黃昏人定後，許是不來已。

不能久長離，中夜憶歡時，抱被空中啼。
腹中如湯灌，肝腸寸寸斷，教儂底聊賴？
相送勞勞渚，長江不應滿，是儂淚成許。
奈何許！天下人何限！慊慊只爲汝。
松上蘿，願君如行雲，時時見經過。
夜相思，風吹窗簾動，言是所歡來。
長鷄鳴。誰知儂念汝，獨向空中啼？
腹中如亂絲，憒憒適得去，愁毒已復來。

華山畿十九章，（或謂二十餘章，）其辭互異，亦無從辨其眞僞矣。近人謝无量以爲「樂府有華山畿蓋其首章，是宋時一女子作。好事者從而廣之，遂有二十餘章。」是則華山畿歌僅首章出雲陽女子手，餘則已雜入他人之辭。展轉相因，無怪乎其辭之互異也。

四　蘇小小歌

蘇小小爲世所習知，至其歌，竟不能辨其眞僞矣。樂府廣詩「蘇小小，錢塘名娼也，蓋南齊時人」。明郎瑛曰：「蘇小小有二人，皆錢塘名娼也。一南齊時人，郭茂倩所編樂府解題下，已註明矣。故古辭有蘇小小歌，及白樂天劉夢得詩稱之者。春渚紀聞所載司馬才仲事，幷是南齊之蘇小小也。」（七修類稿）此處所述及者，乃另一南宋之蘇小小也。

蘇小小嘗爲古詞，卽樂府中之蘇小小歌。「油碧香車」，膾炙人口久矣。

妾乘碧油車，郎騎靑驄馬。何處結同心？西陵松柏下。

蘇小小歌此首較可靠。至若春渚紀聞所載之牽帷歌，（亦作黃金縷曲）（註一）與歷代女子文集所錄之減字木蘭花懷人，（註二）決爲後人僞撰。蓋中國詞體，五代始盛，後南齊尚五百餘年，南齊之時律詩尙未出，何遽有此長短句之詞發現耶？兩書妄載之，此眞昧於中國文學上詩體變遷之程序矣。

（註一）宋河遠春渚紀聞所記小小歌云「妾本錢塘江上住，花落花開不管流年度。燕子銜將春色去，紗窗幾陣黃梅雨。」曲名黃金縷，下闋更有秦少章續詞，亦見青樓小名錄。

（註二）見趙士杰所輯歷代女子文集附錄中。

第四節　六朝之歌曲（二）

上章所敍，乃宋齊之文學，本章更述梁陳——

梁在南北朝中，文運最盛之時代也。從古典一派看——駢四儷六，日就藻麗；宮商聲病，研討清新。上有武帝元帝之提倡，又有昭明撰文選，劉勰著文心雕龍，鍾嶸撰詩品，復評隲文字，推波助瀾，駢儷之文，於斯為盛。李白曰：「梁陳以來，豔薄斯極，沈休文又尚以聲律。」（孟棨本事詩）洵如所言。雕鏤愈工，風趣愈減，粉飾愈濃，自然亦愈失矣。

雖然，抑於此者，便揚於彼。文人士夫，正當刻鏤推敲之日，而婦女作者，便在放情高唱之時，讀令嫺之詩，滿願之歌，石城之樂，金珠之曲，便知梁代文學之盛，在此而不在彼也！

一 劉令瑯姊妹

令嫻徐悱妻，蓋瑯琊劉論之女，而孝綽之妹也。姊妹三人，並有才學。令嫻最幼，人稱爲三娘。爲文尤淸拔。其兄孝綽罷官不出，爲詩題其門曰：「閉門罷慶弔，高臥謝公卿。」令嫻續之曰：「落花掃仍合，聚蘭摘復生。」隋志稱其有集三卷，今不傳，僅存詩十餘章。陸梅垞稱其「筆筆淸矯，語語明雋」（紅樹樓選）的是六朝一大家也。

令嫻之詩如以下所列均五古——

春閨怨

詠佳人

答唐孃七夕所穿鍼

婕妤怨

聽百舌

又下列諸詩，體雖五古，然頗類唐人五絕，蓋猶存子夜之遺也。

有期不至

摘同心梔子贈謝孃因賦此詩

代陳慶之美人爲詠

光宅寺

題甘蕉葉示人

夢見故人

……………………

玆分別記之如下：

聽百舌

庭樹旦新淸，臨鏡出雕楹。風吹桃李氣，過傳春鳥聲。盡寫山陽笛，全在洛濱笙。注意留歡聽，誤令粧不成。

幽吟靜想，自然情深。春閨怨一篇尤佳：修遠疏澹中，仍藏密微之致，想路亦復新淸，視他作若另一手也。

春閨怨

花庭麗景斜，蘭牖輕風度。落日更新粧，開簾對芳樹。鳴鸝華中舞，戲蝶花間鶩。調琴本要歡，心愁不成趣。良會誠非遠，佳期今不遇。欲知憂怨多，春閨深且暮。

有期不至

黃昏信使斷，銜怨心悽悽。迴登向下榻，轉面闇中啼。

「轉面」二字，正是一時破淚光景。若「一坐復一起，黃昏人定後。許是不來已」。（華山畿之十一）委婉含怨，更坐立不安。至代陳慶之美人爲詠，便情動不能自制矣。

臨粧欲含涕，羞畏家人知。還代粉中絮，擁淚不聽垂。（代陳慶之美人爲詠）

又如：

兩葉雖爲贈，交情永未因。同心何處恨，梔子最關心。（摘同心梔子贈謝孃）

長廊欣送目，廣殿悅逢迎。何當曲房裏，幽隱無人聲。（光宅寺）

夕泣似非疎，夢啼眞太數。唯當夜枕知，過此無人覺。（題甘蕉叶示人）
覺罷方知恨，人心定不同。誰能對蘭枕，長夜一邊空。（夢見故人）

此數詩乃令嫺寡居後所作。示人一首，於淒冷中忽生繾綣之思，至夢見故人則怨恨激切，按捺不定矣。宋朱淑眞詞云：「展轉衾裯空懊惱；天易見，見伊難。」（斷腸詞集）關盼盼詩云：「樓上殘燈伴曉霜，獨眠人起合歡床。相思一夜情多少，地角天涯不是長。」（白氏長慶集和燕子樓詩序）讀此諸詩，則知黃昏風雨，空閨嫠婦，情思之不能自戢也。

又令嫺有祭夫文一篇，女子祭夫之文，前此未之見也，兹附錄之。

祭夫徐敬業文

維梁大同五年，新婦謹薦少牢於徐府君之靈曰：

惟君德爰禮智，才兼文雅。學比山成，辯同河瀉。明經擢秀，光朝振野。調逸許中，聲高洛下。含潘度陸，超終邁賈。二儀旣肇，判合始分。簡賢依德，乃隸夫君。外治徒奉，內佐無聞。幸移蓬性，頗習蘭薰。式傳琴瑟，相酬典墳。輔仁難驗，神情易促。雹碎春紅，霜雕夏綠，躬奉正衾，親觀啓足。一見無期，百身何贖。嗚呼哀哉！生死雖殊，親情猶一。敢遵先好，手調薑橘。素俎空乾，奠觴徒溢。昔奉齊眉，異於今日。從軍暫別，且思樓中。薄遊未反，尚比飛蓬。如當此訣，永痛無窮。百年何幾，泉穴方同。

陳眉公曰：「徐悱爲晉安郡，卒，喪還建業，令嫻爲文祭之，辭甚悽愴。父勉本欲爲哀辭，及見此文，乃擱筆。」（歷代女子文集引）蕭詔稱：「劉孝儀諸妹，文彩豔質，甚於神人」也。令嫻長姊適王淑英，次適張嵊。長與令嫻齊名，有文集行世，世所稱劉大娘也。所傳詩僅昭君怨暮寒贈外三首；贈外一詩，「粧鉛點黛拂輕紅，鳴環動佩出芸櫳。看梅復看柳，淚滿春山中。」長短句，復有詞調。

二　吳歌十曲

古今樂錄云：「吳歌十曲，曰子夜，曰上柱，曰鳳將雛，曰上聲，曰歡聞，曰歡聞變，曰前溪，曰阿子，曰丁督護，曰團扇郎，皆梁所用曲也。上柱鳳將雛二曲，古有歌。前溪爲宮人包明月所作。餘七曲皆王金珠所作。」（彤管新編以爲劉令嫻作）包明月與王金珠皆以樂府著稱於梁者，然其里居不可考矣。

金珠所作子夜四時歌，其中春歌三首夏歌二首，秋歌三首，冬歌一首。此外子夜愛歌上聲歌歡聞歌歡聞變歌團扇郎丁都護歌阿子歌各一首，皆婉轉而有思致，亦鮑令暉近代吳歌之類也。

子夜四時歌

春歌三首

朱日光素冰，黃花映白雪。折梅待佳人，共迎陽春月。

階上香入懷，庭中花照眼。春心鬱如此，情來不可限。

吹漏不可停，斷絃當更續。俱作雙思引，共奏同心曲。

夏歌二首

玉盤貯朱李，金杯盛白酒。本欲親自持，復恐不甘口。

垂簾倦煩熱，卷幌乘淸陰。風吹合歡帳，直動相思琴。

夏歌二首，前歌質俚，盡露親密之意。而詞句間卻復委曲體貼，了無跟蹌疎鄙之態；後歌末二語，似忿似謔，似喜似悲，其表情之妙，可謂極四面玲瓏之至矣。

秋歌二首

釁素蘭房中，勞情桂杵側。朱顏潤紅粉，香汗光玉色。

紫莖垂玉露，綠葉落金櫻。著錦如言重，衣羅始覺輕。

兩歌用字描寫，均盡其妙。前首「光玉色」三字，襯出汗之形色，妙在幽淡。後首摹寫女子輕盈體態，只將紈綺忖量出來，覺嬌無力等字，皆粗而俗矣。

冬歌一首

寒閨周黼帳，錦衣連理文。懷清入夜月，含笑出朝雲。

以上諸歌，均序清商曲辭。此外若子夜變歌，上聲歌，歡聞歌，歡聞變歌，團扇郎，丁督護歌，阿子歌亦清商曲辭而格調情款乃稍變矣。

試看：

七綵紫金柱，九華白玉梁。但歌繞不去，含吐有餘香。（子夜變歌）

花色過桃杏，名稱黃金瓊。名歌非下里，含笑作上聲。（上聲歌）

豔豔金樓女，心如玉池蓮。持底報郎恩？俱期遊楚天。（歡聞歌）

南有相思木，合影復同心。遊女不可求，誰能識得音？（歡聞變歌）

黃河流無極，洛陽數千里。轗軻戎旅間，何由見歡子？（丁督護歌）

可憐雙飛鳧，飛集野田中。飢食野田草，渴飲清河流。（阿子歌）

吳歌十曲中，團扇郎一首，已見前章中，題爲桃葉所作。此處卻云金珠所製，兩歌中僅「淨欲秋團月」句中之團字，一作「潭」字，餘盡同。輾轉相傳，已撲朔迷離矣。包明月之前溪歌云：「當曙與未曙，百鳥啼前窗，獨眠抱被嘆，單情何時雙。」（註一）情款亦妙。至曲中之上柱鳳將雛二曲，古有歌，今不傳矣。

（註一）前溪歌或作「當曙與未曙，百鳥啼前窗。獨眠抱被歎，憶我懷中儂，單情何時雙？」名媛詩歸亦如此。鍾

云：「此歌本情款妙，而前窗諸本，多作窗作苦，其不叶，今據楊用修所訂改之。」兩書兩記，字數不同。又

按上章所載前溪歌七首，有四句者，亦有五句者。

三　滿願之歌

沈滿願，范靖妻也。長於詩，所著甚富。陸少海曰：「滿願詩詞，氣揮灑，不爲筆所拘。譬如彈絃時起高調逸響，而復以疏宕解之。」（名媛詩詞）亦能手也。其詩如戲蕭娘，詠五采竹火籠，詠步搖花，晨風行，俱五古；若昭君怨，挾琴歌，映水曲，登樓曲，詠殘燈，則短歌而有樂唐之遺音者也。

戲蕭娘云：

明珠翠羽帳，金薄綠銷帷。因風時暫舉，想像見芳姿。清晨插步搖，向晚脫羅衣。託意風流子，佳情詎自私。

此詩調笑有趣，想見蕭娘風致翩翩。鍾伯敬曰：「細玩八句中，有『戲』字意。若作莊重詩，即有蹁躚，未必如此狎褻也。」（名媛詩歸卷六）鍾論亦切。但此類詩，在六朝並不爲

奇。較之子夜諸歌之高唱入雲者，邈乎遠矣。

昭君怨

早信丹青巧，重貨洛陽師。千金買蟬鬢，百萬寫蛾眉。

今朝猶漢地，明旦入胡關。高堂歌吹遠，遊子夢中還。

一怒一悲，情懷慘淡。讀「無金贈延壽，妾自誤生平。」（隋煬帝侯夫人）自遣詩則錢能通天，昭君亦未始不知之。王淑英妻昭君怨云：「一生竟何定，萬事良難保。丹青失舊儀，玉匣成秋草。想妾辭漢關，至今猶未燥。漢使汝南還，殷勤為人道。」悲涼感慨，知昭君一生行徑，非徒呢呢作怨詞者比也。

滿願諸歌，最為婉豔。試讀——

逶迤起塵唱，宛轉繞梁聲。調絃可以進，蛾眉畫不成。（挾琴歌）

輕鬢覺浮雲，雙蛾初擬月。水澄正落釵，萍開理垂髮。（映水曲）

憑高川陸近，望遠阡陌多。相思隔重嶺，相憶隔長河。（登樓曲）

別怨悽懽響，離啼濕舞衣。願假烏棲曲，翻從南向飛。（越成曲）

殘燈猶未滅，將盡更揚暉。唯餘一兩焰，纔得解羅衣。（詠殘燈）

詠殘燈一詩，或以爲係紀少瑜所作，然不似男子口氣。梁時又傳有吳興童妓一詩云：「玉釵空中墮，金鈿行已歇。獨泣謝春風，長夜孤明月。」（贈謝府君）其詩有怨氣，淒風苦雨，讀之令人下淚。然又不類出童妓手。究不知與詠殘燈一詩同屬他人依託否也？

四　石城女子之莫愁樂

莫愁古女子名，有二：一洛陽人（註一）一則吾此處所云石城女子之莫愁也。舊唐書云：「莫愁樂出於石城樂。（註二）石城有女子名莫愁，善歌謠，故歌云云。」（唐書音樂志）宋周邦彥詞西河一闋，專詠金陵，有「莫愁艇子曾繫」之語，彼蓋以石城誤爲石頭城。後世因之，江寧城西竟有莫愁湖之名。余按清一統誌，「石城在竟陵，今湖北之鍾祥縣，縣西有莫愁村」。近人徐嘉瑞編中古文學概論，將莫愁樂列入荊楚文學，（註三）其見亦如此也。

莫愁樂二首

莫愁在何處？莫愁石城西。艇子打兩槳，催送莫愁來。

聞歡下揚州，相送楚江頭。探手抱腰看，江水斷不流。

前首質而變似古逸諸諺。四句二十字，不啻自道其家世。後首寫商人離家，夫妻相別之情景，令人黯然魂銷。僅僅二十字，抵一篇江郎別賦矣。

（註一）莫愁洛陽人。始見於梁武帝歌：「河中之水向東流，洛陽女兒名莫愁。十五嫁爲盧家婦，十六生兒字阿侯。……」樂府解題曰：「古歌（河中之水歌）亦有莫愁與此（指莫愁樂）不同。」

（註二）石城樂是清商曲中之西曲歌。此類之歌，如石城樂，烏夜啼，莫愁樂，三洲歌，江陵樂，折楊柳，採桑度……皆荆郢樊鄧間之歌曲。其特色處，乃描寫商人之生活也。唐書樂志曰：「石城樂，宋臧質所作。石城在竟陵，質嘗爲竟陵郡，於城上眺矚，見羣少年歌謠通暢，因作此曲。」

（註三）見中古文學概論頁一零八

五　陳後主與婦女文學

陳後主，一好詩而以淫奢亡國之君也。其爲太子時，與江總等作長夜之飲。即位後，恣情聲色。以宮人有文學者袁大捨等爲女學士，而以江總等十餘人幷爲狎客。後主每引賓客，對貴妃等游宴，則使女學士與狎客共爲新詩，互相贈答，採其尤豔者以爲詞曲，被以新聲，選宮女有容色者以千百數，習而歌之。其曲有玉樹後庭花臨春樂等，大指所歸，皆美張貴妃孔貴嬪之容色者也。其詞如：「璧月夜夜滿，瓊樹朝朝新。」「嬌姬臉似含花露。」綺豔輕薄，眞靡麗亡國之音也。

婦女作者，吾意當時必多，但傳於今者，僅沈婺華等數人耳。

婺華爲陳後主后。張貴妃權寵，經年不得一御。後主暫至后處卽還，因戲贈曰：「留儂不留儂？不留儂也去。此處不留人，自有留人處。」后因以詩答之。其詞曰：

誰道不相憶，見罷倒成羞。情知不肯住，教妾若爲留。

後主妹樂昌公主之「破鏡重圓，」中國人習知之故事也。有詩一首：

餞別自解

今日何遷次，新官對舊官。哭啼俱不敢，方信作人難。

陳之婦女文學頗不競，在六朝爲最衰落之時代也。其流傳於今日，除上所舉之外，若李氏之冬至詩，（註一）陳少女之寄外詩（註二）外此則無聞矣。

（註一）冬至詩古詩紀錄以爲晉世人作。

（註二）寄外詩云「自君上河梁，蓬首臥蘭房，安得一樽酒，慰妾九迴腸。」

第五節　六朝之歌曲（三）

論南方之文學旣竟，更就北方文學略述之：

六朝文學，南北異趣。江左習於清綺，河朔貴乎氣質。龔自珍詩曰：「黃河汝直徙南東，我說神功勝禹功。安用腐儒談故道，犂然天地劃民風。」（龔定庵詩集）此蓋由地理上之關係影響於文學者也。

再就地理與文學之關係而言之——南方則花明柳暗，山青水秀，吳儂輭語，故多兒女文學。北方則關河黯淡，景色悽慘，慷慨疏朗，故多英雄文學。此歷來評論家所公認者也。

試舉其例而比較之。

北方文學：

青青黃黃，雀石頹唐。槌殺野牛，抑殺野羊。（駞驅歌樂辭）

驅羊入谷，白羊在前。老女不嫁，蹹地喚天。（全上）

男兒可憐蟲，出門懷死憂。尸喪夾谷中，白骨無人收。（企喻歌辭）

新買五尺刀，懸着梁中柱。一日三摩挲，劇於十五女。（瑯琊王辭）

南方文學：

反覆華簟上，屏帳了不施。郎君未可前，待我整容儀。（子夜夏歌）

碧玉破瓜時，爲郎情顚倒。感郎不羞郎，回身就郎抱。（碧玉歌）

紅羅復斗帳，四角垂朱璫。玉枕龍鬚席，郎眠何處牀？（長樂佳）

一坐復一起，黃昏人定後，許是不來已。（華山畿）

由上例而比較之，可知北方文學豪爽眞實，頗有武俠精神。南方文學，則委婉屈伏，復多兒女情態矣。

一　胡后之楊白花歌

楊白花歌胡太后思念楊華而作也。梁書「楊華少有勇力，容貌雄偉，魏太后逼通之。華懼及禍，乃率其部曲降梁。太后思之，爲作楊白花歌，使宮人連臂蹋足歌之，聲甚悽惋」其歌曰：

楊白花歌

陽春二三月，楊柳齊作花。——春風一夜入閨闥，楊花飄蕩落南家。含情出戶脚無力，拾得楊花淚沾臆。春去秋來雙燕子，願銜楊花入窠裏。

中國文學中往往有用象徵之法，借物以象人，或借人以象人。美人香草可以象君子之德，婀娜嬋娟可以喩花月之形。此法起源於三百篇，盛用於離騷，後世文人，恆喜用之。如此詞以楊花象徵楊華，而又切其姓名，何等熨貼！太史公所謂「稱文小而其指極大，舉類近而見義遠」（史記屈原傳贊）此象徵之妙用也。沈德潛之論此歌曰：「音韻纏綿，令讀者忘其穢褻。後人作此，竟賦楊花，失其旨矣。」（古詩源）豈非象徵之妙用歟！

胡后又傳有文數篇，如下田益宗令賜崔亮璽書等，蓋臨朝聽政時之詔令也。

二　北朝雜歌

北朝婦女文學傳於今者甚少。除楊白花歌外，木蘭詩最有名，但不知是否木蘭自作也。此當分章詳論之。此外若青臺歌，𪆂面辭……亦有致，故雜述於此。

青臺歌，魏文明太后作也。太后善詩賦，登臺見雀啄食，因作青臺歌。簡古入妙。歌云：

青臺雀，青臺雀，緣山采花額。

古歌中一句成篇者有之。一句卻與動質錬，似讖似謠，似諺似諢。不必有所指，而恍惚成語，相像成歌，蓋天籟也。得之刹那之頃，非可以強求於字裏行間也。

盧士琛之妻崔氏，崔林義之女也。有才學。春日以桃花和雪，與兒𪆂面，辭以祝之。韻人韻事，婉細妍動，可以想見其風調。字裏行間，時時露出慈母之愛。其詞四段四轉，但不覺其複，亦絕調也。

靧面辭

取紅花，取白雪，與兒洗面作光悅。取白雪，取紅花，與兒洗面作妍華。

取花紅，取雪白，與兒洗面作光澤；取雪白，取花紅，與兒洗面作華容。

瑯琊王肅爲齊祕書，聘江南謝氏爲妻。大和十八年北歸後魏，魏高祖擢肅爲尚書令，以長公主妻之。謝氏於是入道爲尼，因以是詩贈肅。肅甚惆悵，遂造正覺寺憩焉。

贈王肅

本爲箔上蠶，今作機上絲。得絡逐勝去，頗憶纏綿時。

又陳留長公主代王肅答謝氏云：

鍼是貫絲物，目中當紅絲，得帛縫新去，何能納故時？

新故二字妬甚。兩詩一贈一答，合看極似子夜古歌中妙詩。此外若馮小憐之贈代王達詩「雖蒙今日寵，猶憶昔時憐。欲知心斷絕，應看膝上絃」幽怨綿邈，寫亡國之恨。李義山詩云：「晉陽已陷休回顧，更請君王獵一圍。」（讀史詠馮小憐）早知今日，何必當初。昔日宮中之后，轉瞬階下之囚。讀小憐詩者，能不爲之慨歎也哉！

第六節　木蘭詩之研究

木蘭詩，古今絕調也。其在文學上之價值，固無待言。而其從軍故事，在中國婦女史上，亦呈燦爛之光。唐杜牧詩云：「彎弓征戰作男兒，夢裏曾經學畫眉。幾度思量還把酒，拂雲堆上祝明妃。」（題木蘭廟）沈德潛所謂：「事奇詩奇，卑遺時得此，如鳳凰鳴，慶雲見。」（古詩源）信乎其非過譽也。

木蘭一詩，在中國文學史上，民族史上之價值既如此。故特闢一章以專論之，又因敍述之便利分爲以下四段——

一　木蘭及其詩

木蘭詩，郭茂倩云：「不知起於何代。」樂府詩集古今樂錄曰：「不知其名。」程大昌演繁露謂：「據可汗大點兵語，以爲隋唐人。」何承天姓苑言：「木蘭任城人。」承天在隋唐之前，程說不可據。時鮮卑君長，已有可汗之稱，亦非起於隋唐也。獨異志載：「木蘭花姓，商丘人。」與姓苑言任城人異。則所稱花姓，亦恐爲依託。或以爲木蘭爲鮮卑姓氏，其入中原，約在魏晉間（註一）也。

木蘭詩

唧唧復唧唧，木蘭當戶織。不聞機杼聲，唯聞女歎息。問女何所思，問女何所憶。女亦無所思，女亦無所憶。昨夜見軍帖，可汗大點兵。軍書十二卷，卷卷有爺名。阿爺無大兒，木蘭無長兄。願爲市鞍馬，從此替爺征。東市買駿馬，西市買鞍韉。南市買轡頭，北市買長鞭。朝辭爺娘去，暮宿黃河邊。不問爺娘喚女聲，但聞黃河流水鳴濺濺。旦辭黃河去，暮至黑水頭。不問爺娘喚女聲，但聞燕山胡騎鳴啾啾。萬里赴戎機，關山度若飛。朔氣傳金柝，寒光照鐵衣。將軍百戰死，壯士十年歸。歸來見天子，天子坐明堂。策勳十二轉，賞賜百千彊。可汗問所欲，木蘭不用尚書郎；願借明駝千里足，送兒還故鄉。

爺娘聞女來，出郭相扶將。阿姊問妹來，當戶理紅妝。小弟問姊來，磨刀霍霍向豬羊。開我東閣門，坐我西閣牀。脫我戰時袍，着我舊時裳。當窗理雲鬢，對鏡帖花黃。出門看火伴，火伴皆驚惶。同行十二年，不知木蘭是女郎。

雄兔脚撲朔，雌兔眼迷離。兩兔傍地走，安能辨我是雄雌！

（註一）今人徐中舒木蘭歌再考謂：「據唐寫本唐韻及通志氏族略，訂正唐韻沐簡複姓應作沐蘭，亦卽歌之木蘭，或爲鮮卑遺族」按廣韻沐下云：「漢複姓有沐簡氏，何承天姓苑云『今任城人』。」寫本唐韻所引與此同。惟沐簡之簡作蘭，廣韻以唐韻爲藍本，吾人自可據唐韻以正其誤。蘭簡二字，字形相近，古韻同部，遂字混淆，並非無因。詩溱洧「士與女方秉蕳兮。」傳「蕳，蘭也。」簡兮釋文「簡本作蕳。」是蘭蕳同意，簡蕳形近。故蘭一訛爲蕳，再訛爲簡。風俗通六國篇「懷王佞臣上官子蕳斥遠忠臣，屈原作離騷之賦。」據史記漢書人表新序楚辭章句，知上官卽上官大夫子蕳卽令尹子蘭之誤。子蘭誤作子蕳與沐蘭誤作沐蕳同。辭源謂，「何承天姓苑已言木蘭任城人。」姓苑已佚，不知其所據何書。疑姓苑別本沐蘭複姓必作木蘭者，王圻續文獻通考氏族門（見圖書集成氏族典引）有木簡沐簡沐蘭三姓。簡

爲蘭之誤字，其初當係一姓。木簡卽木蘭，與辭源所引合，亦卽詩之木蘭也。魏書官氏志載神元皇帝時，餘部諸姓內入者，中有僕蘭氏。僕蘭，卽木蘭之異釋。木，僕，同在廣韻入聲屋韻，又同爲雙脣音。唐初北方方音，以m爲起首字多讀韻b，如切韻馬ma，日譯漢音——卽唐初北方方音——讀爲ba。（見北大國學季刊珂羅倔倫答斯貝曜倫切韻之音）木蘭複姓，南朝以m音讀之，則爲沐，或作木。北朝以音b讀之，則爲僕。故姓苑作沐蘭或作木蘭，而魏書作僕蘭。木蘭歌出於北歌，其讀木亦當如僕。譯音本無定字，原不似華人姓氏之不輕於改易也。神元約在魏晉禪讓之際，（約西紀二六四——二六五）木蘭之先入居中原，當在此時。其里居據姓苑或在任城。

二　木蘭從軍之起因及後人之評論

我國女子束縛於幾千年禮教之下，內言不出，懸爲大經。何以在六代兵戈擾攘之際，而突然有此木蘭從軍事之發生耶？據木蘭歌再考補篇所推論之原因有四——（一）木蘭爲鮮卑遺族，（說見上節註一）居於中原。（二）生活完全華化，又受禮教之相當涵養。（三）其時爲府兵制，而非募兵制。（四）其家庭父老弟幼仍在兵籍。木蘭既具此種環境，而其先代剛毅尚武之風，又非禮教所能全部征服，故能代父從軍，無所屈撓。蓋人類之活動，受種種心力與種種環境之支配，其心力瞬息萬變，各呈異觀。其環境亦隨時隨地而異，故歷史所載無同一之人物，亦無全部再現之事實。木蘭代父從軍，非尋常女子所能，正因其環境在歷史上非他女子之所具備也。

木蘭之從軍，既難能而可貴，故後之論者，亦每視爲異舉。茲略述數例以見一斑——

李波小妹詩：「婦女尚如此，男子安可逢？」程大昌演繁露「女子能爲許事，其義具在緹縈上。」章樵古文苑注「若木蘭者，亦壯而廉矣。使載之列女傳，緹縈曹娥將遜之。」鍾惺名媛詩歸評木蘭詩：「英雄本色，卻字字不離女兒情。」譚友夏名媛詩歸，「從來說生男不如生女，只是作后妃富貴想耳。即健婦持門戶亦未及。忠孝大節，當以緹縈木蘭曹娥諸女郎實之。」陸梅垞紅樹樓選「詩辭聲口，不似木蘭自作。蘇氏以爲後人擬爲之近是，然亦恐非後人所能擬，乃當時人以詠歎其事耳。古文苑評其直無含蓄，在蔡琰悲憤詩下。此則妄爲訾議，其人其事，不失一奇詩；若木蘭自作，尤奇也。」此外論之者尤衆，無待喋喋。總之，木蘭能代父從征，在中國民族史上，確爲巾幗生色不少。而胡笳牧馬，刁斗森嚴，以一弱女子出入行伍，與士卒同伙至十二年之久，尤爲難能而可貴也。至其詩，余最愛其敍遠行一段，「朝辭爺娘去，暮宿黃河邊。不聞爺娘喚女聲，但聞黃河流水鳴濺濺。旦辭黃河去，暮至黑水頭。不聞爺娘喚女聲，但聞燕山胡騎鳴啾啾。」聲調宛轉，誠足極盡歌行之妙。

三　木蘭詩與民間歌曲

再進而研究之：木蘭詩乃一首長篇的敍事民歌，決非文人所能擬作，亦非木蘭之所自作也。原夫民間歌曲，與文人所作不同之處——即：一則取材於民間，受當時北地之影響多；一則取材於書本，受空間時間之支配少。故民間歌曲，齊魯與吳越不同，漢魏與隋唐互異；各有面貌，不相因襲。若文人之作則不然，長於揚越之間，可以爲塞外歌吟；生於明清之世，可以倣漢魏樂府。北窗高臥，何嘗不能作羲皇上人耶？准此理以研究木蘭詩之爲民歌，則思過半矣。

木蘭之從軍，使人可以觀感歌泣。當時流傳既廣，民間遂有歌曲，以詠其事。觀其鋪敍之處，通俗直樸，確爲民間歌曲之本色：而音調鏗鏘，又決其爲北方之音也。

復次，更舉數說以證木蘭詩之爲民歌。

（一）木蘭詩爲民間歌曲，然非樂府。漢魏樂府無不可歌者，其詞之短者，僅三句，四句，長者亦不得過百餘言，就百餘言之中，仍復間以歌聲，分爲數解（例如古辭白頭吟之類）與唐宋以來之絕句，詞曲形式雖殊，長短略同，今木蘭歌多至三百餘言，若採入樂府，又須加增若干音節，恐古代無此長樂府也。故元稹（樂府古題序）云「……其餘木蘭仲卿（卽孔雀東南飛）四愁七哀之輩，未必盡播於管弦明矣。」以故郭茂倩雖將木蘭歌列入樂府詩集之橫吹曲辭鼓角橫吹曲類，而又引古今樂錄之語「按歌辭有木蘭一曲，不知起於何代也。」是此歌之列入樂府，本無根據，元稹之所謂「未必盡播於管弦」者，疑卽當時民間流行之歌曲，後世彈詞之類也。

（二）木蘭詩爲北方民間歌曲之本色。欲證明此說，可看以下所引，唐書樂志：「北狄樂其可知者，鮮卑吐谷渾部落稽三國，皆馬上樂也。後魏樂府始有北歌，卽所謂眞人代歌是也。周隋時與西涼樂雜奏，今存者五十三章，其名可解者六章，……其不可解者咸多可汗之辭（註一）又沈德潛云「梁時橫吹曲武人之詞居多，北音鏗鏘，鉦鐃競奏，企喻歌折楊柳歌辭木蘭詩等篇，猶漢魏遺響也……」

以上所引，皆與木蘭歌有關，且又與鮮卑族有關也。鮮卑爲游牧民族，其入中原，本以武力征服。其後生活雖漸次同化於中國，（說見上編）而尚武義俠之餘風未替。此所云「馬上樂也」「武人之詞居多」知其爲北方民間歌曲之本色也。惟詩中「朔氣傳金柝，寒光照鐵衣。……當窗理雲鬢，對鏡貼花黃」諸句，胡應麟以爲「整麗流亮，齊梁艷語宛然。（註二）」（詩藪內編語）此或經文人所修飾潤色者，然不能遂斷此詩爲非民間歌曲也。

（註一）北虜之俗，呼主爲可汗。吐谷渾又慕容別種。以是知此是燕魏之際鮮卑歌也。其詞虜音，竟不可曉。

（註二）詩藪內編「朔氣寒光，整麗流亮。當窗理雲鬢，對鏡貼花黃，齊梁豔語宛然。」

四　北歌（木蘭詩）在中國文學史上之地位

六朝之婦女文學，影響於唐代者至深且鉅。——子夜吳聲爲唐代唯美一派（如李商隱等）之所本而木蘭北歌又唐代邊塞一派（如李頎岑參高適王昌齡王翰等）所由出（註一）也。

昔之論中國文學者，對於六朝，恆存鄙視之心。如李白之「自從建安來，綺麗不足珍。」鄭燮之「六代文章總蛙聲。」是也。蘇東坡爲韓愈作碑文：「自東漢以來，道喪文弊，異端並起。歷唐貞觀開元之盛，輔以房杜姚宋而不能救。獨文公起布衣，談笑而麾之，天下靡然從公，復歸於正。」所謂「道喪文弊，異端並起」者，卽指六朝之駢儷而言。東坡每有「齊梁小兒」之語，則其意更爲昭昭也。

吾嘗謂六朝之際，中原文化在表面上雖驟形低落。然此後有唐一代文學復興之機，實伏於此，而婦女作者，尤有功焉。

六朝時南方文學之影響及於唐代者，前已言之。今茲所述者北歌也。

北方之文學，其見於記載者如唐書樂志云：「……後魏樂府始有北歌，卽所謂眞人代歌是也。」魏書樂志云：「掖庭中歌眞人代歌，上敍祖宗開基所由，次及君臣廢興之跡，凡百五十三章，昏晨歌之。」此眞八代歌皆完全鮮卑語之樂歌，所謂：「其詞虜音，竟不可曉」者，多至百五十三章。今雖不存，吾人猶可想見其文學作品之富也。

此外如北齊之敕勒歌，亦木蘭之亞也。歌云：

敕勒川，陰山下，天似穹廬，籠蓋四野。天蒼蒼，野茫茫，風吹草低見牛羊。（斛律金作）

樂府廣題云：「其歌本鮮卑語易爲齊言。」齊言，即中國語。由此寥寥短章，吾人又可想見其文學造詣之深。日本賴山陽氏（書敕勒木蘭二歌後）以爲「杜詩似多從此悟入」可證北歌之影響於唐代者鉅矣。其言曰：

「余嘗愛敕勒歌，雄勁蒼茫，自是北音，迴異齊梁綺靡之習。漢魏歌謠一派，至是而絕響。僅二十七字，文字如含風雲之氣。其中三言四言七言相錯併，歌行之結篇立章，鍊句，換韻，開合，頓挫諸法皆備。雖一首，可敵下半部文選也。敕勒短而妙，木蘭長而妙。熟此二歌，則歌行之法，不待他求。杜詩似多從此悟入，如孔雀東南飛絮絮可厭，猶如此間情死演詞耳。」

北歌之分量及其價值，既略如上述。而其與隋代文學之關係，更可自地理及文學趨向兩方面說明之——

魏齊周隋由北朝遞嬗，其典章制度，俱有直接之關係。隋時鮮卑雖已失國，而地域猶是，民俗未改。即鮮卑人之入居中原者，亦同化於中國，不復外徙。北歌在此時，正發輝滋榮之候。隋代文學，受其影響，自爲當然之事實。此關於地理者也。

復次，六朝文學，南北異趨；「江左貴於清綺，河朔貴乎氣質」（北史文苑傳）（註二）當時文學實處於相反之地位。隋代統一南北，爲日甚淺，其文學仍爲北方文學，雖間有模仿南人之作，亦無生色。惟邊塞諸篇與北歌處於同一趨向之下。此沈德潛所謂：「隋煬帝艷情篇什，同符後主。（陳叔寶）而邊塞諸篇，矯然獨異。」（古詩源例言）者也。

由上述觀之，可以知北歌之影響於隋代者，乃直接的，至其間接受其影響者唐代也。

再看沈德潛古詩源例言云

「……楊處直（素）情思健筆，詞氣蒼然。後此射洪（陳）曲江（張）起衰中立，此爲之勝廣矣。」

自古詩源例言觀之，沈氏比較隋唐詩體風態，以爲射洪曲江起衰中立，由於直接受隋代之影響；豈非間接亦受北歌之影響乎？韓愈詩云：「國朝勝文章，子昂始高蹈。」是有唐一代詩歌之盛，陳張爲首。然則北歌在文學史上之價值，豈非與建安七子同其重要哉？

吾作此章，似出乎本書範圍之外，然因木蘭歌在中國文文學史上之重要，遂因木蘭而及於北歌，及於隋，及於唐，窮源竟流，實又本書分內事也。又此篇多取材於木蘭歌再考及補篇諸文。

（註一）李頎有「男兒事長征，少小幽燕客。賭勝馬蹄下，由來輕七尺。殺人不敢前，鬚如蝟毛磔。……」一詩，頗帶北歌色彩。

（註二）北史文苑傳云「江左宮商發越，貴於清綺。河朔詞氣，貞剛重乎氣質。氣質，則理勝其詞；清綺，則文過其意。理深者，便於時用。文華者，宜於詠歌。」

第七節　嬗遞中之隋代婦女文學

六朝轉瞬興亡。陳滅隋興隋亡唐起。隋代，上承六朝之餘緒，下開唐代風氣之先聲，乃文學轉變之一大關鍵也。子夜吳聲橫吹北歌，在六朝已放情高唱，達乎極峯。洎隋代統一天下，混合南北思想，文學亦隨之以變矣。故婦女作品，如丁六娘之十索曲，張碧蘭之阮郎曲，猶存子夜之遺；至若侯夫人之自傷自感諸作，則宛然唐人之閨怨詩也。

一　十索曲與其他雜詩

十索曲，丁六娘作也。其餘諸人，若蘇蟬翼張碧蘭羅愛愛秦玉鸞均有詩，其家世里居，不可考矣。茲觀其詩——

十索曲　十首錄六

裙裁孔雀羅，紅綠相參對。映以蛟龍錦，分明奇可愛。麤細君自知，從郎索衣帶。

爲性愛風光，生憎良夜促。曼眼腕中嬌，相看無厭足。歡情不奈眠，從郎索花燭。

君言花勝人，人今去花近。寄語落花風，莫吹花落盡。欲作勝花嬌，從郎索紅粉。

二八好容顏，非意得相關。逢桑欲採折，尋枝倒嬾攀。欲呈纖纖手，從郎索指環。

含羞不自持，從眼勞相望。無那關情絆，共入同心帳。欲防人眼多，從郎索錦帳。

蘭房下翠帳，蓮帳舒鴛錦。歡情宜早暢，密意須同寢。欲共作纏綿；從郎索花枕。

蘇蟬翼之詩云：

郎去何太速，郎來何太遲？欲借一樽酒；共敍十年悲。（因故人歸有感）

張碧蘭之詩云：

郎如洛陽花，妾似武昌柳。兩地惜春風，何時一攜手。（寄阮阮曲）

羅愛愛之詩云：

幾當孤月夜，遙望七香車。羅帶因腰緩，金釵逐鬢斜。（閨思）

又：

感郎千金意，含嬌抱郎宿。試作帷中音，羞開燈前目。（贈情人）

以上諸詩，其寫情處細膩眞實，可於六朝子夜一類歌中求之。唐以下便無此眞實自然矣。若元朝妙洞天女之閨情詞：「眞堪惜，錦帳夜長虛擲。挑罷銀燈情脈脈，繡花無氣力。」（調寄謁金門見王昶明詞綜）非不美艷，但不如唐以前之自然也。又隋時秦玉鸞之詩云：「蘭幕蟲聲切，椒庭月影斜。可憐秦館女，不及洛陽花。」（憶情人）流麗警切，然已近唐人絕句。前所云隋代乃文學轉變之一大關鍵者，非以此耶？

二　侯夫人與大義公主

「河南楊柳樹，江南李花營。楊柳飛緜何處去？李花結果自然成。」此隋煬帝宮人杭静所作之迷樓夜半歌也。

煬帝建迷樓，選良家女數千以居其中，由是後宮多不得進御；宮女侯夫人有美色，一日自經於棟下，臂繫錦囊，中有文，左右取以進，帝見其詩，反覆傷感，自誦其詩，令樂府歌之。今讀其自傷一詩，則知夫人亦昭君婕妤之類也。

自傷

初入承明日，深深報未央。長門七八載，無復見君王。寒春入骨淸，獨臥愁空房。躧履步庭下，幽懷空感傷。平日所愛惜，自待卻非常。色美反成棄，命薄何可量。君恩實疏遠，妾意徒徬徨。家豈無骨肉，偏親老北堂。此身無羽翼，何計出高牆。性命誠所重，棄割誠可傷。懸帛朱棟上，肝腸如沸湯。引頸又自惜，有若絲牽腸。毅然競死地，從此歸冥鄉。

夫人以不得進御，怨而自經。觀上詩，可知其躊躇顧惜進退維谷之狀，蓋必有不得已之苦衷，故不得不走此一路也。

自感詩三首

庭絕玉輦迹，芳草漸成窠。隱隱聞簫鼓，君恩何處多。

欲泣不成淚，悲來翻強歌。庭花方爛熳，無計奈春何。

春陰正無際，獨步意何如。不及閒花草，翻成雨露多。

鍾伯敬名媛詩歸謂：「哀聲苦調，別無歡氣。憂情中有所謂萬疊千重者，只吟此等語，已曲曲欲捲；那得更有開展處」。然更觀其妝成一詩，抑又何如此之狂治耶！詩云：

妝成多自惜，好夢卻成悲。不及楊花意，春來到處飛。（妝成）

又看梅二首

砌雪無消日，捲簾時自顰。庭花對我有憐意，先露枝頭一點春。

香清寒豔好，誰惜似天眞。玉梅謝後陽和動，散與羣芳自在春。

隋時有千金公主者，俠而義，其行事近張子房一流者。公主嫁爲突厥沙鉢略妻。隋滅周，公主自傷宗祀絕滅，每懷復仇之志。日夜言於沙鉢略，悉衆爲寇。後力弱內附，賜姓楊氏，改封大義公主。隋平陳，以叔寶屏風賜主，主心不平，因書屏風爲詩。其詞抑揚幽邈中，帶有壯朴之氣。事雖不成，然其志不可得而泯滅矣。

書屏風詩

盛衰等朝暮，世道若浮萍。榮華實難守，池臺終自平。富貴今何在？空事寫丹青。盃酒恆無樂，弦歌詎有聲。余本皇家子，飄流入虜庭。一朝睹成敗，懷抱忽縱橫。古來共如此，非我獨申名。喉有明君曲，偏傷遠嫁情。

隋宮中又有吳絳仙者，有謝賜合歡水果詩，亦江采蘋謝珍珠之類也。其詩曰：「驛使傳來菓君王寵念深，寧知辭帝里，無復合歡心。」草草寫來，自是秀婉。外此若蕭皇后之述志賦亦藹然大作。

參考書目

三國志　晉陳壽撰宋裴松之注四部叢刊本
晉書（樂志）唐太宗御撰何超音義四部叢刊本
宋書（樂志）梁沈約撰四部叢刊本
魏書（樂志）北齊魏收撰四部叢刊本
隋書（經籍志）唐魏徵撰四部叢刊本
北史（文苑傳）唐李延壽撰四部叢刊本
漢魏叢書　掃葉山房本商務印書館本
樂府詩集　郭茂倩撰

樂府解題　郭茂倩撰（何文煥編歷代詩話內）醫學書局刻本

古樂苑五十二卷　明梅鼎祚撰

古詩源　沈德潛編

彤管新編八卷　明張之象編

名媛詩歸　鍾惺編

迴文類聚四卷補遺一卷　宋桑世昌編

璿璣圖說　掃葉山房單行本

古文苑二十一卷　宋章樵注四部叢刊本

列女傳補注八卷校正一卷敍錄一卷　清王圓照撰中國書店出版

李太白詩集　唐李白著四部備要本

李義山詩集　唐李商隱撰四部叢刊本

本事詩　唐孟棨編（歷代詩話內）醫學書局本

青樓小名錄八卷　趙慶禎編國學扶輪社出版

春渚紀聞　宋何薳撰商務印書館出版

國故學大綱　曹聚仁編梁溪圖書館出版

中國文藝叢選　蔣善國編商務印書館出版

中國民歌研究　胡懷琛編

新著國語文學史　凌獨見編

中國文學史綱　顧實編南方大學講義本

中古文學概論　徐嘉瑞編

織錦迴文圖一卷同文續編七卷　江南朱象賢原刻初印有圖極精

第四章　唐代婦女文學之轉變

吾人於此，試一回顧婦女文學演進之跡——古逸之詩，短鍊奧變。漢人之作，莊整雄深。洎乎魏晉六朝，歌曲大盛，其子夜、吳聲、橫吹、北歌之類，不獨燦爛於當時，抑又多影響於後代也。隋滅唐興，其詩一變——忌聲病，尚對偶，酌句準篇，研鍊精切。六朝眞實自然之旨，遂拘拘於聲調格律之間矣。此時代著名作者，若武則天、上官婉兒、李季蘭、魚玄機、薛濤諸人，其詩皆工整縟麗，聲調悠揚，蓋人工多，而天籟少矣。

第一節　女中怪傑武則天

唐初婦女之能文者，貴族中若長孫皇后、徐賢妃、武則天、上官婉兒其傑出也。長孫后嘗有遊春曲，（註一）太宗誦而美之。徐賢妃名惠，其所爲詩，有秋風、函谷關、應詔、長門怨賦、得北方一佳人、妝殿答太宗（註二）皆五古；其文有奉和御製小山賦、諫太宗息兵罷役疏，蓋唐初宮廷中一大作手也。然尚不及武則天之能。

武則天者，中國數千年女界中一大怪傑也。論其才足以籠絡當代名臣賢相，爲我所用。推其智，可以奔走一時學士詞人，供其役使。以至其極，竟移唐祚者垂二十餘年。觀其措置布施，寧非一手段靈敏之一大政治家哉？唐興文雅之盛，武后之功多矣。

（註一）長孫皇后河南洛陽人，常采古婦人事著女則十篇，今不傳；惟傳其春遊曲：「上苑杏花朝日明，蘭閨豔妾逝春情。井上新桃偷面色，簷邊嫩柳學身輕。花中去來看舞蝶，樹上長短聽流鶯。林下何須遠借問，出衆風流舊有情。」此詩宛然七律矣。在婦女著作中，卻是第一篇。

（註二）妝殿答太宗詩云：「朝來臨鏡臺，妝罷暫徘徊。千金始一笑，一召詎能來。」嬌憨謡動得妙，五絕之佳也。

一　武則天之家世及其詩文

高宗武后者，并州文水人，荊州都督士彠之女也。中宗即位，稱皇太后臨朝。詩自稱皇帝，改國號曰周，自名曌，在位二十有二年，（西紀六九〇——七一二）年八十一卒。事蹟具見唐書本傳。

武后之著述傳於今者甚多。史稱后所爲詩文，率皆元萬頃崔融等代作。然以武后之雄才大略，固自能文，其所作垂拱集百卷，金輪集六卷，亦未盡可以「狎客代作」抹殺之也。

武后之詩，如遊嵩山、同太平公主遊九龍潭、遣使宣詔幸上苑，(註一)而如意曲一詩，宛轉流麗，論者謂不啻自己寫照也。

如意曲

看朱成碧思紛紛，憔悴支離爲憶君。不信比來常下淚，開箱驗取石榴裙。

鍾伯敬曰：「看朱成碧四字本奇，然尤覺思紛紛三字憒亂顛倒得無可奈何，老狐媚甚。」(名媛詩歸) 唐史痛詆后淫亂多嬖幸，如僧懷義張易之兄弟輩。觀此詩，可知武后本性。惟大英雄能本色，蓋未可以禮相繩也。

武后之文，傳於今者更多於詩，如：

高宗天皇大帝哀册文

請從封禪表

請爲女服三年喪表

徵史德儀赴都詔

勞益州大都督府長史姚璹璽書

蘇氏織錦迴文記

九鼎銘

臣範序

大周新譯大方廣佛華嚴經序

賜少林僧書

昇仙太子碑并序

大福光寺浮圖碑

莊嚴楞伽經序

夏日遊石淙詩序

以上諸文，俱屬辭對偶，工麗典雅。蓋唐初文體，猶是六朝餘風也。試觀一例，以概其餘。

夏日遊石淙詩序

若夫圓嶠方壺，涉滄波而靡際。金臺玉闕，陟縣圃而無階。唯聞山海之經，空覽神仙之記。爰有石淙者，即平樂間也。爾其近接嵩嶺，俯屈箕峯。瞻少室兮若蓮，睇潁川兮如帶。既而躡崎嶇之山徑，蔭蒙密之藤蘿。洶湧洪湍，落虛潭而送響；高低翠壁，列幽澗而開筵。密葉舒帷，屏梅氛而蕩燠。疏松引吹，清麥候以含涼。就林藪而王心神，對烟霞而滌塵累。森沉邸壑，即是桃源。淼漫平流，還浮竹箭。紉薜荔而成帳，聳蓮石而如樓。洞口全開，溜千年之芳髓；山腰半坼，吐十里之芳粳。無煩崑閬之游，自然形勝之所。當使人題綵翰，各寫瓊篇。庶無滯於幽棲，冀不孤於泉石。各題四韻，咸賦七言。

自梁陳以還，詩已進於近體之調，然律詩之制尙未成也。逮初唐諸家出，八句四韻之律體益盛行。此所云「各題四韻，咸賦七言。」則知七律之制，已盛行於此時矣。唐會要：「萬歲通天元年，（西紀六九九）鑄九鼎成，上各寫本州山川物產之象，令著作郎賈膺福殿中丞薛昌容鳳閣主事李元振司農錄事鍾紹京等分題，左尙令曹元廓畫令南北衛士十餘萬人幷丈內大牛白象曳之，自玄武門入。武后自製蔡州永昌鼎歌以記之。」詞曰：

永昌鼎歌

羲農首出，軒昊膺期。
唐虞繼踵，湯禹乘時。
天下光宅，海內雍熙。
上玄降鑒，方建隆基。

武后又能爲樂府，所製有唐饗昊天樂、唐明堂樂章、唐大饗拜洛樂章，古質典雅，論者以比之漢唐山夫人之安世房中歌云。

二　武則天與唐代文化之關係

唐與文雅之盛，尤在則天以來。內有上官之流，染翰流麗，天下聞風。而蘇、李、沈、宋接聲並鶩，文士之多，於此爲盛。雖當時則天詩筆，不無崔融元萬頃等代作，然小疵不足以掩大德。唐代律詩與古文之體所以超越前代者，推源溯委，武后發揚倡導之功，不可沒也。茲更列舉諸書，以見武后提倡文化，獎掖詞人之一班——

唐書元萬頃傳曰：

「天后諷高宗廣召文詞之士入禁中修撰，萬頃與左史范履冰苗神客右史周思茂胡楚賓咸預其選，前後撰列女傳、臣軌、百寮新誡、樂書等，凡千餘卷……」

唐書武后傳曰：

「帝晚年益病風不支，天下事一付后。后乃更爲太平文治事，大集諸儒內禁殿，撰定列女傳、臣軌、百寮新誡、樂書等，大抵千餘篇，因令學士密裁可奏議，分宰相權自此始。……」

又大唐新語曰：

「則天初革命，大搜遺逸，四方之士應制者向萬人，則天御雒陽城南門親自臨視，張說對策爲天下第一。……」

又舊書云：

「久視元年（西紀七〇〇）以張易之爲奉宸令，引辭人閻朝隱、薛稷、員半千並爲奉宸供奉。詔昌宗撰三教珠英於內，（註一）以引文學之士李嶠、閻朝隱、徐彥伯、張說、宋之問、崔湜、富嘉謨等二十六人分門撰集，成一千二百卷上之。……」

由上引諸書觀之，可知武后在高宗時，已獎進文學，始則以元萬頃諸人纂集羣書；革命以後，又有三教珠英之集，引拔衆類，一時文士如蘇、李、沈、宋之閎麗，陳子昂盧藏用之古文，富嘉謨吳少微之經術，劉子元之史學，以及張說之詞華，徐堅之博洽，並騰譽文囿；上總初唐之麗則，下啓開元之極軌，嗚呼盛矣！

據諸書所載，考知武后與諸文士所撰之書如左：

玄覽、古今內範各百卷

青宮記要、少陽政範各三十卷

維城典訓、鳳樓新誡、孝子列女傳各二十卷（經籍志作列女傳一百卷）

內範要略、樂書要錄各十卷

百寮新誡、兆人本業各五卷

臣範兩卷

垂拱格四卷

文集一百二十卷（垂拱集百卷金輪集二十卷）

紫宸禮要十卷

字海一百卷

述聖記一卷

高宗實錄一百卷
保傅乳母傳一卷

（註一）晁公武郡齋讀書志珠英學士集五卷謂唐武后朝嘗詔武三思等修三教珠英一千三百卷，預修書者凡四十七人。崔融總集其所賦詩，各題爵里，以官班爲次，融爲之序。舊書稱修三教珠英者二十六人，今珠英學士集已佚，若據晁氏所記，乃有四十七人之多矣。

三　武則天與婦女文學

武后時婦女之能文者，上官婉兒其第一也。婉兒者，（生公元前六六四年，卒於七一〇年）上官儀之孫。儀屬辭綺錯婉媚，人多效之，號曰上官體。（註一）婉兒世其家學，故詩亦縟麗，足以抗四傑而傲沈宋，蓋幾於作者之選矣。婉兒性韶警，武后愛其才，配入掖庭。自通天以來，內掌詔命。中宗即位，進拜昭容。景龍初（約西紀七〇七）勸帝置修文館，選公卿善爲文者李嶠等二十餘人充之。帝每引名儒賜宴賦詩，令昭容第其甲乙。嘗代帝及后長寧安樂二主衆篇並作，采麗益新。時屬辭者大抵浮靡，然所得皆有可觀，昭容力也。開元初，裒其文章集二十卷，詔張說爲之序。

昭容集中多屬應制之作，蓋地位使然也。如立春日侍宴內殿書剪綵花應制、九月九日上幸慈恩寺、上幸東莊應制、上幸温泉宮應制諸作，雖有佳句，不能盡其才也。惟綵書怨及遊長寧公主流池杯二十四首。走筆成辭，即便清老，亦可以覘其才矣。

綵書怨

葉下洞庭初，思君萬里餘。露濃香被冷，月落錦屏虛。
欲奏江南曲，貪封薊北書。書中無別意，惟悵久離居。

能得如此，一氣清老，便不必奇思佳句矣。此唐人所以力追聲格之妙也。至流杯池二十四首，有三言四言五言七言，隨手拈來，各極妙思。茲錄其數首：

游長寧公主流杯池

逐仙賞，展幽情，踰崑閬，訪蓬瀛。

游魯館，陟秦臺，汚山壁，媿瓊瓌。

檀欒竹影，飈颸松聲，不煩歌吹，自足怡情。

仰循茆宇，俯眄喬枝，煙霞問訊，風月相知。

枝條鬱鬱，文質彬彬，山林作伴，松桂爲鄰。

淸波洶湧，碧樹冥蒙，莫怪留步，因攀桂叢。

攀條招逸客，偃桂叶幽情。水中看樹影，風裏聽松聲。

泉石多山趣，巖巒寫奇形，欲知堪悅耳，惟聽水泠泠。

瀑溜晴疑雨，叢篁晝似昏，山中眞可翫，暫請報王孫。

橫鋪豹皮褥，側岸鹿胎巾，借問何爲者，山中有逸人。

參差碧岫聳蓮花，潺湲綠水瑩金沙。何須遠訪三山路，人今已到九仙家。

憑高瞰險足怡情，菌閣桃源不暇尋。餘雪依林成玉樹，殘霙點岫卽搖岑。

景龍三年（西紀七〇九）十二月十二日，中宗皇帝駕幸新豐溫泉宮，勑蒲州刺史徐彥伯入仗同學士例，因與武平一等獻詩，上官昭容亦賦絕句三首以獻：

三冬季月景龍年，萬乘觀風出灞川。遙看電躍龍爲馬，迴矚霜原玉作田。

鸞旂掣曳排空迴，羽騎驂驔躡景來。隱隱驪山雲外聳，迢迢御帳日邊開。

翠幕珠幃敞月營，金罍玉斝泛蘭英。歲歲年年常扈蹕，長長久久樂昇平。

詩體至上官祖孫而格律益工矣。蓋自梁陳以還，作者競拘聲病。沈約之後，繼以徐庾。唐興則太宗好宮體，上官儀出益爲綺錯，更立六對之法。（註二）逮夫沈宋，又加精切。婉兒承其祖武，與諸學士爭騖華藻，沈宋應制之作，多經婉兒評定。當時以此相慕，遂爲風俗。唐人格調之工，上官祖孫倡導之力多矣。

（註一）上官儀，字游韶，陝州陝人，貞觀初進士，工詩，其詞綺錯婉媚，人多效之，謂爲上官體

（註二）詩苑類格：「唐上官儀曰詩有六對。一曰正名對，天地日月是也。二曰同類對，花葉草芽是也。三曰連珠對，蕭蕭赫赫是也。四曰雙聲對，黃槐綠柳是也。五曰疊韻對，彷徨放曠是也。六曰雙擬對，春樹秋池是也。」

第二節 楊貴妃在中國藝術史上之地位

當開元天寶之際，唐朝之隆盛已極而將變爲衰替之時。歷史於此，遽見崇巍之象。蓋六朝文學，煦濡於唐初之太平，至是俄然與隆而達乎絕頂。凡百文化，亦各振迅奮發，不獨文章詩歌變越一世也。

吾嘗怪明皇以聰明絕世之才，而復風流儒雅，脫略人君形式之跡，彼於當時文物技藝，莫不獎掖而倡導之，何婦女文學獨渺渺乎僅楊貴妃江采蘋數人而已。然吾意當時必不僅此也。

一 楊妃之詩

在中國婦女史上，吾嘗以楊妃與王嬙並舉，其理已詳於第二編矣。

楊妃在藝術史上地位之重要，不在其才而在其遇。蓋明皇貴妃之情愛，爲千古詞壇之佳話：詩詠之，劇寫之，畫圖之，小說家又從而演義之。於是貴妃之一身，幾成藝術界之模型，與印度之佛像，耶穌之聖母，同其重要矣。

楊妃故事具見太眞外傳，（樂史撰）長恨歌傳。（陳鴻撰）楊妃小名玉環，楊國忠從妹。初爲女道士，故號太眞妃。玄宗嬖之。安祿山之亂，玄宗出奔至馬嵬坡，六軍不發，太眞乃縊死。白居易長恨歌所謂「六軍不發無奈何，宛轉蛾眉馬前死，」蓋實錄也。

楊貴妃非以詩鳴者也，故所傳甚少。茲錄其一。

贈張雲容舞

羅袖動香香不已，紅蕖裊裊秋烟裏。輕雲嶺上乍搖風，嫩柳枝邊初拂水。

「羅袖動香香不已」之「香不已」三字，得舞之神。貴妃善舞，讀唐人詩「貴妃宛轉侍君側，體弱不勝珠翠繁。冬雪飄飄錦袍暖，春風蕩漾霓裳翻。」又「珠閣沈沈夜未央，碧雲仙曲舞霓裳。一聲玉笛向空盡，月滿驪山空漏長」可知，而張雲容亦能舞者也。

二　藝術之母楊貴妃

何以云楊貴妃乃藝術之母也？——試觀唐人詩集中，其偉大傑作，無一非歌詠楊妃故事者。白樂天之長恨歌，元稹之連昌宮詞，其最著也。至於李白杜甫集中，更指不勝計。及其後也，元白仁甫之梧桐雨雜劇，明屠長卿之綵毫記，吳世美之驚鴻記，淸洪思昉之長生殿傳奇……等，則又本於長恨歌或太眞外傳而演述者也。

以上所記，乃文學戲曲方面。至關於音樂者，尤與貴妃有密切之關係。試縷述之如下：

通志樂考云：

「元宗置左右教坊，自教法曲於梨園，謂之皇帝梨園子弟。又分樂爲二部，堂上坐奏謂之坐部使；堂下立奏謂之立部使。宜春院謂之內人，雲韶院謂之宮人，平人女選入者謂之搊彈家。以上音樂戲曲，皆明皇製以娟貴妃者。而李白淸平樂及西涼節度使所獻之霓裳羽衣曲，（註一）皆爲貴妃而作。李龜年弟兄黃繙綽張野狐（樂府雜錄云「黃繙綽張野狐，皆善弄參軍」）皆供奉楊貴妃者也。」

明皇雜錄云：

「涼州詞，楊貴妃所製也。」

楊妃外傳云：

「荔枝香，則貴妃生日，小部張樂於長生殿所進之新曲也。」

唐書禮樂志云：

「雨霖鈴，乃明皇於棧道中聞鈴聲，悼念貴妃而作者也。」（註二）

此外唐代圖畫亦多寫太眞逸事如：

明皇納涼圖

按羯鼓圖

擊梧桐圖

鬬雞射鳥圖（註三）

虢國夫人夜游圖

游春圖

踏靑圖

太眞教鸚䳇圖

——以上張萱畫——

明帝夜游圖

——周古言畫——

妃子教鸚䳇圖

出浴圖

明皇騎從圖

鬬雞射鳥圖

——以上周昉畫——

明皇燕居圖

斫膾圖

太眞禁牙圖

——以上王朏畫——

金橋圖（此圖乃明皇封泰山時命吳等所畫）

——吳道子、陳閎、韋無忝等共繪——

明皇幸蜀圖

——李思訓畫——

…………

由上述觀之，乃知唐代之文學、音樂、戲曲、圖畫、雕塑（楊惠之）以開元時代爲極盛者，其原因乃在楊貴妃耳。謂之唐代藝術之母，又奚不可？及其後也，太眞逸事之影響於歷代文學、音樂、戲曲、圖畫、雕塑……者尤多。然則楊貴妃者，又不獨唐代藝術之母矣。

（註一）樂錄曰：「霓裳羽衣曲，開元中西涼節度使楊敬述進。」鄭愚曰：「玄宗至月宮聞仙樂，及歸，但記其半。會敬述進婆羅門曲，聲調相符，遂以月中所聞爲散序，敬述所進爲曲，而名霓裳羽衣也。」……劉夢得詩云：「三鄉陌上望仙山，歸作霓裳羽衣曲。」然則非月中所聞矣。王灼曰：「霓裳羽衣曲說者多異。予斷之曰：西涼創作，明皇潤色，又爲易美其名。……」（碧雞漫志）

（註二）按即長恨歌所謂「夜雨聞鈴腸斷聲」是也。

（註三）唐玄宗時鬭雞之風盛行，陳鴻東城老父傳「賈昌（東城老父）少時，解鳥語，以鬭雞博玄宗寵愛，號爲神童。時人爲之語曰：「生兒不用識文字，鬭雞走馬勝讀書。賈家小兒年十三，富貴榮華代不如。……」」讀此，可以想見當時社會享樂頹廢之情形矣。

三　楊貴妃與梅妃

梅妃江采蘋者，楊貴妃之情敵，猶之班婕妤之與趙飛燕也。

梅妃九歲能頌二南，自比謝女，父奇之，故名采蘋。明皇以其喜梅，故名梅妃。好淡妝雅服，姿色明秀。善屬文，有蕭蘭、梨園、梅花、鳳笛、玻杯、剪刀、綺窗諸賦。會楊太眞擅寵，遷妃於上陽宮。上念之，適夷使貢珍珠，上以一斛賜妃，妃不受，以詩答謝，上命樂府以新聲度之，號一斛珠。曲名蓋始於此。

謝賜珍珠

桂葉雙眉久不描，殘妝和淚溼紅綃。長門盡日無梳洗，何必珍珠慰寂寥。

詩少婉曲，一氣而出，可以想見其怨恨不覺觸發之意。讀宮怨詩：「庭絕玉輦迹，芳草漸成窠。隱隱聞簫鼓，君恩何處多。」（隋煬帝侯夫人自遣）尚是怨而不發，然未若「竹葉羊車來別院，何人空聽景陽鐘。」（程才人詞，見元氏掖庭記）之能以文字自見也。

當太眞專寵之日，妃嘗以千金授高力士，求詞人擬司馬相如爲長門賦，欲邀上意。力士方幸太眞，且畏其勢，報曰：「無人解賦。」妃益怨慕，乃自爲樓東賦。搔首躊躕，寫出嬌怨無聊之態。（趙問奇語）

樓東賦

玉鑑生塵；鳳奩香殄。嬾蟬鬢之巧梳，閒縷衣之輕練。苦寂寞於蕙宮，但凝思乎蘭殿。信飄落之梅花，隔長門而不見。況乃花心颺恨，柳眼弄愁。煖風習習，春鳥啾啾。樓上黃昏兮，聽風吹而囘首；碧雲日暮兮，對素月而凝眸。溫泉不到，憶拾翠之舊遊；長門深閉，嗟青鳥之信修。憶昔太液清波，水光蕩浮。笙歌賞燕，陪從宸旒。奏舞鸞之妙曲，乘畫鷁之仙舟。君情繾綣，深敍綢繆。誓山海而長在，似日月而無休。奈何嫉色庸庸，妬氣冲冲。奪我之愛幸，斥我於幽宮。思舊歡之莫得，想夢着乎朦朧。度花朝與月夕，若嬾對乎春風。欲相如之奏賦，奈世才之不工。屬愁吟之不盡，已響動乎疎鐘。空長歎而掩袂，躊躇步乎樓東。

梅妃之事，俱見曹鄴所撰梅妃傳。（載唐人說薈）而梅妃之傳，亦以楊妃爲其情敵之故。讀長生殿、夜怨、絮閣二齣，寫楊妃梅妃之爭寵，不啻目覩。明女子張引元詩云：「莫倚長門歎月明，古來薄命自傾城。多才總有樓東賦，不入離宮絃管聲。」（梅妃怨）則樓東賦殊不必也。

此外玄宗時有宜芬公主者，姓豆盧氏。天寶四年，（西紀七四五）以公主賜奚霫王賓子爲配。公主悲怨爲詩，蓋亦烏孫千金之類也。其題爲歸蕃題虛池驛中屏風，（註一）又有袍中詩（註二）紅葉詩（註三）均在玄宗時。

(註一)屛風詩：「出嫁辭鄉國，由來辭別難。聖恩愁遠道，行路泣相看。沙塞容顏盡，邊隅粉黛殘。妾心何處斷，他日望長安。」

(註二)開元中賜邊軍纊衣，製自宮人。有兵士於袍中得詩，白於帥，帥上之朝。明皇以詩編示六宮，一宮人自稱萬死，明皇憐之，以妻得詩者。曰：「朕與爾結今生緣也。」其詩曰：「沙場征戰客，寒苦若爲眠。戰袍經手作，知落阿誰邊。蓄意多添線，含情更着綿。今生已過也，願結後生緣。」

(註三)唐宮人題詩紅葉凡三見。一玄宗宮人，一德宗，一宣宗也。天寶末，洛苑宮娥題詩梧葉，隨御溝流出。顧況見之，亦題詩葉上，自上流投於波中。後十餘日，又得一詩。其詩云：「舊寵悲秋扇，新恩寄早春。聊題一片葉，將寄接流人。」(第一首)「一葉題詩出禁城，誰人酬和獨含情。自嗟不及波中葉，蕩漾來春取次行。」(第二首)

第三節 宋氏姊妹與鮑君徽

漢班昭之後，至唐而有宋氏姊妹，其家學向爲歷朝所尊禮。宋尙宮女論語一書，論者與班昭女誡等視。至鮑君徽亦宋氏姊妹之流亞也，余故並而敍之。

一　宋氏姊妹

宋之問媚事武后，昵臣張易之至爲之奉溺器，有才無行，爲世所鄙；不知何以其裔孫廷芬五女，竟端莊靜默，而號爲女中大家也。

廷芬有五女，皆讀書，能爲文章。長若昭，次若華，文尤高。不願適人，欲以學名家。若華著女論語，若昭申釋之。唐貞元中，召入禁中。試文章，論經史，俱稱旨。若昭以曹大家自許，帝嘉其志，稱爲女學士，拜內職官尙宮，掌六宮文學，兼教諸皇子公主，皆事之以師禮，號曰宮師。卒贈梁國夫人。

五宋詩文，惟若華、若昭、若憲所作今猶有存者。若倫若荀先卒，故其文不傳。鍾伯敬曰：「若昭姊妹詩，皆凝深靜穆，有大臣端立之象。使人誦之，亦如對蒼松古柏，銓其有古肅之氣，不復以煩豔經心也。」

若華之詩云：

十二層樓倚翠空，鳳鸞相對立梧桐。雙成走報監門衞，莫使吳歈入漢宮。

雲安公主下嫁吳人陸暢爲儐相。暢才思敏捷，應對如流；六宮大異之。暢吳音，故若華以詩嘲之也。（此詩名媛詩歸作元和內人）若憲詩風采秀瞻，典重不佻。催妝一詩，不作脂粉夭裊之氣。

催妝詩

雲安公主貴，出嫁五侯家。天母親調粉，日兄憐賜花。催鋪百子帳，待障七香車。借問妝成未，東方欲曉霞。

若憲亦有奉和御製麟德殿燕百僚詩，較若昭之作，稍覺靈轉。暢酬一詩，尤覺疏朗有致。

暢酬詩

粉面仙郎選正朝，偶逢秦女學吹簫。須教翡翠聞王母，不禁烏鳶噪鵲橋。

樂府中有郎大家宋氏者，或云卽若憲。其所擬劉妙容宛轉歌，語語靈活，機致絕新，得宛轉之趣矣。此外若朝雲引、長相思、采桑亦佳。而朝雲引一首，聲情激宕，尤見其才情之妙也。

擬晉女劉妙容宛轉歌

日已暮，長簷鳥聲度；望君君不來，思君君不顧。

歌宛轉，宛轉那能異棲宿；願爲形與影，出入恆相逐。（其一）

風已清，月明琴復鳴；掩抑非千態，殷勤是一聲。

歌宛轉，宛轉和且長；願爲雙黃鵠，比翼共翺翔。（其二）

朝雲引

巴西巴峽指巴東，朝雲觸石上朝空，巫山巫峽高何已，行雲行雨一時起。一時起，

三春暮；若言來，且就陽臺路。

上兩首流動宛轉，深得樂府古意。此外如長相思云：「長相思，久離別；關山阻，風煙絕。臺上鏡文銷，袖中書字滅。不見君形影，何曾有懽悅。」采桑云：「春來南雁歸，日去西蠶遠。

妾思紛何極，君遊殊未返。」則又子夜之遺也。

二　宋若華之女論語

若華嘗託曹大家之意，集為女訓，名曰女論語。其妹若昭申釋之。其書大抵準論語，以韋逞母宣文君代孔子，曹大家為顏、冉，推明婦道所宜。貞元中李抱眞表其才。蓋亦班昭而後，婦女中之亞聖也。其書十二篇，陳榕門教女遺規有小序云：

「……夫論語，聖賢問答之言也，可與之並列乎？然吾觀曲禮內則所載，悤洓酒漿，紛帨刀礪，纖悉具備。蓋至道不離乎居室日月之常；而聖賢垂訓，無非欲言動舉止，悉合於當然之則。論語二十篇，亦豈在高遠哉，茲徧條分縷晰，便於誦習，言雖淺俚，事實切近，嫗媪孩提，皆可通曉。苟如斯訓，亦不媿於婦道矣。」

女論語之價值，誠如上文所稱，蓋亦僅矣。茲更列其目次如下，覽之可以見其內容也。班昭之言曰：「妾乃賢人之妻，名家之女。四德兼全，亦通書史。司綴女工，間覯文字。九烈可嘉，三貞可慕。深惜後人不能追步，乃撰一書，名為論語，敬或相承，教訓子女。若依斯言，是為賢婦。罔俾前人專善千古。」（女論語序）此言亦可移贈若華。雖然，「若依斯言，是爲賢婦。」於是中國之女子從此苦矣。

女論語目次：

立身章第一
學作章第二
學禮章第三
早起章第四
事父世章第五
事舅姑章第六
事夫章第七
訓男女章第八
營家章第九

侍客章第十

和柔章第十一

守節章第十二

三　鮑君徽之詩

與五宋齊名者，有鮑君徽。君徽，字文姬，鮑徵君之女也。善詩。德宗召入禁中，試文章，留與侍臣賡和，賞賚甚厚。然入宮不久，卽乞歸。觀其乞歸疏：「幼鮮昆季，長失椿庭。室無雞黍之餐，堂有垂白之母」數語，可以覘其身世矣。

君徽詩才，從容雅靜，不爲炫燿，優於昭憲矣。

東亭燕茶

閑朝向晚出簾櫳，茗燕東亭四望通。遠眺城池山色裏，俯聆絃管水聲中。幽篁引沿抽新翠，芳槿低簷欲吐紅。坐久此中無限興，更憐團扇起秋風。

關山月

高高秋月明，北照遼陽城。寒迴光初滿，風多暈更深。征人望鄉思，戰馬聞鼙驚。朔風悲邊草，沙漠昏虜營。霜凝匣中劍，風憊原上旌。早晚謁金闕，不聞刁斗聲。

君徽尚有奉和御製麟德殿燕百僚一詩，近廟堂氣，不如惜春花之清妙也。詞云：「枝上花，花下人，可惜顏色俱青春。昨日看花花灼灼，今日看花花欲落。不如盡此花下歡，莫待春風總吹卻。鶯歌蝶舞媚韶光，紅爐著茗松花香。妝成吟態恣遊樂，獨把花枝歸洞房。」觀其詩意，蓋亦「有花堪折直須折，莫待無花空折枝」（杜秋娘金縷曲）之意也。

第四節　元稹與婦女文學

婦女文學，自中唐以後，詩體乃益趨豔整矣。玆言其故：

元和間元稹與白居易齊名，天下稱曰元白。而元尤有聲於婦女界，其所作樂府傳播禁中，宮中呼為「元才子」。又所至提倡風雅，如薛濤劉采春崔鶯鶯等，皆與稹有關。而崔鶯鶯「待月西廂」之作，又常為後世才子佳人一派小說發達之中心也。

一　會眞記中之崔鶯鶯

崔鶯鶯之事，具見元稹所作之會眞記，世人類多知之。茲更撮其大要如左：

「……貞元中有張生者，性貌溫美，非禮不動。年二十三，未嘗近女色。時生游於蒲，寓普救寺。適有崔氏孀婦，將歸長安，過蒲亦寓茲寺。緒其親，則於張爲異派之母。會渾瑊薨，軍人因喪，大擾蒲人，崔氏甚懼。而張與蒲將之黨有善，得將護之。十餘日後，廉使杜確來治軍，軍遂戢。崔氏由此甚感張生，因招醼。見其女鶯鶯，生惑焉。託崔之婢紅娘以春詞二首通意。是夕得綵牋，題其篇曰「明月三五夜」遂通焉。明年，生赴長安。文戰不利，久不至。而崔竟委身於人，張亦別娶。後歲餘，張適過其居，求以外兄禮見，崔不出，以詩絕之。……」（或題鶯鶯傳，見廣記四八八）

文中所云張生者，卽微之（元稹字）自諱也。元與崔爲表親，此事據微之所作姨母鄭氏墓誌及白樂天所作微之之母鄭夫人墓誌，可以明鶯鶯與微之之關係。（註一）鶯鶯之事，有無不可必，但其事影響於中國文學上者甚大，故亦不彈煩而詳述之也。

鶯鶯之詩傳於今者僅二三首錄之如下：

明月三五夜

待月西廂下，迎風戶半開。隔牆花影動，疑是玉人來。

初絕微之

自從消瘦減容光，萬轉千迴懶下牀。不為旁人羞不起，為郎憔悴卻羞郎。

此外有鶯鶯與元微之書，其詞不類，疑後人偽託。——鶯鶯事，自元稹會眞記而後，一轉而為趙德麟之商調蝶戀花。（見侯鯖錄）再轉而為董解元之絃索西廂。至元則有王實甫之西廂記，關漢卿之續西廂記。明則有李日華南西廂記，陸采南西廂記。其他曰竟，曰翻，曰後，曰續者尤繁。故即會眞記之變遷，可考宋、金、元、明間聲曲發達之沿革，換言之，即會眞記當為中國戲曲發達之中心。則鶯鶯者，其影響於中國文學界，不綦重歟？

（註一）元稹姨母鄭氏墓誌云：「其既喪夫，遭軍亂，微之為保護其家備至。」白樂天之微之母鄭氏墓誌云：

「是鄭濟女。」而唐崔氏譜「永寧尉鵬，妻鄭濟女。」則鶯鶯乃崔鵬女也，於微之爲中表。再考微之墓誌其年甲亦相合。

二　劉采春母女

劉采春，浙人。以作囉嗊曲而著名者也。元稹廉問浙東，見其所作，而贈以詩曰：「新妝巧樣畫新娥，漫裹常州透額羅。正面偷輪光滑笏，緩行輕踏皺紋波。言詞雅措風流足，舉行低佪秀媚多。更有惱人腸斷處，選詞能唱望夫歌。」望夫歌者，即囉嗊曲之詞也。

囉嗊曲五首

不喜秦淮水，生憎江上船，載兒夫婿去，經歲又經年。

借問東園柳，枯來得幾年？自無枝葉分，莫怨太陽偏。

莫作商人婦，金釵當卜錢。朝朝江口望，錯認幾人船。

那年離別日，只道在桐廬；桐廬人不見，今得廣州書。

昨日勝今日，今年老去年。黄河清有日，白髮黑無緣。

吾人試讀六朝時荆楚文學之「送歡板橋灣，相待三山頭。遙見千幅帆，知是逐風流。」（三洲歌）及「郎作十里行，儂作九里送，拔儂頭上釵，與郎資費用。有信數寄信，無信心相憶。莫作瓶落水，一去無消息。」（估客樂）知六朝文學影響於唐代者多矣。

劉采春有女名曰周愛華，亦能作詩。雖囉嗊之曲不及其母，而楊柳枝詞，則采春又難及也。

楊柳枝詞

清溪一曲柳千條；二十年前舊板橋。曾與情人橋上別，更無消息到今朝。

元稹與婦女文學，既略如上述。其妻裴柔之，亦能詩者。——稹嘗自會稽拜尚書右丞。到京未踰月，出鎮武昌。妻柔之難之曰，「歲杪到家鄉，先春又赴任。」稹以詩答之。（註一）而柔之又有詩云：「侯門初擁節，御苑柳絲新。不是悲殊命，惟愁別遠親。黃鶯遷古木，珠履徙清塵。想到千山外，滄江正暮春。」亦甚勁挺警練也。至於薛濤當俟諸下章。

（註一）徵之詩云：「窮冬到鄉國，正歲別京華。自恨風塵眼，嘗看野地花。碧幢還照耀，紅粉莫咨嗟。嫁得浮雲壻，相隨即是家。」

第五節　李魚與女冠文學

唐時重道，貴人名家，多出爲女冠。至其末流，或尙佻達，而忽禮法。故唐代女冠，恆與士大夫往來。所謂「投贈類於交游，殷勤通於燕婉。」女冠也，而異於娼妓者，鮮矣。此中若李治魚玄機最負盛名。

一　李　治

李治，字季蘭。五六歲時，其父令詠薔薇云：「經時未架卻，心緒亂縱橫。」父恚之曰：「必失行婦也。」後爲女冠，嘗與諸賢會烏程開元寺。劉長卿有陰萎疾，治調之曰：「山氣日夕佳。」長卿對曰：「衆鳥欣有託。」舉座大笑。劉長卿曰：「季蘭，女中詩豪也。」高仲武亦云：「季蘭形氣既雄，詩意亦蕩，自鮑照以下，罕有其倫。如：『遠水浮仙棹，寒星伴使車。』蓋五

言之佳也。」（註一）

今觀其詩，筆力矯亢，詞氣淸灑，落落名士之風，不似女郎口吻。淸初之周羽步、顧橫波、柳如是諸人，其才氣可以擬之矣。

寄朱放

望水試登山，山高湖又闊。相思無曉夕，相望經年月。鬱鬱山木靑，緜緜野花發。別後無限情，相逢一時說。

鍾惺曰：「季蘭性敏，故能豔發，而迅氣足以副之。他人只知其蕩而不知其蓄，所蓄旣深，欲其不蕩，不可得也。凡婦人情重者稍多，宛轉則蕩字中之矣。」

相思怨

人道海水深，不抵相思半。海水尙有涯，相思渺無畔。攜琴上高樓，樓虛月華滿。彈得相思曲，絃腸一時斷。

聽蕭叔子彈琴賦得三峽流泉歌

妾家本住巫山雲，巫山流泉常自聞。玉琴彈出轉寂𡧯，宜是當時夢中聽。
巫峽迢迢幾千里，一時流入深閨裏。巨石崩崖指下生，飛泉走浪絃中起。
初疑憤怒含雷風，又似鳴咽流不通。回湍曲瀨勢將盡，時復滴瀝平沙中。
憶昔阮公爲此曲，能使仲容聽不足。一彈旣罷還一彈，願作流泉鎮相續。

鍾伯敬之言曰：「淸適轉便，亦不必委曲艱深。觀其情生氣動，相見其流美之度。」余謂此歌能於一氣奔突洶湧中，時復間以排宕之句以取勢，如「初疑憤怒含雷風，又似鳴咽流不通。」是也。

道意寄崔侍郎

莫道戀浮名，應須薄宦情。百年齊旦暮，前事盡虛盈。愁鬢行看白，童顏學未成。無過天竺國，依止古先生。

綺羅婉豔中人，而亦作此感慨想；聰明人胸中見得行不得也。至湖上臥病喜陸鴻漸至則微情細語，漸有飛鳥依人之意矣。

湖上臥病喜陸鴻漸至

昔去繁霜月，今來苦霧時。相逢仍臥病，欲語淚先垂。強勸陶家酒，還吟謝客詩。偶然成一醉，此外欲何之。

送韓揆之江西

相看指楊柳，別恨轉依依。萬里西江水，孤舟何處歸。溫城潮不到，夏口信應稀。惟有衡陽雁，年年來去飛。

送閻二十六赴剡縣

流水閶門外，孤舟日復西。離情遍芳草，無處不萋萋。妾夢經吳苑，君行到剡溪。歸來重相訪，莫學阮郎迷。

觀季蘭集中，每多酬唱贈送之篇，更以知唐女冠之近於娼妓也。集中詩除上所舉者外，五絕如「念君遼海地，拋妾宋家東。」（春閨怨詞）「尺素如殘雪，結爲雙鯉魚。」（結素魚貽友人）亦工整。若八至一首，「至近至遠東西，至深至淺清溪。至高至明日月，至親至疎夫妻。」則格奇而理又奇也。

又七絕兩首——

明月夜留別

離人無語月無聲，明月有光人有情。別後相思人似月，雲間水上到層城。

偶居

心遠浮雲去不還，心雲併在有無間。狂風何事相搖蕩，吹向南山復北山。

季蘭爲詩有重名，於晚年曾召入宮禁。讀其「無才多病分龍鍾，不料虛名達九重。仰愧彈冠上華髮，多慙拂鏡理衰容。馳心北闕隨芳草，極目南山望舊峯。桂樹不能留野客，沙鷗出浦漫相逢。」（恩命追入留別廣陵故人）一詩，可以知之。唐代君主，每喜獎進婦女作者，如前所述之上官婉兒、宋若華、鮑君徽諸人，茲更及於女冠矣。

（註一）高仲武又嘗論季蘭云：「……上仿班姬則不足，下比韓英則有餘。不以遲暮亦一俊嫗。」

二　魚玄機

魚玄機，字幼微。有才思，善屬文。咸通中（約西紀八六七）爲李億妾。及愛衰，入咸宜觀爲女道士。後以笞殺女童錄翹事下獄。獄中有詩云：「明月照幽隙，清風開短襟。」爲京兆溫璋所殺。有女郎魚玄機詩集行世。其詩文藻有餘而格局不高，大抵意致流逸，視李季蘭稍遜矣。

玄機詩傳於今者甚富，茲擇錄數首。

感懷寄人

恨寄朱絃人，含情意不任。早知雲雨會，未起蕙蘭心。灼灼桃兼李，無妨國士尋。蒼蒼松與桂，仍羨世人欽。月色苔堦淨，歌聲竹院深。門前紅葉地，不掃待知音。

此詩咏歎深婉，故高秀而輕達，看其句句自矜自怨，其胸懷作想，亦有永懷知音之感。然仍寓之以寄託，若「易求無價寶，難得有情郎。」（贈鄰女）則一直說出矣。

賦得江邊柳

翠色連荒岸，烟姿入遠樓。影鋪秋水面，花落釣人頭。根老藏魚窟，枝低繫客舟。瀟瀟風雨夜，驚夢復添愁。

暮春有感寄友人

鶯語驚殘夢，輕妝改淚容。竹陰初月薄，江靜晚烟濃。溼嘴銜泥燕，香鬚採蕊蜂。獨憐無限思，吟罷亞枝松。

贈鄰女

羞日遮羅袖，愁春懶起妝。易求無價寶，難得有情郎。枕上潛垂淚，花間暗斷腸。自能窺宋玉，不必恨王昌。

幼微詩大抵詞句工麗，才情飛逸。其斷句如：「清詞勸舊女，香桂折新荷。」（酬李郢夏日釣魚面見示）「涼風驚綠樹，清韻入朱絃。」（早秋）「畫壁燈光暗，幡竿日影斜。」（訪趙鍊師不遇）「斷雲江上月，解纜海中舟。……臥床書册遍，半醉起梳頭。」（遣懷）均清麗可誦。若隔漢江寄子安、寓言則六言之奇也。

隔漢江寄子安

江南江北愁望，相思相憶空吟。鴛鴦暖臥沙浦，鸂鶒閒飛橘林。烟裹歌聲隱隱，渡頭月色沈沈。含情咫尺千里，况聽家家遠砧。

寓言

紅桃處處春色，碧柳家家月明。樓上新妝待夜，閨中獨坐含情。芙蓉月下魚戲，螮蝀天邊雀聲。人世悲歡一夢，如何得作雙成。

以上所錄，均五六言。集中七言之詩，如賣殘牡丹、閨怨、冬夜寄溫飛卿、和友人次韻、秋思、過鄂州、暮春即事、和人次韻、浣紗廟、情書寄子安、次韻西鄰新居兼乞酒、和新及第悼亡詩、又寄子安、夏日山居、春情寄子安、次光威裒諸詩，更時時有佳句也。

閨怨

蘼蕪盈手泣斜暉，聞道鄰家夫婿歸。别日南鴻纔北去，今朝北雁又南歸。春來秋去相思在，秋去春來信息稀。扃閉朱門人不到，砧聲何事透羅幃？

冬夜寄溫飛卿

苦意搜思燈下吟，不眠長夜怕寒衾。滿庭木葉愁風起，透幌紗窗惜月沈。疎散未閒終遂願，盛衰空見本來心。幽棲莫定梧桐處，暮雀啾啾空遶林。

想幼微以一代才色，當時奔走慕悅之者，必不少；更強作詩篇，欲以自衒。故幼微作次人韻一詩以嘲哂此輩。「何事玉郎搜藻思，忽將瓊韻扣柴關。」玩其詞氣亦覺刻蕩殆盡矣。詩云：

次人韻

喧喧朱紫雜人寰，獨自清吟月色間。何事玉郎搜藻思，忽將瓊韻扣柴關。白花發詠慚成謝，僻巷深居謬學顏。不用多情欲相見，松蘿高處是前山。

夏日山居

移得仙居此地來，花叢自遍不曾栽。庭前亞樹張衣桁，坐上新泉泛酒杯。軒檻暗傳深竹徑，綺羅長擁亂書堆。閒乘畫舫吟明月，信任輕風吹卻回。

集中七絕如秋思、酬李學士寄簟、和新及第悼亡、江行、聞李端垂釣回寄贈、題隱霧亭、重陽阻雨、送別、迎李近仁員外、江陵愁望寄子安諸詩頗能窺見幼微才思，擇錄數首如下：

秋思

自歎多情是足愁，況當風月滿庭秋。洞庭偏與更聲近，夜夜燈前欲白頭。

秋氣蕭颯，觸目皆愁，況當詩人，又復多情。「夜夜燈前」不必言頭白當亦凝愁萬斛矣。

聞李端垂釣回寄贈

無限荷花染暑衣，阮郎何處弄船歸？自慚不及鴛鴦侶，猶得雙雙傍釣磯。

題隱霧寺

春花秋月入詩篇，白日清霄是散仙。空捲珠簾不曾下，長移一榻對山眠。

迎李近仁員外

今日喜時聞喜鵲，昨宵燈下拜燈花。焚香出戶迎潘岳，不羨牽牛織女家。

江陵愁望寄子安

楓葉千枝復萬枝，江橋掩映暮帆遲。憶君心似西江水，日夜東流無歇時。

「蓋聞南國客華少，今日東鄰姊妹三」。此幼微次光、威、裒聯句韻中句也。光、威、裒姊妹三人，少孤，聰慧，有聯句詩，幼微見之，愛其詞華，故次韻和之。聯句詩雖淺淺無甚出色，而聲情嘽緩可誦。如「看見風光零落卷，絃聲猶望逐江南」。感懷身世，有不勝其低徊者矣。

第六節　薛濤與娼妓文學

唐代娼妓，能詩者多，而以薛濤爲最有名。薛濤者，不獨負盛名於一時，亦中國第一詩妓也。章學誠曰：「名妓工詩，亦通古義，轉以男女慕悅之實，託於詩人溫厚之辭。故其遺言，雅而有則，眞而不穢，流傳千載，得耀簡編，不能以人廢也。」（文史通義婦學篇）是則娼妓文學，亦自有其價値在焉。

一　詩妓薛濤

薛濤，字洪度，長安良家子。父鄖，因官寓蜀。八九歲知音律。一日，父指井梧曰：「庭除一古桐，聳幹入雲中。」令對，濤應聲曰：「枝迎南北鳥，葉送往來風。」父愀然久之。父卒，母孀居。韋皋鎭蜀，召令侍酒，因入樂籍。濤容色旣美，才調尤佳。大凡營妓無校書稱，韋欲奏之而罷，至今呼之。故胡曾詩云：「萬里橋邊女校書，琵琶花下閉門居。掃眉才子知多少，管領春風總不如。」濤出入鎭幕，凡歷事十一鎭，皆以詩受知。其間與濤唱和者，元稹、白居易、牛僧孺、令狐楚、裴度、嚴綬、張籍、杜牧、劉禹錫、張祜諸名士。嗚呼盛矣！

初元稹知有薛濤，未嘗識面。及出使西蜀，與濤相見。洎元稹登翰林，濤歸浣花溪造十色彩牋，作小幅松花紙，多用題詩，因寄元百餘幅。元於松花紙上寄贈一篇云：「錦江滑膩峨嵋秀，幻出文君與薛濤。言語巧偸鸚鵡舌，文章分得鳳凰毛。紛紛詞客皆停筆，個個公侯欲夢刀。別後相思隔烟水，菖蒲花發五雲高。」濤好種菖蒲，故篇末及之。其所製深紅小彩箋，謂之「薛濤箋」。晚居碧雞坊，建吟詩樓，棲息其上。卒年七十二，葬蜀中。其地，卽鄭谷詩所謂「小桃花繞薛濤墳。」（蜀中詩）者是也。段文昌爲撰墓誌。

濤詩頗多，大抵才清軼蕩，而時出閒婉，女中少有其比也。

春望詞四首

花開不相賞，花落不同悲；欲問相思處，花開花落時。

攬草結同心，將以遺知音；春愁正斷絕，春鳥復哀鳴。

風花日將老，佳期猶渺渺；不結同心人，空結同心草。

那堪花滿枝，翻作兩相思；玉箸垂朝鏡，春風知不知？

謁巫山廟

亂猿啼處訪高唐，路入煙霞草木香。山色未能忘宋玉，水聲猶似哭襄王。

朝朝夜夜陽臺下，爲雨爲雲楚國亡。惆悵廟前多少柳，春來空鬭畫眉長。

寄舊詩與元微之

詩篇調態人皆有，細膩風光我獨知。月夜詠花憐暗澹，雨朝題柳爲欹垂。長教碧玉藏深處，總向紅箋寫自隨。老大不能收拾得，與君開似教男兒。

洪度詩尤長絕句，律詩不多。此詩筆老骨遒，信知其爲才婦也。五絕中除上舉春望詞外，若風、聞蟬、月、池上雙鳥、罰赴邊有懷上韋令公詠八十一顆諸首儘多佳句。而「露滌清音遠，風吹故葉齊。」（聞蟬）蕭散閒朗，不愧唐音。七絕佳者亦多，如：

題竹郎廟

竹郎廟前多古木，夕陽沈沈山更綠。何處江頭有笛聲？笛聲盡是迎郎曲。

柳絮

二月楊花輕復微，春風飄蕩惹人衣。他家本是無情物，一向南飛又北飛。

「他家」「一向」本是俗語，善運用之，便覺飄洒有致。而秋泉一首；詩意尤極清冷幽爽之妙。

秋泉

冷色初澄一代煙，幽聲遙瀉十絲絃。長來枕上牽情思，不使愁人半夜眠。

又上王尚書

碧玉雙幢白玉郎，初辭天帝下扶桑。手持雲椽題新榜，十萬人家春日長。

雖屬恭頌之詞，卻逸動而有風韻，比之「雲裏帝成雙鳳闕，雨中春樹萬人家」，猶覺朗潤也。洪度又有十離詩，殊乏雅道。十離者，犬離主，筆離手，馬離廐，鸚鵡離籠，燕離巢，珠離掌，魚離池，鷹離韝，竹離亭，鏡離臺是也。

又送姚員外

萬條江柳早秋枝，裊地翻風色未衰。欲折爾來將贈別，莫教烟月兩鄉愁。

春郊游眺寄孫處士二首

低頭久立向薔薇，愛似零陵香惹衣。何事碧溪孫處士；伯勞東去燕西飛。

今朝縱目翫芳菲，夾纈籠裙繡地衣。滿袖滿頭兼手把，教人識是看花歸。

情興爛漫紛披，較之陸放翁「兒童共道先生醉，折得黃花插滿頭。」（小舟遊近村舍舟步歸）意興尤豪爽，洪度眞軼才也。

菱荇沼

水荇斜牽綠藻浮，柳絲和葉臥清流。何時得向溪頭賞，旋摘菱花旋泛舟。

採蓮舟

風前一葉厭荷蓮，解報新秋又得魚。兎走烏馳人語靜，滿溪紅袂棹歌初。

此詩結句含宕有餘思，乃覺通篇俱氣靜矣。海棠溪一首，鮮明酌爍，正如金燈花所謂：

「細視欲將何物比，曉霞初疊赤城宮。」雖不欲爲繁飾，然亦無前此之靜穆也。

海棠溪

春教風景駐仙霞，水面魚身總帶花。人世不思雲月異，競將紅纈染輕沙。

又試新服裁製初成三首

紫陽宮裏試紅綃，遙霧朦朧隔海遙。霜兎毳寒冰璽靜，嫦娥笑指織星橋。

洪度才情敏捷，蓋其天授。觀咏梧桐詩及答高駢一字令（註一）則掃眉才子，亦望塵莫及矣。余每恨往昔拘摭者流，喜引洪度少年梧桐之詩，指爲失節之徵；例而推之，凡與此類似者，如李季蘭之薔薇詩，暨氏女之野花詩，（註二）皆指爲洪度一流；此眞不通之論也。

蓋人之一生，爲善爲惡，其轉移全在乎種種環境之支配；社會制度之不良，能使其日趨於惡之一途而不自覺，則女子之墮而爲娼妓，豈其本意耶？方今廢娼之聲宣騰於人衆之口，欲其效而有徵，非從社會改良入手，無以竟其功。不齊其本而治其末，將見其心勞日拙矣。

（註一）答高駢一字令見趙小亭青樓小名錄

（註二）野花詩：「多情樵牧頻簪髻，無主蜂鶯任宿房。」此詩見青樓詩話

二　燕子樓之關盼盼

唐代娼妓，每多與詩人相往來，及其久也，而密切之關係以生。所謂才子佳人之風流韻事，在唐代乃數見不鮮。蓋自天寶以還，社會習於淫靡，驕奢之風，走馬章臺，士大夫以此相誇耀。上有好者，下必甚焉。故娼妓之盛，無有逾於此時者矣。

此類逸事爲後世所豔稱者，如李益之戀霍小玉，（註一）鄭元和之昵李娃，（註二）韓翃之寵章臺柳，（註三）歐陽詹之悅太原妓，（註四）皆後世才子佳人一派傳奇與小說之

所本也。茲所述者爲關盼盼，則其事又近於哀豔矣。

盼盼爲徐州妓，善歌舞，雅多風態，張尙書建封納之。白樂天遊淮泗間，尙書張宴，酒酣，出盼盼佐歡，白贈詩有「醉驕勝不得，風嫋牡丹花。」之句。尙書歿，盼盼獨居彭城燕小樓，歷十餘年。有詩三首。

其一云：

樓上殘燈伴曉霜，獨眠人起合歡牀。相思一夜情多少，地角天涯未是長。

其二云：

適看鴻雁岳陽囘，又覩玄禽逼社來。瑤瑟玉簫無意緒，任從珠網任從灰。

其三云：

北邙松柏鎖愁煙，燕子樓中思悄然。自埋劍履歌塵絕，紅袖香消二十年。

白樂天愛其詩，和之云：「滿窗明月滿簾霜，被冷香消拂臥牀，燕子樓中更漏永，秋宵祇爲一人長。今春有客洛陽囘，曾到尙書墓上來。見說白楊看作柱，爭教紅粉不成灰。細帶羅衫色似煙，幾回欲起卽潸然。自從不舞霓裳曲，疊在空箱已十年。」又贈絕句諷之：「黃金不惜買娥眉，揀得如花四五枝。歌舞教成心力盡，一朝身去不相隨。」盼盼得詩，反覆讀之，泣曰：「自我公薨後，妾非不能死；恐千載之下，以我公重色，有從死之妾，是玷我公淸範也。」乃答白詩云：

自守空樓斂恨眉，形同秋後牡丹枝。舍人不會人深意，訝道泉臺不去隨。

以上詩見白樂天和燕子樓詩序。盼盼旣答詩，乃不食旬日而卒。但吟詩云：「兒童不識冲天物，漫把青泥汚雪毫。」陸梅垞曰：「燕子樓感事詩三首，悲涼黯淡，字字哀音，筆亦出秀，宜其爲世傳誦也。」（紅樹樓選名媛詩詞）唐代娼妓之能詩者，以上所舉，乃最著名者。此外如鮑回紘、曹又姬、盛小叢、徐月英、卓英英、趙鸞鸞、常浩諸人，亦皆有詩可傳。至若步非煙，（註五）名非娼妓，而後人亦列之娼妓之內，然其身世遭遇，則更悽慘而可憐也。

（註一）蔣防撰霍小玉傳，記李益與小玉戀愛逸事，見唐人說薈。

(註二)白行簡之李娃傳，即記此事，見唐人說薈。元曲中石君寶之曲江池，明人薛近兗之繡襦記，及近人所撰之蓮花落，均以李娃傳爲藍本。

(註三)許堯佐有章臺柳傳見唐人說薈。孟棨本事詩，載章臺柳詞云：「楊柳枝，芳菲節，所恨年年贈離別。一葉隨風忽報秋，縱使君來豈堪折！」此詞亦載全唐詩。

(註四)太原妓與歐陽詹善。別後，妓思之甚，乃刃髻作詩寄詹。其詩云：「自從別後減容光，半是思郎半恨郎。欲識舊來雲髻樣，爲奴開取縷金箱。」

(註五)步非煙爲武公業之愛妾。以與青年趙象通，事露，爲公業所笞死。皇甫枚有撰非煙傳，見唐人說薈。非煙有詩數首，大抵哀豔如：「綠慘雙娥不自持，只因幽恨在新詩。郎心應似琴心怨，脈脈春情更昵誰。」又；「近來贏得傷春病，柳弱花欹怯曉風。」又「長恨桃源諸女伴，等閒花裏送春歸。」又有答趙象書，載歷代女子文集。

第七節　唐代婦女之非戰文學

「獵野圍城邑，所向悉破亡。斬截無孑遺，尸骸相掌拒。馬邊懸男頭，馬後載婦女。」此蔡琰悲憤詩中句也。雖寥寥數語，而描寫戰場慘影，令人心悸。李華之弔古戰場文，杜甫之兵車行，李白之戰城南，以及白居易之新豐折臂翁，皆此類文字也。

描寫戰爭征役痛苦之文字，最古者如邶風中之擊鼓，鄭風中之君子于役。春秋而後，兩漢、三國、六朝，何代無戰爭？即何代無非戰之文學？蓋文學者，時代精神之反映也。

唐自天寶以還，國家日呈衰頹氣象。且內經安史之亂，外來吐蕃之擾，頻年戰爭，人民之困苦已極。於是有識之士，起而爲非戰運動。此種色彩，遂深入文字間矣。詩人中若李白、杜甫、白居易、李頎、岑參、高適、王昌齡之輩，其集中更多非戰之作。影響所及，婦女文學亦厚帶此非戰色彩矣。茲述之如左：

陳玉蘭，吳人，王駕妻也。駕戍邊，蘭製衣並詩寄之。其詩一筆揮洒，意到筆隨，肯綮處全在「西風吹妾」四字也。詩云：

寄外

夫戍邊關妾在吳，西風吹妾妾憂夫。一行書寄千行淚，寒到君邊衣到無？

邊將張揆，防戎十餘年不歸，妻侯氏爲詩，繡作龜形，詣闕上之，武宗覽詩，勅揆還鄉，並賜絹三百匹。其詩曰：

繡迴文龜形詩

睽離已是十秋強，對鏡那堪重理妝。聞雁幾回修尺素，見霜先為製衣裳。開箱疊練先垂淚，拂杵調砧更斷腸。繡作龜形獻天子，願教征客早還鄉。

裴羽仙，張悅之妻也。悅征匈奴不歸，思慕悲切，賦寄征衣以寫其意。鍾惺曰：「細密溫款，情詞俱曲。寒暖深淺，遂若步步經心。凝思一過，亦使涕零雙墮矣！」

邊將詩二首

風捲平沙日欲曛，狼烟遙認犬羊羣。李陵一戰無歸日，望斷胡天哭塞雲。

良人平昔逐蕃渾，邊戰輕生出塞門。從此不歸成萬古，空留賤妾怨黃昏。

寄征衣

深閨乍冷開香匣，玉筯微微溼紅頰。一陣香風殺柳條，濃烟半夜成黃葉。重重白練如霜雪，獨下寒階轉悽切。祇知抱杵搗秋砧，不覺西樓已無月。時聞寒雁聲呼喚，紗窗只有燈相伴。幾展齊紈又懶裁，離腸空逐金刀斷。細想儀形執刀尺，回刀剪破澄江色。愁捻銀針信手縫，惆悵無人試寬窄。時時舉袖勻殘淚，紅箋謾有千行字。書中不盡心中事，一半殷勤託邊使。

憑弔哀傷，淒然破淚。讀陳陶之隴西行「誓掃匈奴不顧身，五千貂錦喪胡塵。可憐無定河邊骨，猶是春閨夢裏人」可以為寄征衣作註腳也。

長孫佐輔戍邊不歸，寄書於妻，妻乃作書以答之詩云：

征人去年戍邊水，夜得邊書字盈紙。揮刀就燭剪紅綺，結作同心答千里。

君寄邊書書莫絕，妾答同心心自結。同心再解不心離，離字頻看字愁滅。

結成一衣和淚封，封書只在懷袖中。莫如書固字難久，願學同心長可同。

以上諸人詩，大抵丈夫征戍，妻子思念之作為多。又僖宗宮人馬真妻鎖袍詩云：「玉燭製袍衣，金刀呵手裁。鎖情寄千里，鎖心終不開。」此又與玄宗宮人「沙場征戰客，寒苦為誰眠？」一詩，同為非戰文學佳話矣。

參考書目

舊唐書　晉劉昫撰四部叢刊本
新唐書　宋歐陽修宋祁撰四部叢刊本
唐會要一百卷　宋王溥撰
唐詩類苑二百卷　明張之象編明刻初印四明謝三賓盧抱經舊藏
唐詩別裁集二十卷　清沈德潛編教忠堂原刻初印
唐詩紀事八十一卷　宋計有功編四部叢刊本
唐宮閨詩二卷　清劉雲份編通行鉛印本
宮閨文選　周壽昌編通行本
元氏長慶集六十卷集外文章一卷　唐元稹撰四部叢刊本
白氏文集七十一卷　唐白居易撰四部叢刊
薛濤李冶詩集二卷　通行石印本
唐女郎魚玄機詩集一卷　四部備要本

碧雞漫志　王灼編，知不足齋叢書本

西廂五劇　元王實甫四劇關漢卿續作一劇有暖紅室刊本

女論語　唐宋若華撰（陳榕門教女遺規內）商務鉛印本

青桃詩話兩卷　雷瑨編掃葉山房本

長生殿傳奇　清洪昇撰坊間通行本

太眞外傳（樂史）長恨歌傳（陳鴻）梅妃傳（曹鄴）非煙傳（皇甫枚）載唐人說薈吳曾祺舊小說中亦有之，商務出版

第五章　五代宋遼婦女文學之中衰

婦女之詩至唐代，蓋已多人工而少天籟矣；後世尤甚。五代花蕊夫人雖號稱大家，然其詩乃唐以後音，播首弄姿，非復子夜舊觀矣。宋興，文學大盛，然婦女作者，除漱玉、斷腸兩家外，亦無赫赫名者。遼世僻處北隅，其文學鮮通中國，故除宮庭中道宗、天祚兩后外，平民作品竟無一傳者。總上觀之，此期文學似處於衰落地位，唐猶不逮，追論魏晉？然此期亦有宜大書特書者，卽婦女詞學之發達也。

第一節　五代之婦女文學

五代五十餘年（西紀九〇七——九五九）間，對於文學上之最大貢獻有二：一印刷術之發明。二，詞曲體之成立是也。中國之詞，雖以兩宋爲極盛，然在五代已有成功作家。

而花間一集，又「實爲後世倚聲塡詞之祖。」（直齋書錄解題語）不僅爲宋詞之先驅也。

至於詩文，五代皆不競。陸務觀云：「唐季五代詩愈卑，而倚聲者，輒簡古可愛，能此不能彼，未易以理推也。」（花間集第二跋）王士禎所謂：「五季文運萎敝，他無可稱，獨其所作小詞，濃豔穩秀，蹙金結繡而無痕跡」者矣。

婦人之詞，在五代僅有花蕊夫人之題葭萌壁驛，（采桑子）（註一）此外未之見。若南唐周后之恨來遲破，（註二）今已不能傳其音節矣。

五代婦女，除花蕊夫人外，若王建二妃，及李舜弦、李玉簫、周仲美、黃崇嘏等均有詩傳世。茲分述之如次：

（註一）丹鉛錄曰：「花蕊夫人能詞，尤工樂府。蜀亡入汴，道經葭萌驛，題驛壁云：『初離蜀道心將碎；離恨綿綿，春日如年，馬上時時聞杜鵑。』書未畢，爲將軍催行。後人續之云：『三千宮女皆花貌，妾最嬋娟；此去朝天，只恐君王寵愛偏。』按花蕊夫人見宋祖時，便陳所作，因誦其亡國詩云：『君王城上樹降旗，妾在深宮那得知？四十萬人盡解甲，更無一個是男兒。』據此詩，則途中必不作敗節語，續者眞可云狗尾矣。」

（註二）按毛先舒塡詞名解曰：「大周后嘗雪夜酣醼，舉杯屬後主起舞。後主曰：『汝能創爲新聲則可。』后卽命箋綴譜，喉無滯音，筆無停思，譜成，各邀醉舞破，又作恨來遲破二詞，俱失，無有能傳其音節者」。

一　花蕊夫人之宮詞

花蕊夫人徐姓，見吳曾能改齋漫錄，陳無已以爲青城費氏，誤也。夫人徐匡璋女，蜀主孟昶納之，拜貴妃，別號花蕊夫人，意花不足擬其色，似花蕊翾輕也。乾德三年，（西紀九六五）宋師平蜀，太祖聞花蕊名，命別將護送入京，納之。昶美豐儀，喜獵善彈，夫人心常憶昶，悒悒不敢言，因自畫昶以祀，復佯言於衆曰：「祀此神者多子。」一日宋祖見而問之，夫人亦託前言，諱其姓，遂假稱張仙，自是求子者多祈之，至今不改。（註一）夫人後輸織室，以罪賜死。一說爲太宗射殺。所作宮詞百首，清新俊雅，可嗣王建之後也。

宮詞

五雲樓閣鳳城間，花木長春日月閒。三十六宮連內苑，太平天子住崑山。

離宮別院繞宮城，金版輕敲合鳳笙。夜夜月明花底樹，傍池長有按歌聲。

讀「夜夜月明花底樹」之句，不覺有疎陰黯淡，薄霧微籠景象，詩境靜祕極矣。

修儀承寵任龍池，掃地焚香日午時。等待大家來院裏，數看鸚䳇念新詩。

瑣事敍來疎秀有致。

梨園子弟簇池頭，小樂攜來候燕游。旋炙銀笙先按拍，海棠花下合梁州。

悠然如聞細響，正如「海棠花裏奏琵琶，沉碧池邊醉九霞」（楊后宮詞）想見深宮雅趣也。

殿前宮女總纖腰，初學乘騎怯又嬌。上得馬來纔欲走，幾迴拋鞚抱鞍橋。

自教宮娥學打球，玉鞍初跨柳腰柔。上棚知是官家認，遍遍長贏第一籌。

內人追逐採蓮時，驚起沙鷗兩岸飛。蘭棹把來齊拍水，並船相鬬溼羅衣。

三詩均寫宮女嬉游之樂：第一首寫宮女學騎乘，嬌才怯膽，如無所倚，「上得馬來纔欲走」寫出驚顧之狀，令人失笑。後兩首宮女嬉鬬情景，「並船相鬬溼羅衣」好一幅美人戲棹圖也。

婕妤生長帝王家，常近龍顏逐翠華。楊柳岸長春日暮，傍池行困倚桃花。

鍾伯敬曰「行困二字，如聞嬌喘。倚桃花，妙在柔豔；若倚他樹，便非宮人嬌憨之狀矣。」(名媛詩歸)

寒食清明小殿旁，綵樓雙夾鬬鷄場。內人對御分明看，先賭紅羅被十牀。

「殿前輸值罷，偷去賭金釵。」(陶九宮宮詞)與上詩參看，想見宮女無聊之狀，不得不走此一途也。

羅衫玉帶最風流，斜插銀篦幔裹頭。閒得殿前調御馬，掉鞭橫過小紅樓。

此詩寫好事人有意氣風生景象，妙在掉鞭字橫過字寫得出。其莊與處正如「小樣盤龍集翠裘，金羈緩控五花騮。」(楊后宮詞)內風趣處更如「一朵榴花插鬢鴉，君王長得笑時誇」(同上)也。

小小宮娥到內園，未梳雲髻臉如蓮。自從配與夫人後，不使尋花亂入船。

半夜搖船載內家，水門紅蠟一行斜。聖人正在宮中飲，宣使池頭旋折花。

曉來隨駕上城遊，行到東西百尺樓。回望苑中花柳色，綠陰紅豔滿池頭。

會仙觀內玉清壇，新點宮人作女冠。每度駕來羞不出，羽衣初着怕人看。

「羞不出」三字藏有怨恨意，妙在隱現之中不十分說出耳。「驀地羊車至，低頭笑不休。」（陶九成宮詞）則有憨態而無怨意也。

秋曉紅妝傍水行，競將衣袖撲蜻蜓。回頭瞥見宮中喚，幾度藏身入畫屏。

廚盤進食簇新時，侍宴無非列近臣。日午殿頭宣索膾，隔花催喚打魚人。

「隔花催喚打魚人，」如聞嬌聲細語，更見婷婷玉立矣。

春風一面曉妝成，偸折花枝傍水行。卻被內監遙覷見，故將紅豆打黃鶯。

新秋女伴各相逢，罨畫船飛別渚中。旋折荷花伴歌舞，夕陽斜照滿衣紅。

月頭支給買花錢，滿殿宮人近數千。遇着唱名多不語，含羞走過御牀前。

韋莊詩有「解將惆悵感君王。」可補此詩註脚。

三月櫻桃乍熟時，內人相引看紅枝。回頭索取黃金彈，遶樹藏身打雀兒。

宮娥小小豔紅妝，唱得歌聲遶畫梁。緣是太妃新進入，座前頒賜小羅箱。
方池居住有漁家，收網搖船到淺沙。預進洪魚供日料，滿筐跳躍白銀花。
老大初教學道人，鹿皮冠子澹黃裙。後宮歌舞全拋擲，每日焚香事老君。

前詩所謂「每度駕來羞不出，羽衣初着怕人看」乃是少年不經事人所爲。如此詩，則言老大學道，便絕去羞縮顧畏之態矣。

嫩荷香撲釣魚亭，水面紋魚作隊行。宮女競來池畔看，傍簾呼喚勿高聲。
內人深夜學迷藏，偏遶花叢水岸傍。乘興或來仙洞裏，大家尋覓一時忙。

花蕊夫人之宮詞百首，其特色處，即能致力於宮中瑣事之描寫，而不徒事稱頌上德也。若楊后之「瑞日曈曨散曉紅，乾元萬國佩丁東。紫宸北使班纔退，百辜同趨德壽宮」。（宮詞）則廟堂氣太重，去花蕊夫人之瑣事寫來輕鬆有致者遠矣。

（註一）張仙名遠香，五代時人，游青城山成道，老泉有贊。人知花蕊夫人假託，而不知眞有張仙也。

二 蜀宫人诗

成都徐畊有二女，皆國色。教爲詩，有藻思。畊家甚貧，相者曰：「公不久當大富貴。」畊使相其二女，相者曰：「青城山王氣徹天一紀矣。不十年，有眞人承運，此女當作后妃，君之貴由二女致也。」及王建入城，聞其姿色，納於後房。姊生彭王，妹生衍。及衍卽位，册姊爲順聖太后，妹爲翊聖太后。衍嘗與母同禱於青城山。宮人畢從，皆服雲霞之衣。衍自製甘州詞，令宮人歌之。其詞哀憤，聞者悽愴。又至漢川看聖燈，又至玄都觀至德寺，各有唱和詩，刻於石。及回至天回驛，又各賦詩。

徐后有謁丈人觀先帝御容詩

千尋綠嶂夾溪流，登眺應知海岳低。瀑布迸舂青石碎，輪茵橫剪翠峯齊。步粘苔蘚龍橋滑，目閉煙蘿鳥徑迷。莫道穹天無路到，此山便是碧雲梯。

禱青城山回

周游靈境散幽情，千里江山暫得行。所恨風光看未足，卻驅金翠入龜城。

「暫得行」與下「看未足」俱說出恨字，只流連忘返矣。又題謁丈人觀先帝御容，題金華宮、題彭州平陽宮、題灌州三學山至夜看聖燈、題丹景山至德寺皆記遊之作，若題青城山面山丈人觀，則不啻自道其遊趣也，

題青城山面山丈人觀

早與元妃慕至元，同躋靈嶽訪眞仙。當時信有壺中景，今日親來洞裏天。儀仗影交寥廓外，金絲聲揭翠微巔。惟慚未致華胥理，徒卜昇平萬萬年。

徐妃有題金華館詩

碧雲紅霧撲人衣，宿路沾苔石徑危。風巧解吹松上曲，蝶嬌頻采臉邊脂。同尋僻徑思攜手，暗指遙山學畫眉。好把身心清淨出，角冠霞帔事希夷。

徐妃亦有三學山夜看聖燈一首

聖燈千萬炬，旋向碧空生。細雨溼不暗，好風吹更明。磬敲金地響，僧唱梵天聲。若說無心法，此光如有情。

徐妃詩句有極峭健者，如題彭州陽平地云：「風起半崖聞虎嘯，雨來當面見龍行。」用句飄忽之至。及下聯：「晚尋水澗聽松韻，夜上星壇看月明，」則又復幽冷矣。

禱青城山回

翠驛江亭近玉亭，夢魂猶是在青城。比來出看江山景，卻被江山看出行。

王衍荒遊，兩后佞佛，讀至「武士盡排青障下，內人皆在講筵中」（題丹景山至德寺）此眞亡國氣象矣。

徐后亦有題丹景山至德寺

周廻雲水遊丹景，回輦眞成眺上方。晴日曉昇金晃耀，寒泉夜落玉丁當。松梢月轉禽栖影，柳徑風牽麝食香。虔煠六銖宜禱祝，惟期聖祚保遐昌。

王衍之出遊青城山也，其宮人有李舜弦者，梓州人，文學家李珣之妹也。其隨駕出遊青城云：

因隨八馬上仙山，頓隔塵埃物象閑。只恐西追王母宴，卻憂難得到人間。

釣魚不得

盡日池邊釣錦鱗，芰荷香裏暗銷魂。依稀縱有尋春餌，知是金鈎不肯吞。

此詩以太着題故，便不能有遠情。鍾伯敬曰：「凡詠物詩須觸境與情，即此寓彼，使讀者見其幽奇歷落深徵澹遠之旨，方爲作家。」（名媛詩歸）此詩乃不稱矣。

蜀宮應制廻文

濃樹禁花開後庭，飲筵中散酒醒醒。濛濛雨草瑤階濕，鐘曉愁吟獨倚屏。

又有李玉簫亦王衍宮人，有宮詩一首。

宮詞

鴛鴦瓦上瞥然聲，晝寢宮娥夢裏驚。元是我王金彈子，海棠花下打流鶯。

蜀宮人詩，既略如上所云矣。茲再引蜀志所論，以見當時人對於婦女文學之一班。蜀志云：「衍至青城，住旬日，設醮祈福，太后太妃，謁建鑄像，及丈人觀、玄都觀、金華宮、景山、至德寺，各有唱和詩刻於石；次至彭州、陽平、化溪州、三學山夜看聖燈，回至天回驛，又各賦詩。

議者以爲翰林之事，非婦人女子之能。所以謝女無長城之志，空振才名；班姬有團扇之詞，亦彰淫志。今徐氏逞乎妖志，餌自倖臣，假以風騷，庇其游倖，取女史一時之美，爲游人曠代之嗤。及唐朝興弔伐之師，遇蜀國有荒淫之主，三軍不戰，束手而降，殄滅萬家，流移百郡。其次六宮嬪御，坐紅綠於征途；十宅公主，碎金珠於逆旅。良由子母盤遊，君臣陵替之所致也。故蜀僧遠公有傷廢國詩曰：『樂極悲來數有涯，歌聲纔歇便興嗟。牽年廢主尋興國，指鹿奸臣盡破家。丹禁夜涼空鎖月，後庭春暖漫開花。兩朝帝業空成夢，陵樹蒼蒼噪暮鴉。』蜀志所論，甚謬。蓋猶是「翰林之事非婦人女子之能」之言之蒙其心也。至謂「三軍不戰，束手而降」，此其罪亦歸於兩后之徒事詞章，豈通論耶？

三　周仲美與其他

周仲美隨父宦遊，家於成都；既而適李氏。舅姑回泗，從夫赴金陵。後其夫棄官挈妾入華山，有長往之意。仲美攜子寄身合肥外祖家，方求歸未得，會舅調任長沙，俱載而南。因書懷於壁，詩甚懇摯，不以悲憤傷性，詩之正也。陸梅垞曰：「江鄉腸斷二句，晚唐出色之語。」

(紅樹樓選)詩云：

述懷詩

愛妾不愛子，爲問此何理？棄官更棄妾，人情寧可已！永訣泗之濱，遺言空在耳。三載無昏期，孤幃淚如洗。婦人義從夫，一節誓生死。江鄉感殘春，腸斷晚烟起。西望太華峯，不知幾千里。

詩之次句，特着「爲問」二字，何等有力，使人再答不得一語，以下便微婉矣。鍾伯敬曰：「激直之後，繼以悲惱，其不傷情處，全在自處幽憂之時，有身分在。」(名媛詩歸)「婦人義從夫，一節誓生死」古今來多少棄婦心有難言之隱，而口不敢直言者，皆爲此二語所寃煞矣。

紅葉題詩，膾炙人口久矣。此又有桐葉題詩之任氏女——先是，任氏女偶題詩桐葉上，隨風吹去。時有侯繼圖者，寓大慈寺，拾墜葉上有詩，貯之篋中。後五年，卜婚於任，嘗諷其句，氏曰：「此妾所題也。」

桐葉詩

試翠斂蛾眉，爲鬱心中事。搦管下庭除，書成相思字。此字不書石，此字不書紙。書向秋葉上，願逐秋風起。天下有心人，盡解相思死。天下負心人，不識相思字。有心與負心，不知落何地。

一段渾淪磅礴之氣，妙在不能截斷。當時偶然隨筆興寫之作，不知其何以不磨也。陸梅垞曰：「詩一氣舒寫，歷落自成一種，中間願作秋風起句，通首關鍵，一篇機捩，前後承轉，法脈極合，不知者但美其華氣之爽俊也。」（紅樹樓選名媛詩詞）

陳陶隱西山操行清潔，嚴謹節制。洪州遣侍女蓮花侍焉。陶經月不顧，蓮花求去，因賦詩以呈。陶答之曰：「近來詩思淸於水，老大心情薄似雲。已向昇天得門戶，錦衾深愧卓文君。」後人移其事爲陳圖南，非也。

呈陳處士

蓮花爲號玉爲腮，珍重尙書遣妾來。處士不生巫峽夢，空勞雲雨下陽臺。

此外五代婦女之能詩者：黄崇嘏有辭蜀相妻詩，(註一)海印有月夜乘舟詩，(註二)楊苧蘿有嘲蛛蜘詩，(註三)而徐月英張窈窕尤有可傳之作也。

月英送人詩云：

惆悵人間萬事違，二人同去一人歸。生憎平望亭前水，忍照鴛鴦相背飛。

又敍懷詩

爲失三從泣淚頻，此身何用處人倫。雖然日逐笙歌樂，長羡荆釵與布裙。

月英又有名句：「枕前淚與階前雨，隔個窗兒滴到明。」爲時所稱。月英著有詩集，今不傳。

張窈窕寓居於蜀，當時詩人，雅相推重。其寄故人詩云：

淡淡春風花落時，不堪愁望更相思。無金可買長門賦，有恨空吟團扇詩。

又贈所思云：

與君咫尺長離别，遺妾容華爲誰說。夕望層城眼欲穿，曉臨明鏡腸堪絕。

窈窕又有春情絕句云：「滿院花飛人不到，含情欲語燕雙雙。」青樓小名錄又載長沙有小東者，以能詩得幸於馬氏。後國入爲郡，窮於京師而人不知。有詢長沙宮中事者，必南望涕泣而後言。宋汝陰王銍爲作小東傳。

(註一)黃崇嘏僞作男子，將詩謁蜀相周庠；庠愛其才，欲以女妻子。崇嘏辭以詩云：「一辭拾翠碧江湄，貧守蓬茅但賦詩。自服藍衫居郡椽，永拋鸞鏡畫蛾眉。立身卓爾青松操，挺志堅然白璧姿。慕府若容爲坦腹，願天速變作男兒。」此事說海載之甚詳。

(註二)海印，慈光寺尼也。自幼出家，才思清俊。其月夜乘舟詩云：「水色連天色，風聲益浪聲。旅人歸思苦，漁叟夢魂驚。舉棹雲先到，投舟月逐行。旋吟詩句罷，猶見遠山橫。」

(註三)楊苧蘿詩，見青樓小名錄。嘲蜘蛛云：「喫得肚鑿撐，尋絲繞寺行，空中設羅網，祇待殺衆生。」此詩蓋譏僧雲辨體肥而壯大，借蜘蛛以嘲之也。

第二節　兩宋宮人

兩宋宮人之能文學者，太宗愼慧夫人號稱有文才，今僅傳其迴文一記。南渡後欽宗朱后，寧宗楊后並供奉楊娃，皆有詩詞傳後。而楊后尤聰慧能文，其所作宮詞百首，嫻雅典麗，視花蕊夫人而無媿也。

一 朱后之哀歌

朱后，欽宗后也，與徽宗鄭太后為契丹所虜，送燕京。有番官澤利者，押發時與信安知縣飲酒；令后唱歌勸酒，后以不能對，澤利怒曰：「汝等性命在我掌中，安得如是。」后不勝涕泣，不得已，乃持杯作歌，歌畢上酒。澤利笑曰：「詞最好，可更唱勸知縣。」后再歌，悲哀不已。利拽后衣曰：「坐此同飲。」后怒欲手格之，力不及，為利所擊，知縣勸止，復持杯謂后曰：「勸將軍酒。」后曰：「我不能矣！我之不死者，有太后在也，我豈畏死耶？願將軍殺我。」欲自登井，為左右救止，後卒於燕，年二十歲。其怨歌哭哭涕涕，一字一血淚也。

怨歌

幼富貴兮，厭倚羅裳。長入宮兮，奉君王。今委頓兮，離異鄉。嗟造物兮，速死為強。

又歌：

昔居天下兮，珠宮貝闕。今日草莽兮，事何可說？屈身辱志兮，恨何可雪！誓速歸泉下兮，此愁可絕！

前歌只云「富貴」，尚自大概言之。後歌直說着「居天下」更慘，故中云「事何可說。」若諱言國喪身辱之故。讀蜀僧「丹禁夜涼空鎖月，後庭春色漫開花。」（傷廢國詩）之句，則知亡國末路，眞不堪回首矣。

二 楊后及其妹

楊后，寧宗后也。書史會要稱其「頗涉書史，知古今書法。」著有宮詞百首，今所傳僅三十首。其詞煌煌然，融容大雅，原本唐山夫人之安世房中歌，不比花蕊之以風致見長也。

宮詞

元宵時雨賞宮梅，恭請光堯壽聖來。醉裏君王扶上輦，鑾輿半伏點燈回。

柳枝扶雨握新綠，桃蕊含風破小紅。天上春光偏得早，嵯峨宮殿五雲中。

曉窗生白已鶯啼，啼在宮花第幾枝。烟斷獸爐香未絕，曲房朱戶夢回時。

一簾小雨卻春寒，禁御深沈白晝閒。滿地落花紅不掃，黃鸝枝上語綿蠻。

繞隄翠柳忘憂草，夾岸紅葵安石榴。御水一溝清澈底，晚涼時節小龍舟。

四朝聞見錄：「慈明陰贊寧宗誅侂胄，時聞韓出玉津園，亟用箋批殿司前往追回。韓太師慈明持箋，泣且對云：『若欲追回他，我請先死。』寧皇抆淚而止。」上海趙芬儀所著之南宋宮闈雜詠中有云：「不是持箋能力阻，玉津園外已回車。」蓋實錄也。試再觀：「用人論理見宸衷，賞罰刑威合至公。天下監師二千石，姓名都在御屏中。」可以想見楊后之翊贊於寧宗者多矣。

擊鞠由來豈作嬉，不忘鞍馬是齊機。

牽韁絕尾施新巧，背打新毬一點飛。

宋室傾敗，正坐偷安旦夕，武備弛而不張耳。寫出不忘鞍馬是絕識，詩中以小見大處也。

一朵榴花插鬢鴉，君王長得笑時誇。內家衫子新番出，淺色新裁艾虎紗。

簾幙深深四面垂，清和天氣漏聲遲。宮中閣裏催繅繭，要趁親蠶作五絲。

楊后有妹曰楊娃，宮中稱楊妹子，著有題畫詩一卷。項鼎鉉曰：「余家藏馬遠楊葉竹枝二册，皆有楊妹子題。楊葉云：『綠撚依依綠，金垂裊裊黃。』竹枝云：『雨洗娟娟淨，風吹細細香。』筆腕瘦嫩。」此外珊瑚網、韻石齋筆談皆稱楊妹子善題畫，今所傳其題馬和之畫四小景、題馬遠畫梅四幅、題菊花圖諸詩，皆清雅可誦。

題馬和之畫四小景錄二首詩云：

石楠葉落小池清，獨下平橋弄扇行。倚日綠雲無覓處，不如歸去兩三聲。

雨洗東坡月色清，市人行盡野人行。莫嫌犖确坡頭路，自愛鏗然曳杖行。

馬遠畫梅四幅，——晴雪烘香、朱頭傅粉、霞鋪烟衣、層疊冰綃——妹子各有題詞。此外又有題菊花圖云：

莫惜朝衣准酒錢，淵明身世此花仙。重陽滿滿杯中泛，一縷黃金是一年。

韻石齋筆談又記其題馬遠松院鳴琴小幅詞云：「『閒中一弄七絃琴，此曲少知音，多因淡然無味，不比鄭聲淫。松院靜，竹樓深，夜沈沈，清風拂枕，明月當軒，雅會幽心。』調寄訴衷情。波撥秀穎，妍媚之態映帶縹緲。」據此，則妹子能詩能詞又工書也。

三　遺民詩歌

汴梁宮人，有陶九成者，著宮詞十五首，用五言絕句，善避前人熟套，故其詩溫雅簡潔風致翩然。

宮詞十五首

一入深宮裏，經今十五年，長因批帖子，呼出御牀前。
歲歲逢元夜，金娥鬧簇巾，見人心自怯，終是女兒身。
殿前輸值罷，偸去賭金釵，怕見黄昏月，慇懃上玉階。
翠翹朱半背，小殿夜藏鈎，驀地羊車至，低頭笑不休。
內府頒金帛，教酬賀節盤，御宮新有旨，先與問孤寒。
人間多棗栗，不到九重天，長被黄衫吏，花攤月賜錢。

仁聖生辰節，君王進玉巵，壽棚兼壽酒，留待北還時。
邊奏行臺急，東華夜啓封，內人推步輦，不候景陽鐘。
晝燭雙雙引，珠簾一一開，輦前齊下拜，歡飲辟寒杯。
聖躬香閣內，只道下朝遲，扶杖嬌無力，紅綃貼玉肌。
今日天顏喜，東朝內閣開，外邊農事動，詔遣教坊回。
駕前雙白鶴，日日候朝回，自送鑾輿去，經年更不來。
別殿宮刀響，倉皇接鄭王，尙愁宮正怒，含淚强添妝。
一向傳宣喚，誰知不復還，來時舊鍼線，記得在窗前。
北去遷河漠，誠心畏從行，不知當日死，頭白苦爲生。

金德淑，宋宮人也，入元，歸章邱李嘉謨。金姬別傳「李嘉謨至元都，月夜獨歌曰：『萬里倦行役，秋來瘦幾分，因看河北月，忽憶海東雲。』夜靜，聞鄰婦有倚樓泣者，至明日訪其家，則宋舊宮人金德淑也，因過叩之，德淑問曰：『客非昨夜悲歌人乎？此亡宋昭儀黃蕙淸寄汪水雲詩也』因言吾輩當日皆有詩贈水雲，乃自舉所作望江南詞歌之歌畢泣而淚下，」

望江南

春睡起，積雪滿燕山。萬里長城橫縞帶，六街燈火已闌珊，人在玉樓間。

惠清號仲華，入元爲女冠。有滿江紅詞題於驛壁，詞氣悲涼。詞云：

太液芙蓉渾不是舊時顏色。曾記得，承恩雨露，玉樓金闕。名播蘭簪妃后裏，暈潮蓮臉君王側。忽一朝鼙鼓揭天來，繁華歇。

龍華散，風雲滅，千古恨，憑誰說？對山河百二，淚沾襟血。驛館夜驚塵土夢，宮車曉碾關山月。願嫦娥相顧肯從容，隨圓缺。

陸梅垞云：「相傳文信國讀之，至隨圓缺句，曰；『夫人於此少商量矣。』針砭之意深哉！」東園友聞云：「此詞或傳爲昭儀下宮人張瓊英作。」(紅樹樓選) 按此詞或以爲王清惠作，或謂卽黃惠清，疑是一人傳聞之異詞也。

宋之舊宫人流落或爲女冠，或改適士人，其詩均見宋遺民詩歌。又有張瓊英者，亦宋故宫人，從三宫北去留滯燕京。時有汪元亮以善琴，召赴上都，汪不願仕，賜黄冠遣還，張以詩送之云：「客有黄金共懷璧，如何不肯贖奴回，今朝且盡窮廬酒，後夜相思無此杯。」說來勁直，亦亡國之哀音也。

第三節　李清照在文學史上之地位

論中國之詞者，每謂濫觴於六朝，（註一）萌芽於唐代，（註二）盛於五季，至南宋而極其變，金元中衰，明代大敝，至清則又蔚然復興，此中國詞學發達變遷之大概歷程也。

婦人之詞，始見於五代花蕊夫人之采桑子題葭萌驛壁，（見前）至紅樹樓選所載隋宫侯夫人之一點春，（註三）僅具形式而格調聲韻，猶六朝短歌之類也。此外若閩后陳氏之樂遊曲，（註四）盧氏女之蝶戀花，（註五）舒氏女之點絳春，（註六）延安夫人之更漏子，（註七）雖格調聲韻，已全乎其爲其詞矣，然而文采未極也。至李清照出而婦女之詞乃

(註一)楊用修曰:「塡詞必泝六朝者,亦探河窮源之意。長短句如梁武帝江南弄,梁僧法雲三洲歌,梁臣徐勉迎客曲,送客曲,隋煬帝夜飲時眠曲,王叡迎神歌,送神歌,此六朝風華靡麗之語,後世詞家之所本也。」徐釚詞苑叢談曰:「塡詞原本樂府,菩薩蠻以前,進而溯之,梁武帝江南弄,沈約六憶詩,皆詞之祖,前人言之詳矣。」

(註二)宋翔鳳樂府餘論云:「……謂之詩餘者,以詞起於唐人絕句,如太白之清平調,卽以被之樂府,太白憶秦娥,菩薩蠻,皆詞之變格,爲小令之權輿。……」

(註三)一點春「砌雪無消日,捲簾時自顰。庭梅對我有憐意,先露枝頭一點春。」此本侯夫人看梅詩,已見第三章。

(註四)樂遊曲「龍舟搖曳東復東,采蓮湖上紅更紅。波淡淡,水溶溶,奴隔荷花路不通。」曲共二首,其事見五代史注。

(註五)蝶戀花過浣溪驛壁:「蜀道靑天煙霧翳,帝里繁華迢遞何時至?回望錦川揮粉淚,鳳釵斜嚲烏雲膩。綬帶雙垂金縷細,玉佩珠璫露滴寒如水,從此鸞妝添遠意,畫眉學得遙山翠。」

（註六）王齊叟彥齡妻舒氏，夫婦皆善爲詞。婦翁武人，不相能，怒邀其女歸，竟離絕之。女懷其夫云：「獨自臨池，悶來強把闌干凭。舊愁新恨，耗却年時興。鷺散魚潛，烟斂風初定，波心靜照人如鏡。少個年時影！」（點絳春）

（註七）延安夫人蘇丞相子容之妹。更漏子云：「小闌干，深院宇，依舊當時別處。朱戶鎖，玉樓空，一簾霜日紅。弄珠江，何處是，望斷碧雲無際，凝淚眼，出重城，隔溪羌笛聲。」

一　李清照之家世

李清照，號易安居士，李格非女也。宋史李格非傳：「女清照，詩文尤稱於時。嫁趙挺之二子趙明誠，自號易安居士。」又俞理初易安居士輯：「易安居士李清照，宋濟南人。父格非，母王狀元拱辰孫女，並工文章。居歷城城西南之柳絮泉上。易安幼時有才藻，元符二年，（一〇九九）年十八，適太學生諸城趙明誠。」讀此，則李清照之身世可以知其大概矣。至於嫁明誠後事，具見金石錄後序。

金石錄後序云：

「余建中辛巳，始歸趙氏。時先君作禮部員外郎，丞相時作吏部侍郎。侯年二十一，在太學作學生。趙李族寒素貧儉，每朔望謁告出，質衣取半千錢，步入相國寺，市碑文果實歸，相對展玩咀嚼。……每飯罷，坐歸來堂烹茶，指堆積書史，言某事在某書某卷第幾頁第幾行，以中否角勝負，爲飲茶先後。中卽舉杯大笑，至茶傾覆懷中，反不得飲而起。……至靖康丙午歲，侯守淄川，聞金人犯京師，四顧茫然，書盈箱溢篋，且戀戀，且悵悵，知其必不爲己物矣。……建炎戊申秋九月，侯起復，知建康，己酉春三月罷，具舟上蕪湖入姑孰，將卜居贛水上。夏五月至池陽，被旨知湖州。過闕上殿，遂駐家池陽，獨赴召。……望舟中告別，余意甚惡，呼曰：『如傳聞城中緩急，奈何？』戟手遙應曰：『從衆。必不得已，先去輜重，次衣被，次書册卷軸，次古器，獨所謂宗器者，可自負抱，與身俱存亡，勿忘也！』遂馳馬去，塗中奔馳，冒大暑感疾，至行在，病痁。七月末，書報臥病。余驚怛，念侯性素急，奈何病痁，或熱必服寒藥，疾可憂。遂解舟下，一日夜至三百里。比至，果大服茈胡，黃芩藥，瘧且痢，病危在膏肓。余悲泣倉惶，不忍問後事。八月十八日，遂不起，取筆作詩，絕筆而終，殊無分香賣履之意。葬畢，余無所之。……時猶有書二萬卷，金石刻二千卷……，事勢日迫，念侯有妹壻任兵部侍郎，從衞在洪州，遂遣二故吏先部送行李往投之。冬十二月，金人陷洪州，遂盡委棄。所謂連艫渡江之書，又散爲雲烟矣！……歸然猶存者，十去其七八，所有一二殘零不成部帙書册，三數種平平書帖，猶復愛惜如護頭目，何愚也耶！今日忽開此書，如見故人。因憶侯在東萊靜治堂，裝卷初就，芸籤縹帶，束十卷作一帙。每日晚吏散，輒校勘二卷，跋題一卷。此二千卷有題跋者五百二卷耳。今手澤如新，而墓木已拱，悲夫！……余自少陸機作賦之二年，至過蘧瑗知非之兩歲，三十四年之間，憂患得失，何其多也？然有有必有無，有聚必有散，乃理之常。人亡弓，人得之，又胡足道？……」

此序作於紹興四年，（西紀一一三四）距明誠之歿已五六年矣。存亡之感，悽然於語言之外。

易安生平就上文所自述者，大略具矣。至於明誠死後，或謂易安再嫁張汝舟，未幾，反目，又離之。俱見苕溪漁隱叢話、雲麓漫鈔、繫年要錄諸書。而漫鈔並載易安謝綦重禮啓云；「猥以桑榆之晚景，配茲駔儈之下材。」此蓋誣之者之所爲，愈理初早已辨之矣。（見癸巳類稿）蓋易安晚年，依其弟遠於金華，未嘗有改適之事。讀其老年之詞，「風住塵香花已盡，日晚倦梳頭；物事人非事事休，欲語淚先流。聞說雙溪春尙好，也擬泛輕舟；只恐雙溪舴艋舟，載不動許多愁。」（武陵春）風霜憂患之餘，人事滄桑之感，則此詞已深惋的唱出往事之哀音也。

二　李清照之詞

易安之著作，據宋史藝文志所載，有文七卷，詞六卷。然今所傳僅漱玉詞三卷；所載不過二十餘首也。

易安，詞才也。其所作揮灑俊逸，字句琢鍊，而用筆矯拔處，突過蘇、辛。然其淸新婉約，又似自成一派也。彭羨門曰：「李易安『被冷香消新夢覺，不許愁人不起。』皆用淺俗之語，發淸新之思，詞意並工。」如「這次第怎一個愁字了得？」皆以平常語用在詞上，更覺活羅貴耳錄所謂「鍊句精巧則易，平淡入調者難。」（評易安詞語是也）。

易安既善爲詞，尤工音律，故對於當代詞家，多有所譏彈。柳永之詞，有井水處都能歌唱，而易安謂爲「雖協音律，而詞語塵下。」若歐陽（修）晏、（殊）蘇、（軾）之詞，雖音律亦不協，至於曾子固王介甫則「若作爲小歌詞，則人必絕倒不可讀也。」欲知其詳，請讀其詞論。

「……本朝柳屯田永變舊聲作新聲，出樂章集，大得聲稱於世；雖協音律，而詞語塵下。又有張子野，宋子京兄弟，沈唐、元絳、晁次膺輩繼出，雖時時有妙語，而破碎何足名家。至晏丞相、歐陽永叔、蘇子瞻，學際天人，作爲小歌詞，直如酌蠡水於大海；然皆句讀不葺之詩耳。又往往不協音律。蓋詩文分平側，而歌詞分五音，又分五聲，又分六律，又分清濁輕重。且如近世所謂聲聲慢、雨中花、喜遷鶯，既押平聲，又押入聲；玉樓春平聲，又押上去聲，又押入聲；其本押側韻者，如本上聲協押入聲，則不可通矣。王介甫曾子固文章似西漢，若作小歌詞，則人必絕倒不可讀也。乃知詞別是一家，知之者少。後晏叔原、賀方回、秦少游、黃魯直出，始能知之；而晏苦無鋪敍，賀苦少典重，秦少游專主情致，而少故實。譬如貧家美女，雖極妍麗豐逸，而終乏富貴態；黃卽尙故實，而多疵病，譬如良玉有瑕，價自減半矣。」

右文見苕溪漁隱叢話，譏彈前輩，多能中肯。又易安嘲當時應舉進士有句云：「露華倒影柳三變，桂子飄香張九成。」出語雖工，然忌之者亦衆矣。

讀易安之詞者，可以窺知其身世變遷之歷程：早年之作美而艶；中歲之詞，感慨生情；洎乎晚景，則滿目淒涼矣！茲分述之：

易安年十八時，與趙明誠結婚，此乃其生活最美滿之時代也。試觀其詞：「絳綃薄，冰肌瑩，雪膩酥香，笑語檀郎：『今夜紗幮枕簟涼。』」（采桑子）「繡幕芙蓉一笑開，斜偎寶鴨依香腮，眼波才動被人猜。」（浣溪沙）「怕郎猜道，奴面不如花面好；雲鬢斜簪，徒要教郎比並看。」（減字木蘭花）此種描寫，直能將少女情緒，和盤托出，而「眼波才動被人猜」，抑又何其妖艶也。

一剪梅

紅藕香殘玉簟秋，輕解羅裳，獨上蘭舟。雲中誰寄錦書來，雁字回時，月滿西樓。

花自飄零水自流，一種相思，兩處閒愁。此情無計可消除，纔下眉頭，又上心頭。

嫏環記：「易安與明誠結褵未久，明誠出遊，易安殊不忍別，書一剪梅詞於錦帕送之，」即上詞也。

點絳春

寂寞深閨，柔腸一寸愁千縷；惜春春去，幾點催花雨。

倚遍闌干，祇是無情緒，人何處？——連天芳樹，望斷歸來路。

嫏環記又云：「李易安嘗作重陽醉花陰詞寄其夫趙明誠，明誠歎絕，苦思求勝之，廢寢食者三日，得五十闋，雜易安詞於中，以示友人陸德夫，陸玩之再三，謂只三句絕佳：「莫道不銷魂，簾捲西風，人比黃花瘦。」正易安作也。詞云：

重陽醉花陰

薄霧濃雲愁永晝，瑞腦噴金獸。佳節又重陽，玉枕紗幮，半夜涼初透。東籬把酒昏黃後，有暗香盈袖。莫道不銷魂，簾捲西風，人比黃花瘦。

賣花聲

簾外五更風，吹夢無蹤。畫樓重上與誰同？記得玉釵斜撥火，寶篆成空。回首紫金峯，雨潤煙濃。一江春浪醉醒中，留得羅襟前日淚，彈與征鴻。

易安初嫁明誠，極夫婦倡隨之樂，中遭喪亂，別離之日爲多，故易安詞中年而後，每多傷別之作。「願黃鶯兒作對，恨粉蝶兒成雙。」此種情緒，尤時時縈繞於女性作家也。

鳳凰臺上憶吹簫

香冷金猊，被翻紅浪，起來慵自梳頭。任寶奩塵滿，日上簾鉤。生怕離懷別苦，多少事，欲說還休。新來瘦，非干病酒，不是悲愁。休！休！這回去也，千萬遍陽關，也則難留。念武陵人遠，煙鎖秦樓。惟有樓前流水，應念我終日凝眸。凝眸處，從今又添一段新愁。

「花下簾櫳月下樓，十年長擁合歡裯。枕間細數團圞夜，除卻離家總並頭。」（錢塘平素嫻詩句）又「可曾記得癡情性？郎不歸來妾不眠。」別離人尙堪回想此種滋味耶？

如夢令

昨夜雨疏風驟，濃睡不消殘酒。試問捲簾人，卻道海棠依舊。知否知否？應是綠肥紅瘦。

此詞聲調非常工整，而「綠肥紅瘦」之句，尤爲人所稱道。黃了翁云：「一問極有情，答以依舊，答得極淡。跌出知否二句來，而綠肥紅瘦。無限悽惋，卻又妙在含蓄。短幅中藏有無限曲折，自是聖於詞者。」（苕溪漁隱叢話）卽此觀之，可見易安之詞爲人佩服至「五體投地」矣。

黃叔暘云：「前輩稱易安『綠肥紅瘦』爲佳句，予謂『寵柳嬌花』語亦甚奇俊。」

按此句見壺中天慢，

壺中天慢

蕭蕭庭院，又斜風細雨，重門深閉，寵柳嬌花寒食近，種種惱人天氣。險韻詩成，扶頭酒醒，別是閒滋味，征鴻過盡，萬千心事難寄。樓上幾日春寒，簾垂四面，玉闌干慵倚。被冷香銷新夢覺，不許愁人不起。清露晨流，新桐初引，多少遊春意。日高煙斂，更看今日晴未？

張正夫曰：「易安元宵永樂遇詞云：『落日鎔金，暮雲合璧。』已自工緻。至於『染柳煙輕，吹梅笛怨，春意知幾許？』氣象更好，後疊云：『於今憔悴，風鬟霜鬢，怕向花間重去。』皆以尋常語度入音律，鍊句精巧則易，平淡入調者難，」（貴耳錄）

元宵永樂遇

落日鎔金，暮雲合璧。——人在何處？染柳煙輕，吹梅笛怨，——春意知幾許？元宵佳節，融和天氣，次第豈無風雨。來相召，香車寶馬，謝他酒朋詩侶。中州盛日，閨門多暇，記得偏重三五。鋪翠冠兒，撚金雪柳，簇帶爭濟楚。如今憔悴，風鬟霧鬢，怕是夜間出去，不如向簾兒底下，聽人笑語。

易安因生活環境之變易，故所作詞亦隨而異其色彩。四十六歲以前之詞，決不同於晚年之淒涼頹廢也。觀上詞「如今憔悴，風鬟霧鬢」之語句，何等衰颯，回憶少女之生活「怕郎猜道，奴面不如花面好。雲鬢斜簪，徒要教郎比並看」將不勝「人生幾何」之感矣！

浣溪紗

樓上晴天碧四垂，樓前芳草接天涯，勸君莫上最高梯。

新筍已成堂下竹，落花都入燕巢泥，忍聽林裏杜鵑啼！

如夢令

誰伴明月窗獨坐？我共影兒兩個。燈盡欲瞑時，影也把人拋卻。無那！無那！好個悽惶的我。

以上所舉諸詞，皆漱玉集中之上乘也。至其最膾炙人口者，要推聲聲慢矣。張正夫曰：「秋詞聲聲慢，此乃公孫大娘舞劍手。本朝非無能詞之士，未曾有一下十四疊字者。後疊又云：『到黃昏點點滴滴』又使疊字，俱無剷鑿痕。『怎生得黑』黑字，不許第二人押。婦人有此奇華，殆間氣也。」（貴耳錄）紅樹樓選以為「此卻不是難處，因詞名聲聲慢，而刻意播弄之耳。」

聲聲慢

尋尋，覓覓，冷冷，淸淸，淒淒，慘慘，戚戚。乍暖還寒時候，最難將息。三盃兩盞淡酒，怎敵他晚來風急？雁過也，正傷心，卻是舊時相識。

滿地黃花堆積；憔悴損，如今有誰堪摘？守着窗兒，獨自怎生得黑！梧桐更兼細雨，到黃昏點點滴滴。這次第，怎一個愁字了得。

此詞精工巧麗，備極才情，讀之眞如「大珠小珠落玉盤」，其運辭之技巧，描寫之眞切。可謂極藝術之能事矣。

三 李淸照之詩

易安既長於詞，又善為詩。王灼碧鷄漫志云：「易安自少兼有詩名，才力華贍，逼近古人。」朱子稱易安詩：「兩漢本繼紹，新室如贅疣。所以嵇中散，至死薄殷周。」不圖婦人有此筆力也。

曉夢

曉夢隨疎鐘，飄然躡雲履，因緣安期生，邂逅萼綠華。秋風正無賴，吹盡玉井花，共看藕如船，同食棗如瓜。翩翩座上客，意妙語亦佳，嘲辭鬬詭辨，活火分新茶。雖非助帝功，其樂莫可涯，人生能如此，何必歸故家。起來斂衣坐，掩耳厭喧嘩，心知不可見，念念猶咨嗟。

此詩筆力至高，飄然有仙骨。蓋易安襟懷洒落，非拘拘於形骸者也。淸波雜志云：「易安在江寧日，每値大雪，卽頂笠披簑，循城遠覽，得句必要賡和，明誠苦之。」讀此一段記載，知易安眞瀟洒才也。

題八詠樓

千古風流八詠樓，江山留與後人愁。水通南國三千里，氣壓江州十四城。

藏氣深渾含意雅正，感慨中直有一段不平之氣。此外五七古中，有上韓樞密詩和張文潛梧溪中興頌碑詩、上胡尙書詩、皇帝閤諸詩，多歌功頌德之節，不足以盡易安才也。

春殘

春殘何事苦思鄉，病裏梳頭恨髮長。梁燕語多終日在，薔薇風細一簾香。

陸梅垞紅樹樓選稱易安詩不甚佳，如「薔薇風細一簾香」甚工緻卻是詞語也

感懷詩

窗寒敗几無書史，公路生平竟至此。青州從事孔方兄，終日紛紛喜生事。作詩謝絕聊閉門，燕寢凝香有佳思。靜中我乃得至交，烏有先生子虛子。

易安詩，傳者絕少。夏日絕句一首，嶺崎歷落，出人意想之外，殊不屑爲女兒語也。詩云：

生當爲人傑，死亦作鬼雄。至今思項羽，不肯過江東。

貴妃閣

金環半后禮，鈎戈比昭陽，春日柏子帳，喜入萬年觴。

風月堂詩話又引其斷句，如：「詩情如夜鵲，三遶未能安。」「少陵本是可憐人，更待明年試春草。」又漁隱叢話載易安斷句云：「南來猶怯吳江冷，北狩應知易水寒。」「南渡衣冠思王導，北來消息少劉琨。」忠憤激發，意悲語明，其所刺於當道諸公者深矣。

四　李清照之文

易安詩詞之外，並工四六，亦能畫；多能多藝，其才有非常人所可及矣。易安本有集七卷，明焦竑國史經籍志云十二卷，則並詞言之。陳直齋書錄又有打馬賦一卷，蓋打馬賦一卷，亦自當時集中別行也。

打馬圖序

慧則通，通則無所不達；專則精，精則無所不妙。故庖丁之解牛，郢人之運斤，師曠之聽，離婁之視，大至於堯舜之仁，桀紂之惡，小至於擲豆起蠅，巾角拂棊，皆臻至理者何？妙而而已。後世之人，不惟學聖人之道不到聖處，雖嬉戲之事，亦得其依稀彷彿而遂止者多矣。夫博者無他，爭先術耳，故專者能之。予性專博，凡所謂博者皆耽之。自南渡來，流離遷徙，盡散博具，故罕爲之，然實未嘗忘於胸中也。今年冬十月朔，聞淮上警報，江浙之人，自東走西，自南走北，居山林者謀於城市，居城市者謀入山林，旁午絡繹，莫卜所之。易安居士亦自臨安泝流，涉嚴灘，抵金華，卜居陳氏第。乍釋舟楫，而見軒窗，意頗釋然。更長燭明，奈此良夜何？於是手博弈之事講矣。且長行葉子，博簺彈碁，世無傳者；打褐大小，猪窩族鬼，胡畫數倉賭快之類，皆鄙俚不經見；藏酒樗蒲，雙蹙融，近漸廢絕；選仙加減，插關火，質魯任命，無所施行智巧；大小象戲，弈棊，又惟可容二人。獨采選打馬，特爲閨房雅戲，常恨采選叢繁，勞於檢閱，彼能通者少，難遇勁敵。打馬簡要而苦無文采，按打馬世有二種：一種一將十馬者，謂之關西馬；一種無將二十馬者，謂之依經馬。流行既久，各有圖經，凡例可考，行移賞罰，互有同異。又宣和間人，取二種馬參雜加減，大約交加僥倖，古意盡矣，所謂宣和馬者是也。予獨依經法，因取其賞罰互度，每事作數語，隨事附見，使兒輩圖之，不獨施之博徒，實足貽諸好事，使千萬世後，知命辭打馬始自易安居士也。時紹興四年十一月二十有四日，易安居士李清照序。

金石錄序

右金石錄三十卷者何？趙侯德甫所著書也。取上自三代，下迄五季，鐘、鼎、甗、鬲、盤、匜、尊、敦之款識，豐碑、大碣，顯人晦士之事蹟，凡見於金石刻者二千卷，皆是正僞謬，去取褒貶，上足以合聖人之道，下足以訂史氏之失者，皆載之，可謂多矣。嗚呼，自王播、元載之禍，書畫與胡椒無異；長輿、元凱之病，錢癖與傳癖何殊，名雖不同，其惑一也。

易安四六，據嫏環記所載，有賀孿生啓云：「無午未二時之分，有伯仲兩楷之似。既繫臂而繫足，實難弟而難兄。玉刻雙璋，錦挑對褓。」時人服其工伎。又易安祭明誠文云：「白日正中，歎龐公之機敏；堅城自墮，憐杞婦之悲深。」亦工。至雲麓漫抄所載之謝中書舍人綦崇禮啓：「故茲白首，得免丹書。雖南山之竹，豈能窮多口之談。惟智者之言，可以止無根之謗」數句，人頗稱賞，以爲精切也。

五　李清照詞之影響

易安之詞，在當時曾發生極大影響。受其影響最深者，乃其同鄉辛稼軒棄疾（西紀一一四〇——一二〇七）也。稼軒集中有效易安體如醜奴兒近（在博山道中）：「千山雲起，驟雨一霎兒價。更遠樹斜陽，風景怎生圖畫？青旗賣酒，山那畔別有人家。只消山水光中，無事過者一夏。午醉醒時，松窗竹戶，萬千瀟灑；野鳥去來，又是一般閒暇。卻怪白鷗覷着人，欲下未下，舊盟都在，新來眞是別有說話。」其婉約淸空，蓋是易安一派也。

又有女子韓玉者，杭州人，從易安學詞，能得其似，非僅如稼軒之私淑矣。韓詞風致飄逸，善寫情思，番槍子一首，尤動宕轉折如意也。

番槍子

莫把團扇雙鸞隔，要看玉溪頭，春風客。妙將風格蕭閒，翠羅金縷瘦直窄。轉面兩眉攢，青衫濕。

到此月，想精神，花生秀質，待與不清狂，如何得。奈他難駐朝望，易成春夢，恨又積。送上七香車，春草碧。

且坐令

閒院落，誤了清明約。杏花雨過胭脂綽，緊了秋千索。鬭草人歸，朱門悄掩，梨花寂寞。

書滿紙，恨憑誰說？纔封了又揉卻。知他何處貪歡樂，引得我心兒惡。怎生全不思量，著那人人情薄。

又有吳淑姬者，適士人楊子治。所著有陽春白雪詞五卷。如：「惟有多情絮，故來衣上留人住。」（惜分飛）「粉痕消，芳信斷，好夢總無據。病酒無聊，欹枕聽殘雨。斷腸曲曲屏山，溫溫沉水，卻是舊看承人處。」（祝英臺近）其詞輕清婉約，亦韓玉之流亞也。

第四節　朱淑貞之詩詞

李易安之後數十年，錢塘有朱淑貞者，亦負詞名。（蕙風詞話謂淑貞爲北宋人）其遭遇，較易安爲尤苦也。

淑貞，號幽棲居士。文章幽豔，才色清麗。因適市井儈子，每感天壤王郎之歎，遂賦斷腸集十卷以自解，臨安王唐佐爲傳述其始末。吳中士夫集其詩二百餘首，宛陵魏仲恭爲之序。其詩幽怨而哀豔，時復有翩翩之致。集名斷腸，蓋不啻其生活之縮影也。

斷腸詩傳於今者甚多。茲撰尤佳者錄之：

中秋

秋來長是病，不易到中秋。欲賞今宵月，須登昨夜樓。露濃梧影淡，風細桂香浮。莫作尋春看，嫦娥亦解愁。

遊湖歸晚

戀戀西湖景，山頭帶夕陽。禽歸翻竹露，果落響芹塘。葉倚風中靜，魚游水底涼，半亭明月色，荷氣惱人香。

「氣淸貴在能潤，景細貴在能幽，兼之則骨高而力厚矣。」（鍾伯敬論詩話）淑貞此詩可以當之。

秋夜感懷

滿院含秋思，蟾輝映一方。蛩吟喧曲砌，鳥宿傍回塘。木落桐應瘦，宵寒漏正長，安仁閒感慨，徒爾鬢蒼蒼。

淑貞以所適非偶，落落寡歡，故斷腸集中，時見怨語。然「嫁雞隨雞，嫁狗隨狗」（俗諺）淑貞遂如此以了卻一生矣。

斷腸集五律詩除上所記之外，若——春日感懷、傷春、中秋值雨、獨坐、春日有作、春遊西園、憂枕自詠、秋日晚望、中秋翫月、初冬書懷、春半、小閣秋日詠雨、秋日得書、除夜、題斗野亭、早秋諸詩，大多「題詩欲遣悶，對景倍悲傷」（秋冬書懷）者也。

春晴

日暖風和明媚天，最宜吟詠入詩篇。庭花吐蕊紅如錦，岸柳飛絲白似緜。深院雕梁巢燕返，高林喬木谷鶯遷。韶光正近淸明節，花塢樓臺酒旆懸。

春詞

屋噴柳葉噪春鴉，簾幕風輕燕翅斜。芳草池塘初夢斷，海棠庭院正愁加。幾聲嬌巧黃鸝舌，數朵柔纖小杏花。獨自小窗梳洗倦，自慚辜負好年華。

「展轉衾裯空懊惱，天易見，見伊難。」（斷腸集江城子賞春）「盡日倚窗情脈脈，眼前無事奈春何。」淑貞遂如此以度其好年華矣。

海棠

胭脂爲臉玉爲肌，未赴春風二月期。曾比溫泉妃子睡，不吟西蜀杜陵詩。桃羞妖冶頻回首，柳妬妖嬈祗皺眉。燕子欲歸寒食近，黃昏庭院雨絲絲。

此外七律中，尙有春霽、送人赴試、九日、賀人移學東軒、立春、新春晴和、春陰、問春、仲春書事、春日卽事、梨花、荼蘼、柳絮、瑞香、除夜、傷別、晚春會東園、暮春三首、恨春四首、元夜二首、喜雨、惜花、聞子規有感、靑蓮花、燈花、得家嫂書、早春喜晴卽事、春日雜興、荷花諸篇，又七古中有秋日行、湖上詠月、春日行、喜雨、苦熱、聞田夫語有感、代人謝見惠墨竹六篇，亦集中之上乘也。

春日雜書

春來春去幾經過，不是今年恨最多。寂寂海棠枝上月，照人清夜欲如何。（其一）
捲簾月掛一鉤斜，愁到黃昏更轉加。獨坐小窗無伴侶，凝情羞對海棠花。（其二）
凝情不敢對，卻不能不對也。羞字是無可奈何之詞。葉宏湘望江南云：「人別後，獨自倚牕紗。魚譜懶圖連理樹，繡牀羞對並頭花。——愁思近來加。」意同此詩。又：
一年好處清明近，已覺春光大半休。點檢芳菲多少在，翠深紅淺似關愁。（其三）
自入春來日日愁，惜花翻作為花羞。呢喃飛過雙雙燕，嗔我簾垂不上鉤。（其四）
想出雙雙燕有嗔意，妙得情會。「怨黃鶯兒作對，恨粉蝶兒成雙」傷心極矣！淑貞詩勝於詞，近體尤多清淹可誦者。茲再錄其七絕數首，可略窺其詩才矣。

清晝

竹搖清影罩幽窗，兩兩時禽噪夕陽。謝卻海棠飛盡絮，困人天氣日初長。

有感

倦對飄零滿徑花，靜聞春水鬧鳴蛙。故人何處草堂碧，撩亂寸心天一涯。

秋夜

夜久無眠秋氣清，燭花頻剪欲三更。鋪牀涼滿梧桐月，月在梧桐缺處明。

中秋聞笛

誰家橫笛弄輕清，喚起離人枕上情。自是斷腸聽不得，非干吹出斷腸聲。

立春前一日

梅花枝上初雪融，一夜高風轉激東。芳草池塘冰未薄，柳條如線着春工。

斷腸集七絕之詩尤多。此外如春夜、月夜、長宵、晚春、春宵、七夕、寄情、元宵遇雨、晴和、立春、春色、有感、中春書事、落花、約遊春不去、喜晴、恨春、悶懷、寓懷、阻雨、移花、柳、三月三日、黃花、夏夜、納涼即事、納涼桂堂、新荷、閑步西樓、寄情、夜留依綠亭、秋懷、舊愁、弔林和靖、春曉、春燕、初秋雨晴、冬夜不寐、觀雪偶成、悶懷，……諸篇，大抵如葉紹袁所謂：「七年之中，愁城爲家。覩飛花之辭謝，對芳樹之成茵，聽一葉之驚秋，照半牀之落葉，歎春風之入戶，愴夜雨之敲燈，悲塞雁之南書，悽霜砧之北夢，泫芙蓉之墮落，怨楊柳之啼鶯，悵金爐之夕煖，泣錦字之晨題，愁止一端，感生萬族。」（芳雪軒遺集序語）者也。

陸梅垞曰：「淑貞詩好，詞不如詩。愛其『黃昏卻下瀟瀟雨』句，卻又詞好於詩也。」（紅樹樓選）其詞著有斷腸集一卷。

蝶戀花

樓外垂楊千萬縷，欲繫青春少住。春還去，猶自風前飄柳絮，隨春且看歸何處。
綠滿山川聞杜宇，便做無情莫也愁人意。把酒送春春不語，黃昏卻下瀟瀟雨。

謁金門

春已半，觸目此情無限。十二闌干倚遍，愁來天不管。
好是風和日暖，輸與鶯鶯燕燕。滿院落花簾不捲，斷腸芳草遠。

眼兒媚

風日遲遲弄輕柔，花徑暗香流。淸明過了，不堪回首。——雲鎖朱樓。

午窗睡起鶯聲巧，何處喚春愁？——綠楊影裏，海棠枝畔，紅杏梢頭。

生查子

年年玉鏡臺，梅蕊宮妝困。今歲未還家，怕見江南信。

酒從別後疎，淚向愁中盡。遙想楚雲深，人遠天涯近。

江城子

斜風細雨作春寒，對尊前，憶前歡，曾把梨花寂寞淚闌干。芳草斷煙南浦路，和別淚，看青山。

昨宵結得夢因緣，水雲間，悄無言，爭奈醒來愁恨又依然！展轉衾裯空懊惱，天易見，見伊難。

淑貞詞亦如其詩，幽怨之作爲多，如上所錄者是也。但其少年之詞，亦多豔語。如「嬌癡不怕人猜，和衣睡倒人懷。」（清平樂）「月上柳梢頭，人約黃昏後。」（生查子）與易安之「眼波才動被人猜。」（浣溪紗）等又同一妖豔也。淑貞又有璿璣圖記一篇，記蘇蕙迴文詩者。

第五節　魏夫人與朱希眞

朱晦庵嘗稱：「本朝婦人之能文者，只有李易安與魏夫人。」（朱子語錄）易安既已前言之矣，茲論魏夫人。又有朱希眞，亦宋婦女之能詞者，其嫕妮風流，蓋又在兩家上矣。

一　魏夫人之詩詞

魏夫人者，丞相曾布之妻也。今所傳僅虞美人古詩一首，及詞數闋。然吾意以夫人之聲名，在當時必不止此也。

虞美人詩

鴻門玉斗紛如雪，十萬降兵夜流血，咸陽宮殿三月紅，霸業已隨灰燼滅。剛強必死仁義王，陰陵失道非天亡，英雄本學萬人敵，何用屑屑悲紅妝。三軍散盡旌旗倒，玉帳佳人坐中老，香魂夜逐劍光飛，青血化爲原上草。芳草寂寂依寒枝，舊曲聞來似斂眉，哀怨徘徊愁不語，恰如夜聽楚歌時。滔滔逝水流今古，漢楚興亡兩丘土，當年遺事久成空，慷慨尊前爲誰舞。

弔古詩激切宛曲，各極其致，卽此一詩，已知夫人筆力矣。至其詞，筆致疎秀，無一拖沓之語，是從能文得來。朱晦庵以之與李易安並稱，有以哉！茲觀其詞：

菩薩蠻

溪山掩映斜陽裏，樓臺影動鴛鴦起。隔岸兩三家，出牆紅杏花。

綠楊堤下路，早晚溪邊去。三見柳綿飛，離人猶未歸。

此詞筆致何等鬆秀，描寫何等勻緻。豈「剪紅刻綠」者比耶？又點絳脣一闋。風致亦翩翩。

點絳脣

波上清風，畫船明月人歸後。——漸消殘酒，獨自凭欄久。聚散匆匆，此恨年年有，重回首，——淡烟疏柳，隱隱蕪城漏。

繫裙腰

燈花耿耿漏遲遲，人別後，夜涼時。西風瀟灑夢初回，誰念我，就單枕，斂雙眉。錦屏繡幌與秋期，腸欲斷，淚偸垂。月明還到小窗西，我恨你，我憶你，你怎知？

蝶戀花憶舊

記得來時春未暮，執手扳花，袖染花梢露。暗卜春心共花語，爭尋花朵爭先去。多情因甚相辜負？有輕折輕離，問誰分訴。淚溼海棠花枝處，東君把奴咐吩。

夫人又有好事近一闋：「雨後曉寒輕，花外早鶯啼歇，愁聽隔溪殘漏，正一聲淒咽。不堪西望去程賒，離腸萬回結。不似海棠花下，按梁州時節。」清新婉約，不在漱玉斷腸兩家下也。

二　朱希真之詞

建康有朱希眞者，小字秋娘。聰明儁雅，博覽古今。年十六，適同邑商人徐必用。用頗解文義，商久不歸，閨中情思抑鬱，作閨怨詞一闋，集古一闋，父見其詞，不知其爲古句也。秋娘詞多不布景只淡淡訴說心中事，於宋詞爲別派也。

鷓鴣天除夕

檢盡曆頭冬又殘，愛他風雪耐他寒。拖條竹枝家家酒，一個籃輿處處山。添老大，轉癡頑，謝天教我老來閒。道人還了鴛鴦債，紙帳梅花醉夢間。

鷓鴣天懷舊

梅妬晨妝雪妬輕，遠山依約與眉青。尊前無復歌金縷，夢覺空餘月滿林。魚與鴈，兩浮沈，淺顰微笑總關心。相思卻似江南柳，一夜東風一夜深。

讀「畫廊攜手是那日銷魂處恁短燭低篷獨自擁衾愁語」（梁節厂妻龔長亭怨慢）之詞，則別後容光，思之凄然。「尊前無復歌金縷，夢覺空餘月滿林，」正是此種滋味也。滿路花風情簾烘淚雨乾，酒壓愁城破。冰壺防飲渴，培殘火。朱消粉褪，絕勝新梳裏。不是寒宵短，日上三竿。殢人猶要同臥。如今多病，寂寞章臺左。黃昏風弄雪，門深鎖。蘭房密愛，萬種思量過，也須知有我。看甚情悰，你但忘了人呵。

秋娘此詞，極嫵妮風騷之致，此外如「除卻清風並皓月，脈脈此情誰識。」（念奴嬌風清）「觀裏栽桃，壇頭種杏，到處成疎隔。千林無津，淡然獨傲霜雪，……雄蜂雌蝶豈是無情，知受了多少淒涼風月。」（念奴嬌梅花）亦情致盎然。又念奴嬌詠月一闋，蟾宮佳境，盡在秋娘筆下矣。

念奴嬌詠月

插天翠柳，被何人推上一輪明月。照我籐牀涼似水，飛入瓊臺銀闕。露冷笙簫，風清環珮，玉鎖無人掣。閒雲收盡，海光天影相接。

誰信有藥長生，素娥新煉就。飛霜液雪，擊破珊瑚，爭似看仙桂，扶疎奇絕，洗盡凡心，滿身淸露，浸蕭蕭華髮。明朝塵世記取休向人說。

秋娘詞有踏莎行、寄延安夫人一闋。夫人蘇丞相子容之妹，長於詞翰，每書詞以寄姊妹，其詞如更漏子、寄季玉妹、臨江仙、寄季順妹、蝶戀花、寄姊妹諸詞，格雖不高，然語能如意，亦朱希眞之流亞也。

臨江仙寄季順妹

一夜東風穿繡戶，融融暖應佳時。春來何處最先知？平明堤上柳，染遍鬱金枝。

姊妹遊來時節近，今朝夜怨來遲。憑誰說與到家期，玉釵頭上勝，留待遠人歸。

詩一變而爲樂府，再變而爲詞，詞至宋而極盛，故宋婦人亦多工詞者。自漱玉斷腸特爲大家，朱秋娘魏夫人步武接踵，等而下之，不勝計矣。蓋當時每以詞被於絃管，上自閨閣，下連娼妓，俱優爲之，此亦風氣使然也。故宋婦女之詞，除上所舉之外，若鄭意娘、孫道絢、聶勝娘等，俱有詞傳於後世。而聶之「枕前淚共階前雨，隔着窗兒滴到明。」（鷓鴣天）尤膾炙人口。此外若陸放翁妾之「窗外有芭蕉，陣陣黃昏。」（生查子）蔣興祖女之「白草黃沙，月照孤村三兩家。」（減字木蘭花）則又花間集中佳句也。

第六節　遼金之婦女文學

遼時文風不振。雖自景宗以下三世九十餘年間，號稱極盛，而其文獻了無可徵。據遼史文學傳所載，不過蕭柳、蕭韓家奴、王鼎等數人而已。至於婦女作者，今所傳僅道宗蕭后，天祚蕭妃二家。蓋遼時文學，罕通中國。沈存中以遼時禁其國文書流入中土，蓋以此也。金章宗喜文學，善書畫。完顏璹如庵小集曰：「帝聽朝之暇，卽與李宸妃登梳妝臺評品書畫，臨玩景物得句，輒自書之。妃有梳妝臺樂府，不傳於世，若日邊之句，（註一）靈心慧舌，可見一斑矣。

（註一）帝嘗命對曰：「兩人土上坐，」妃應曰：「一月日邊生。」見本傳。

一　道宗蕭后

道宗好詩賦，淸寧六年，監修國史耶律白請編次爲御製集。其妃蕭皇后，小字觀音，姿容冠絕，工詩善談論，尤善琵琶。淸寧三年秋，上作君臣同志華夷同風詩，后自製歌詞以和之云：「虞廷開盛軌，王會合奇琛。到處承天意，皆同捧日心。文章通谷蠡，聲教薄鷄林。大寓看交泰，應知無古今。」時諸伶無能奏演此曲者，獨伶官趙惟一能之。耶律乙辛因誣后與惟一淫通，欲乘此害后；更命他人作十香淫詞爲誣案，所謂：「解帶色已戰，觸手心已忙。那識羅裙內，銷魂自有香」（十香淫之九見遼詩話）者是也。

蕭后有囘心院詞十首，情思悽惋，亦宮詞之別體也。

囘心院

掃深殿，閉久金鋪暗。游絲絡網塵作堆，積歲靑苔厚階面。掃深殿，待君宴。

拂象牀，憑夢借高唐。敲壞半邊知妾臥，恰當天處少輝光。拂象牀，待君王。

換香枕，一半無雲錦。爲是秋來展轉多，更有雙雙淚痕滲。換香枕，待君寢。

鋪翠被，羞殺鴛鴦對。猶憶當時叫合歡，而今獨覆相思塊。鋪翠被，待君睡。

裝繡帳，金鉤未敢上解卻四角夜光珠，不教照見愁模樣。裝繡帳，待君貺。
疊錦茵，重重空自陳。只願身當白玉體，不願伊當薄命人。疊錦茵，待君臨。
展瑤席，花笑三韓碧。笑妾新鋪玉一牀，從來婦歡不終席。展瑤席，待君息。
剔銀燈，須知一樣明。偏是君來生彩暈，對妾故作青熒熒。剔銀燈，待君行。
爇薰鑪。能將孤悶蘇。若道妾身多穢賤，自沾御體香徹膚。爇薰鑪，待君娛。
張鳴箏，恰恰語嬌鶯。一從彈作房中曲，常和窗前風雨聲。張鳴箏，待君聽。

蕭后有懷古七絕一首，蓋手書十香詞後所詠詩也。先是，乙辛既造十香詞，陰使宮婢單登乞后手書。紿后曰：「此宋國忒里蹇所作，更得御書，便稱二絕。」后讀而喜，既爲手書一紙，紙尾復書懷古詩一絕云：

宮中只數趙家妝，敗雨殘雲誤漢王。惟有知情一片月，曾窺飛燕入昭陽。

王鼎焚椒錄云：「乙辛得書，以爲早晚見其白練掛粉脰也。遂搆詞命登陳首，以十香詞爲證。乙辛乃密陳之，上大怒，命張孝傑與乙辛窮治其獄。上猶未決，指懷古一詩曰：「此是皇后罵飛燕也。」孝傑等曰：「此正皇后懷惟一耳。」（周春蓮遼詩話載之甚詳。）

后又有絕命詞一首，文采極哀豔。

絕命詞

嗟薄祐兮多幸，羌作儷兮皇家；承昊穹兮下覆，近日月兮分華。托後鈞兮凝位，忽前星兮啓耀；雖釁虆兮黃牀，庶無罪兮宗廟。欲貫魚兮上進，乘陽德兮天飛；豈禍生兮無朕，蒙穢惡兮宮闈。將剖心兮自陳，冀回照兮白日；寧庶女兮多慚，遏飛霜兮下擊。顧女子兮哀頓，對左右兮摧傷；共西曜兮將墜，忽吾去兮椒房。呼天地兮慘悴，恨今古兮安極；知吾生兮必死，又焉愛兮旦夕。

此詞蓋其自盡時所作也。蕭后之死，事頗寃。迨乾統初，追謚宣懿皇后，合葬慶陵。清初朱彝尊作遼后妝洗樓詞，調寄臺城路，長白、納蘭性德、嘉善、曹爾堪又作遼后妝洗樓廢址詩，以詠其事。而趙士喆之遼宮詞百首，對於蕭后死事，更多慨乎其言之矣。

二　天祚蕭妃

天祚蕭文妃，小字瑟瑟，善歌詩。見女眞作亂，帝畋游不息，忠臣被斥，作歌諷諫，天祚銜之，後以廢立事誣妃賜死。其詩有諷諫歌，詠史詩。

諷諫歌

勿嗟塞上兮暗紅塵，勿傷多難兮畏夷人。不如塞奸邪之路兮，選取賢臣。直須卧薪嘗膽兮，激壯士之捐身。可以朝清漠北兮，夕枕燕雲。

周春范遼詩話云：「按葉志所載，蓋史家以原詩稍俚，故潤色之也。」又詠史云：

丞相來朝劍佩鳴，千官側目寂無聲。養成外患嗟何及，宰盡忠良諫不行。親戚並居藩屏位，私門潛蓄爪牙兵。可憐二世秦天子，猶向宮中望太平。

遼詩話：「按此與前首，史中俱作歌詞，增入兮字，題曰其二，今依葉志爲七律而題曰詠史，以律體差勝也。」余按此詩本不高，增入兮字，更覺贅疣，不如律體之較爲簡便也。明鍾惺名媛詩歸亦作七律詠史。

參考書目

新五代史　宋歐陽修撰徐無黨注四部叢刊本

五代會要　宋王溥撰聞聚珍本

南唐書　宋陸游撰汲古閣本

宋史（文藝志）元脫脫撰四部叢刊本

遼史拾遺廿四卷　清厲鶚撰振綺堂刻初印繆荃孫舊藏

遼詩話　周春菴撰（歷代詩話內）醫學書局本

才調集十卷　蜀韋縠撰四部叢刊本

花間集十二卷　蜀趙崇祚編四部叢刊本，杭州官局本

漱玉詞　宋李清照撰通行本

斷腸詩詞　宋朱淑貞撰坊間通行石印本

女子絕妙好詞選　周勒山編中華圖書館石印本

歷代名媛詩詞　陸昶編掃葉山房本

能改齋漫錄　吳曾撰坊刻本

詞苑叢談　徐釚編有正書局本

詞林紀事　張宗橚編石印本

歷代女子文集（附錄詩餘）掃葉山房本

苕溪漁隱叢話　胡仔編安徽刻本

宋詞研究　胡雲翼著中書華局出版

三家宮詞三卷（花蕊夫人）明毛晉編石印本

二家宮詞二卷（楊后）明毛晉編石印本

李清照的生平及其詞　胡雲翼編小册子石印本

詞史　劉毓盤編北大講義本

第六章　元明婦女文學之復興

婦女文學，至元明，又呈復興之象。就中若鄭允端之幽秀典麗，孫蕙蘭之清新淹雅，管氏姊妹之飄逸，薛氏二女之清脆，凡此諸人，皆元代作詩之能手也。洎乎朱明，尤多作家。孟淑卿朱妙端不愧初期之傑。陸卿子徐小淑堪稱中葉之雄。至於末世，若吳江三沈——大榮、倩君、曼君——葉氏諸女——昭齊、小紈、小鸞——尤為秀出；而午夢堂一門風雅，諸姑姊妹，汾湖聯吟，上以繼鸝吹姊妹之餘業，下以開清初諸家之先聲，不獨為有明一代婦女文學之後勁已也。

第一節　元宮人詩

元宮人之能文學者，以程一寧凝香兒為最。武宗駱妃雖號能詩，然僅有舞月歌一首，而文采未極也。

此外元代文學，有一特殊之點，卽以胡語雜入漢文也。周憲王元宮詞云：「獨木涼亭謁宴時，年年巡幸孟秋歸。紅妝小妓頻催酌，醉倒花前阿剌吉。」按「阿剌吉」，蒙古語燒酒也。（見方以智物理小識）又張光弼塞上謠云：「妖姬二八貌如花，留宿不問東西家。醉來拍手趁人舞，口中合唱阿剌剌。」所云「阿剌剌」，不知何解，想亦蒙古語也。至於婦人之作如阿蘊主之愁憤詩云：「……吐嚕吐嚕段阿奴，施宗施秀同奴歹。雲片波鱗不見人，押不蘆花顏色改。」則詩中更多胡語也。

一　駱妃之舞月歌

駱妃者，武宗妃也，有舞月歌一首。元氏掖廷記云：己酉（西紀一三〇九）武宗與諸嬪妃泛月於禁苑太液池中，月色射波，池光映天，綠荷含香，芬藻吐秀，游魚浮鳥，競戲羣集。於是畫鷁中流，蓮舟夾持。舟上各設女軍，居左者冠赤羽冠，服斑文甲，建鳳尾旗，執泥金畫戟，號曰「鳳隊」；居右者冠漆朱帽，衣雪氅裘，建鶴翼旗，執灑粉雕戈，號曰「鶴團」。又綵帛結成採菱蓮之舟，往來如飛。當其月麗中天，彩雲四合，帝乃開宴張樂，薦蜻蜓之脯，進秋風之鱠，酌元霜之酒，啗華月之糕，令宮女披羅曳縠，前爲八展舞，歌賀新涼曲，有駱妃者，素號能歌，趨出爲帝舞月照臨而歌曰：

舞月歌

五華兮如織，照臨兮一色。麗正兮中域，同樂兮萬國。

歌畢，帝悅其以月色喻己，賜八寶盤玳瑁盞，諸妃各起賀。（元詩紀事）此歌雍容雅正，氣象端嚴，固貴族文學之本色也。

二 程一寧之惜春詞

程一寧者，順帝淑妃也。有春夜吹笛詞、惜春詞，與龍瑞嬌、戈小娥、張阿元、支祁氏、英英、凝香兒皆見寵於順帝，宮中稱爲「七貴」。元氏掖庭記云：程一寧未得幸時，嘗於春夜登翠鸞樓，倚欄弄玉龍之笛，吹一詞云：

蘭徑香鎖玉輦蹤，梨花不忍負春風。綠窗深鎖無人見，自碾朱砂養守宮。

帝忽於月下聞之，問宮人曰：「此何人吹也?」有知者對曰：「程才人所吹。」帝雖知之，未召也。及後夜，帝復遊此，又聞歌一詞云：

牙牀錦被繡芙蓉，金鴨香銷寶帳重。竹葉羊車來別院，何人宮聽景陽鐘。

又繼一詞云：

淡月輕寒透碧紗，窗屏睡夢聽啼鴉。春風不管愁深淺，日日開門掃落花。

又吹惜春歌云：

春光欲去疾如梭，冷落長門苔蘚多。懶上妝臺脂蓋蠹，承恩難比雪兒多。

歌中音語咽塞，情極悲愴。帝因謂宮人曰：「聞之使人能不悽愴?深宮中有人愁恨如此，誰得而知，蓋不遇者亦衆矣。」遂乘金根車至其所，寧見龍炬簇擁，遂趨出叩頭俯伏。帝親以手扶之曰：「卿非玉笛中自道其意，朕安得此」……笑謂寧曰：「今夕之夕，情圓氣聚，然玉笛卿之三青也，可封圓聚矦。」自是寵愛日隆。（元詩紀事）此段文字，頗有文學上歷史上之價値。蓋在昔日專制時代，君主每每恣情佚樂，三宮六院，嬪妃數千，供之者多，者，若程才人御之者少。君主之不能遍幸也，於是「紅葉題詩」遂爲深宮怨女豔談之故事，若程才人者，能以文字傳情，宣洩其內心之欲，使見幸於人主，勝於竹葉羊車多多矣。

三 凝香兒之弄月曲

凝香兒者，順帝才人也。有弄月曲、天香亭歌、採菱曲、採蓮曲諸詩，亦宮人之有才情者也。元氏掖庭記云：凝香兒本部下官妓也，以才藝選宮，遂充才人。帝嘗中秋夜泛舟禁池，香兒着瑣里綠蒙之衫，又服玉河花蕊之裳，香兒以小艇蕩漾於波中，舞婆娑之隊，歌弄月之曲云：

蒙衫兮蕊裳，瑤環兮瓊璫。泛予舟兮芳渚，擊予檝兮徜徉。明皎皎兮水如鏡，弄蟾光兮捉娥影。露團團兮氣清，風颼颼兮力勁。月一輪兮高且圓，華綵發兮鮮復妍。願萬古兮每如此，予同樂兮終年。

帝復置酒於天香亭，香兒復易服趨亭前，昂鸞縮鶴而舞焉。乃復歌云：

天風吹兮桂子香，來閶闔兮下廣寒。塵不揚兮玉宇靜，萬籟泯兮金階涼。元漿兮延酒，兔霜兮爲侑，舞亂兮歌狂，君飲兮一斗。鷄鳴沈兮夜未央，樂有餘兮過霓裳。

吾君吾王兮壽萬歲，得與秋香月色兮酬酹乎樽觴。

京城北三十里有玉泉山，帝於夏月，嘗避暑於北山之下曰西湖者，其中多荷蒲菱芡，帝以文梓爲舟，伽南爲楫，隨風輕漾。又作採菱小船，縛綵爲棚，木蘭爲槳，命宮娥乘之，以采菱爲水戲。時香兒亦在焉，帝命製採菱曲，使篙人歌之。遂歌水面煎青之調云：

伽南楫兮文梓舟，泛波光兮遠夷猶。波搖搖兮舟不定，揚予袂兮金風兢。棹歌起兮纖手揮，青角脫兮水瀠洄。歸去來兮樂更誰？

篙人歌之，聲滿湖上，天色微曛，帝乃周遊荷間，取荷之葉，或以爲衣，或以爲蓋。又命作採蓮之曲，於是調折新荷而歌云：

放漁舟兮湖之濱，剪荷柄兮折荷英。鴛鴦飛兮翡翠驚，張蓮葉以爲蓋兮，緝藕絲以爲衿。雲光淡兮微煙生，對芳華兮樂難極。返予棹兮山月明。

凝香兒諸曲，清脆流利，一片天眞，非如駱妃之端莊，程一寧之含怨也。錦心繡口，吐氣如蘭，眞無負其爲才人矣。順帝宮人之能文者，除程一寧凝香兒外，逐鹿記載一宮人，元亡後，殉難。不詳其名字，有絕筆詩云：「君王慧性被奸迷，妾曾三諫觸閭墀。不能死守身先遁，致令鐘移社稷墟。」（元詩紀事）觀其語氣亦花蕊夫人答宋祖詩之類，蓋宮人之負有奇氣者也。

第二節　管氏姊妹

吳興管氏有二女，曰道杲，道昇。並工詩，善書畫。道杲適南潯姚氏；道昇夫卽書家趙孟頫也。趙嘗欲置妾，以小詞調管夫人云：「我爲學士，你做夫人。豈不聞陶學士有桃葉，桃根，蘇學士有朝雲，暮雲？我便多娶幾個吳姬越女無過分。你年紀已過四旬，只管占住玉堂春！」夫人答云：「你儂我儂，忒煞情多，情多處，熱似火！把一塊泥，捻一個你，塑一個我，將咱兩個一齊打破，用水調和，再捻一個你，再塑一個我。我泥中有你，你泥中有我。我與你生同一個衾，死同一個槨。」趙得詞大笑而止。（女子絕妙好詞小序）閨房調笑之詞，亦可以想見管夫人之風致矣。

一　管道杲

道杲嫁姚氏，烏程縣志云「道昇姊道杲適南潯姚氏，亦善書畫。」（列女附傳）履園叢話云：世傳管仲姬墨竹最多，而眞者絕少。憶於甲寅三月，余在錢塘晤鮑渌飲先生於西湖寓中，見一卷，當是夫人傑作，後有夫人之姊名道杲者，嫁於姚，居南潯，一詩一跋，寫作俱妙。後跋云：

> 至大二年，（西紀一三〇九）四月二日。吾妹魏國夫人仲姬見訪於南潯里第，宴坐君子軒。夫人笑曰：「君子名軒，何以無竹？」爰使奴磨墨寫此幅於軒中。夫婦人之事，箕帚中饋刺繡之外，無餘事矣。而吾妹則無所不能，得夫所謂女丈夫乎？爲吾子孫者，可不寶之？他日妹丈松雪來看，當可乞題詠也。姚管道杲識。

短跋雋永有致，雖寥寥數行，亦可以覘其所學矣。叢話又謂姚氏之婦，世以書名得，非夫人之教耶？

跋仲姬墨竹詩

綠窗無長物，樹蕙與滋蘭；光風布淑氣，揚揚晼畝間。窗外何所有？修竹萬千竿；密葉敷午蔭，勁節當歲寒。方欣同臭味，且以報平平；吾妹忽來顧，綠紗生薄寒。幔結貽佩纕，重重青琅玕；寫眞一揮灑，翰墨猶未乾。古意鎮長在，高風渺難攀；况有斐比德，懿名垂不刊。

二 管道昇

道昇，字仲姬，一字瑤姬，趙子昂之室也。子昂爲宋宗室，仕元爲翰林學士，承旨而死，生平嘗以枉節自恨。其弔岳王墳云：「南渡君臣思社稷，中原父老望旌旗。」綣懷故國之思，流露文字間。正與吳梅村詩「我本懷王舊鷄犬，不隨仙去落人間。」(述懷詩)文字中固隱有亡國之痛也。仲姬工詩畫，淡榮利，與子昂倡隨爲樂。晚年閉門禮佛，與比邱尼妙蓮善，爲作觀音大士傳，畫長明菴圖。蓋尼亦能詩者，長明菴其修行地也。

仲姬詩以題畫之作爲多，其自題畫竹云：

宴罷歸來未夕陽，鎖衣猶帶御爐香；侍兒不用頻揮扇，修竹蕭蕭生嫩涼。

寄子昂君墨竹云：

夫君去日竹初栽，竹已成林君未來；玉貌一衰難再好，不如花落又花開。

庚子銷夏記云：管夫人畫竹，風格勝子昂，此幀凡三竿，極其蒼秀。並自題一詩云：

春晴今日又逢晴，閒與兒曹竹下行；春意近來濃幾許，森森稚子石邊生。

夫人又善蘭梅，嫏嬛記云：「管夫人性嗜蘭梅，下筆精妙，不讓水仙。有時對庭中修竹，亦自興至，不能自休。」紅樹樓選載其自題畫梅云：

雪後瓊枝嬾，霜中玉蕊寒。前村留不得，移入月中看。

仲姬詞以漁父詞爲第一，詞云：

遙想山堂數樹梅，凌寒玉蕊發南枝。山月照，曉風吹，只爲清香苦欲歸。

南望吳興路四千，幾時閒去霅溪邊。名與利，付之天，笑把漁竿上畫船。

身在燕山近帝居，歸心日夜憶東吳。斟美酒，鱠新魚，除卻清閒總不如。

人生貴極是王侯，浮利浮名不自由。爭得似，一扁舟，弄月吟風歸去休。

此詞之尾，有子昂識語云：「吳興郡夫人，不學詩而能詩，不學畫而能畫，得於天者然也。此漁父詞皆相勸以歸之意，無貪榮苟進之心。其與老妻強顏道：『雙鬢，未全斑，何苦行吟澤畔，不近長安』者異矣。」（清河書畫舫）

仲姬詩除上所述之外，好古堂書畫記又載其自題竹石云：「暮嶂遠含青，春光帶碧空。細看風前枝，拋書枕蘿石。」又池北偶談亦記其「山迴新倚閣，竹掩舊朱門」之句，外此則斷句零字，不多覯矣。

第三節　鄭允端與孫蕙蘭

元世婦女，管氏姊妹外，鄭允端不愧大家。蓋閨閣清才，每工小詩，爲古詩者絕少，肅雝集儘多古體，高朗閒雅，自異凡流。雖其間筆力時有未遒處，然比之綠窗遺稿專以風韻取勝者，便勝過一籌矣。

一　鄭允端

鄭允端，吳中施伯仁妻也。穎敏，工詩詞。其夫村俗，不諧，以詩自遣。所著有肅雝集，且多爲古體。如題耕牧圖、題望夫石、詠鏡、紀夢、聽琴、題秋胡戲妻、擬搗衣曲、羅敷曲、吳人嫁女辭、題山水障歌、悼鶴、追和虞伯生城東看杏花韻諸詩，雖音節自高，而筆力未逾，蓋閨閣之筆，祇宜近體，若古詩局法音節未諳，欲古而不古也。至其近體小詩頗幽秀有風致。

題畫

青松望極似桃花，去去仙源路不賒。便好解衣衝水過，洞中午飯熟胡麻。

水檻

近水人家小結廬，軒窗瀟灑勝幽居。凭欄忽聽漁榔響，知有小船來賣魚。

秋窗書懷

詩骨從來不受肥，那堪衰病弗勝衣。朝來試把羅裙整，瘦比今春又半圍。

楮帳

昔隨阿母上蓬萊，雲氣如銀拂面來。今日夢中猶是見，梅花相對一牀開。

允瑞又有桃花集句一詩，警醒膾炙人口然或疑此詩非允端作也。列朝詩集「楊循吉吳中往哲記云：『女秀一人李氏，洪武間人，有集一卷，警句曰：桃花一簇云云。』」此詩載鄭氏肅雝集中，錢惟善及杜寅爲敍傳曰：「鄭氏居吳中，號花橋鄭家，嫁同郡施伯仁，能詩文。至正丙寅，妖兵據城，家爲盜所破。年三十，得病卒。」君謙博學多聞，而此詩屬諸李氏，豈偶失考耶。詩云：

細雨春寒江上時，小桃欹樹出疎籬；從教一簇開無主，終不留題崔護詩。

吳人嫁女辭質朴如古謠，詩云：

種花莫種官路傍，嫁女莫嫁諸侯王；種花官道人折取，嫁女侯王不久長。花落色衰人易變，離鸞破鏡終成怨；不如嫁與田舍郎，白首相看不下堂。

允端此辭，殆亦有天壤王郎之感耶？不然，何其言之憤憤也。肅雝集中佳制正多，不備錄，又四庫全書存目碧筩一首結有云：「可笑狂生楊鐵笛，風流何用飲鞵盃。」傳爲允端所作，然考之史册，楊鐵笛艧盃故事，在至正丙午，（西紀一三六六）以允端小傳計之，是時已歿十餘矣。

二　孫蕙蘭

孫蕙蘭名淑，其先汴人也。高朗秀慧。年六歲，母卒。父教以詩書，長習女工，事繼母盡孝。其詩皆清雅可觀，既而皆毀其稿，家人勸之。則曰：「偶適情耳，女子當治織紝組紃以致其孝敬，詞翰非所事也。」貴室求婚，父不許。年二十三始歸新喻傅汝礪爲妻，不數年，病卒。家人出其稿編集成帙，題曰綠窗遺稿。其詩清新淹雅，雖僅十餘章，然已卓然名家，識者知其非淺淺也。

團扇

小小春羅扇，團團秋月生。蟠桃花樹裏，繡得董雙成。

拂眉

自拂雙眉黛，何曾慣得愁。若教如翠柳，便恐不禁秋。

蕙蘭又有偶成九首，俱新雅可誦，茲備錄之於次：——

樓前楊柳發新枝，樓下春寒病起時。獨坐小窗無氣力，隔簾風斷海棠枝。

綠窗寂寂掩殘春，繡得羅衣懶上身。昨日翠帷新病起，滿簾飛絮正愁人。

幾點梅花發小盆，冰肌玉骨伴黃昏。隔窗久坐憐清影，閑劃金釵記月痕。

繡被寒多未欲眠，梨花枝上聽春鵑。明朝又是清明節，愁見人家買紙錢。

春雨隨風濕粉牆，園花滴滴斷人腸。愁紅怨白知多少，流過長溝水亦香。

春風昨夜碧桃開，正想瑤池月滿臺。欲折一枝寄王母，青鸞飛去幾時回。

空堦日晚雨纔乾，小婢相隨倚畫欄。金釵誤掛緋桃落，羅袖愁依翠竹寒。

小窗今日繡鍼閒，坐對銀蟾整翠鬟。凡世何曾到天上，月宮依舊似人間。

庭院深深早閉門，停針無語對黃昏。碧紗窗外初生月，照見梅花欲斷魂。

其偶成九首，盡態極妍，復使歌篇減韻，比之春曉、春雪、對茗、觴壽諸詩，風韻多矣。輟耕錄又記其軼事云：傅汝礪先生嘗志其妻殯云云。及序其遺稿云：「故妻孫氏蕙蘭，因其弟受唐詩家法於庭，取而讀之，得其音格，輒能爲近體五七言詩，皆閒雅可誦，非苟學所能至者。然不多爲，又恆毁其稿，家人或竊而收之。既卒，家人哭而稱之，因出稿，得五言七首，七言十一首，未能成章者二十六句。特彙而偏集成帙，題曰綠窗遺稿，『花間影過那知燕，柳外聲來不見鶯。』又『慈親教婢囘金剪，嬌妹嗔人奪繡針。』皆未成章中佳句也。」

第四節　楊維禎與婦女文學

元代詩人，喜奬挹婦女文學者，前有趙孟頫，後有楊維禎。維禎，字廉夫，居鐵厓山，因以地名爲號，又別號鐵笛道人。長於樂府，根抵於靑蓮昌谷，縱橫排奡，自闢睦徑，其樂府號鐵厓體。王漁洋論詩絕句云：「鐵厓樂府氣淋漓，淵穎歌詩格盡奇，耳食紛紛說開寶，幾人眼見宋元詩。」元穎，吳萊詩集名，亦元代詩人也。然曲高和寡，名盛忌隨，故彼雖文采照耀一時，而彈射者亦復四起，王彝至作文妖篇以詆之。亦猶章學誠之詆袁子才爲「今世妄人」（文史通義婦學篇）也。

鐵厓居西湖日，曾製西湖竹枝詞，（註一）和者數百人。女子曹妙清、張妙靜亦有和詞，俱見西湖竹枝集，茲更詳述之。

（註一）鐵厓有西湘竹枝集備載和詩諸人小傳。——竹枝詞乃中國詩體之一，其先本民歌也。往昔詩人，每視爲下里巴人之詞。然時至今日，平民文學之運動正熾，昔人所不重者，今反視爲至寶。竹枝詞，乃又研究平民文學之絕好資料也。至竹枝詞體之起，約在唐時。全唐詩云：「竹枝本出於巴渝，唐貞元中，劉禹錫在沅湘，以俚歌鄙陋，乃依騷人九歌作竹枝新辭九章，教里中兒歌之，由是盛於貞元元和之間。其音協黃鐘羽，末如吳聲，含思宛轉，有淇濮之豔。」由此以觀，竹枝本巴渝沅湘間之一種民歌，劉禹錫不過取而修潤其詞，便於里中兒歌唱而已。唐朝以後，歷代詩人，每好爲此體。更有仿竹枝詞而作楊枝詞柳枝詞橘枝詞桃枝詞桂枝詞松枝詞……等，更僕而難數矣。

一　曹妙清與張妙靜

曹妙清，字比玉，號雪齋，錢唐人，有詩集。楊維禎爲之序西湖竹枝集云：「曹妙清，字比玉，自號雪齋，善鼓琴，工詞章，三十不嫁，而風操可尚，觀其所賦竹枝詞，可識其人焉。」

西湖竹枝詞

美人絕似董嬌嬈，家住南山第一橋；不肯隨人過湖去，月明夜夜自吹簫。

妙清亦工書。楊維禎云：「曹妙清行書點畫，皆有法度。嘗寫詩寄予，予答之曰：『紅牙管帶紫狸毫，雪水初融玉帶袍。寫得薛濤萱草帖，西湖紙價頓能高。』」（元詩紀事）蟫精雋「元時，錢唐曹妙清，其事母尤孝謹，鐵厓答詩云云，玉帶袍，蓋其家硯名也。」

與妙清同時者，有張妙靜，字惠蓮，亦錢唐人。居姑蘇春草樓，號自然道人。亦有和鐵厓西湖竹枝詞云：

憶把明珠買妾時，妾起梳頭郎畫眉；郎今何處妾獨在，怕見花間雙蛺蝶。

蟫精雋：「張妙靜善詩曉音律，晚居姑蘇春夢樓，有竹枝詞云云。以詩觀之，曹乃處子之言，公羊氏所謂獨有童心也。張則拳拳舊主，熱心不二，其操亦可尚焉。」此則就二人詩之性格方面著論矣。

二　薛氏二女

剪燈新話：「吳郡富氏有姓薛者，至正初，居於閶門外，以糶米爲業。有二女：長曰蘭英，次曰蕙英，皆聰明秀麗，能爲詩賦。遂於宅後建一樓以處，名曰「蘭蕙聯芳之樓。」有詩數百首，號聯芳集。會稽楊鐵厓作西湖竹枝曲，和之者百餘，鏤板書肆。二女見之，笑曰：「西湖有竹枝曲，東湖獨無竹枝曲乎？」乃製蘇臺竹枝曲十章。

竹枝曲

姑蘇臺上月團團，姑蘇臺下水潺潺；月落西邊有時出，水流東去幾時還。

虎邱山上塔層層，夜靜分歸見佛燈；約伴燒香寺中去，自將釵釧施山僧。

門泊東吳萬里船，烏啼月落水如烟；寒山寺裏鐘聲早，漁火江楓惱客眠。

館娃宮中麋鹿遊，西施去泛五湖舟；香魂玉骨歸何處，不及眞娘葬虎邱。

洞庭金相三寸黃，笠澤銀魚一尺長；東南佳味人知少，玉食無由進上方。

荻芽抽笋楝花開，不見河豚石首來；早起腥風滿城市，郎從海口販鮮回。

楊柳青青楊柳黃，青黃變色過年光；妾似柳枝易憔悴，郎如柳絮太顚狂。

翡翠雙飛不待呼，鴛鴦並宿幾曾孤；生憎寶帶橋頭水，半入吳江半太湖。

一綰鳳髻綠如雲，八字牙梳白似銀；斜倚朱門翹首望，往來多少斷腸人。

百尺高樓倚碧天，欄干曲曲畫屏連；儂家自有蘇臺曲，不去西湖唱采蓮。

此詩隨意落筆，口齒鬆脆，竹枝體中亞調也。又有梅花尼，未詳姓氏，有詠梅花絕句，人因呼爲梅花尼。其詩曰：「終日尋春不見春，芒鞋踏破嶺頭雲。歸來笑撚梅花嗅，春在枝頭已十分。」其格調又近乎竹枝矣。

第五節　明初三秀與鐵鉉二女

元末文學，多流於纖穠綺麗之音，明初承之，蓋猶沿楊鐵厓，吳中四傑之風也。鐵厓雖元人，然至明初尚存，太祖曾遣使奉幣召之，卒不出。七十五歲死。故鐵厓可爲元末明初之過渡者，其影響於明初文學界亦甚鉅也。

弘正以前婦女之能詩者，孟淑卿、朱妙端、陳德懿三人爲最有名。諸人詩格雖不同，然皆卓然名家，無愧爲明代婦女文學之前驅也。

一 孟淑卿

淑卿，蘇州人，孟澄之女。有才辯，工詩詞，別號荆山居士。嘗論：「作詩貴脫胎化質，僧詩無香火氣，女詩無脂粉氣，秀士詩無寒酸氣，道士詩無修養氣，山人詩無幽僻氣，朱淑貞固有俗病，李易安可與語耳。」爲士林所賞。然其詩若對鏡、美人圖諸詩固猶是香奩之遺也。

又詠楊妃菊云：

霓裳舞罷小腰肢，低首臨風幾許思；莫怪姿容太妖冶，半緣卯酒半燕支。

淑卿詩又多感懷之作，如春歸、登樓諸詩，儘多幽怨之詞。

春歸

落盡棠梨水泊隄，萋萋芳草望中迷。無情最是枝頭鳥，不管人愁只管啼。

登樓

爲憐春去不登樓，纔上南樓動遠愁；滿地落花紅雨亂，接天芳草綠雲稠。

秋日書懷

蟬咽庭槐泣素秋，幾行新雁度南樓。天邊莫看如鈎月，鈎起新愁與舊愁。

淑卿早年喪偶，觀其對鏡一詩：「清晨對鳳奩，含情強妝束。旣已命如塵，何須顏如玉」。愁憤之詞，溢於言表。更讀其悼亡一首，尤想見其黃昏月夜時也。詩云：

斑斑羅袖濕啼痕，深恨無香使返魂；荳蔻花存人不見，一簾明月伴黃昏。

淑卿又有席上贈妓一詩，似問似嘲，情景宛然。詩云：

石榴裙子稱纖腰，唱徹新聲換玉簫；背倚東風偸拭淚，爲誰腸斷爲誰嬌？

二　朱妙端

明代女子多有學爲古賦者，如朱妙端、徐媛、陸卿子、丁孝懿等。妙端之雙鶴賦尤爲有名。妙端字仲嫻，號靜庵，海寧人朱祚女。幼穎悟，工詩，卒年八十餘，著有靜庵集十卷。其近體詩清新雋逸，頗饒神韻。詠古諸作，感慨而有風致，可以卓然名家矣。

其詩如虞姬云：

力盡重瞳霸氣消，楚歌聲裏恨迢迢。貞魂化作源頭草，不逐東風入漢郊。

白苧詞

西風蕭蕭天雨霜，館娃宮深更漏長。銀台絳蠟何煌煌，笙歌勸酒催華觴。美人起舞雪滿堂，清歌宛轉飛雕梁。君王沉醉樂未央，臺前月落天蒼蒼。

吳山懷古

萬里中原戰血腥，宋家南渡苦爲情。忠臣有志淸沙漠，庸主無心復汴京。北塞春風啼蜀魄，西湖夜月照瑤箏。百年興廢空陳跡，回首吳山落照明。

音節蒼涼，感慨獨至，蓋不勝滄桑興亡之感也。至西湖竹枝詞、暮春、初夏諸首，則又淸新宛轉極風韻之至。

竹枝詞

西子湖頭賣酒家，春風搖蕩酒旗斜；行人沽酒唱歌去，踏碎滿階山杏花。

橫塘秋老藕花殘，兩兩吳姬蕩槳還；驚起鴛鴦不成浴，翩翩飛過白蘋灘。

此詞第一首，乃一幅「踏花歸去滿蹄香」圖，次首乃一幅「美人採蓮圖」，王摩詰所謂詩中有畫者也。又病中、閨怨述自家心事，不禁感慨係之矣。

病中

剔盡寒燈夢不成，擁衾危坐到三更。不知何處吹羌笛，落盡梅花月滿城。

閨怨

啼鳥驚回曉夢醒，起來無力倚銀屏。蛾眉未得張郎畫，羞見東風柳眼青。

靜庵嘗讀李易安詞題云：「一代才華眞可惜，錯將閒恨寄新詩。」亦以所配非偶，每形諸詠，有籬落見梅云：「可憐不遇知音賞，零落殘香對野人。」更讀閨怨諸作，知靜庵天壤王郎之感深矣。

秋日見蝶

江空木落鴈聲悲，霜染丹楓百草萎。蝴蝶不知身是夢，又隨秋色上寒枝。

「不隨蝶夢迷花下」此乃有悟之言。蓋飽經世事人也。又有春蠶詞二首，確語質語，時見其奧，詞云：

桃花落盡日初長，陌上雨晴桑葉黃。拜罷三姑祭蠶室，漸籠溫火暖蠶房。

交交戴勝屋頂鳴，桑柘青青鳥巳生。女兒守箔夜無寐，切葉喂蠶天欲明。

靜庵嫁教諭周濟，落落寡歡，時見乎詞，其詩如前所舉者外，而雙鶴賦尤自寓意，讀其「山雞雜處，野鶩為倫，志昂藏而獨立，情偃蹇而弗伸」則自寓自況，更昭然若揭也。

三　陳德懿

仁和有陳德懿者，南康守陳敏政之女也，纓簪奕世，文墨禪家。陳通達往典，諳練時務，晚年工詩，著作甚富，與朱靜庵相酬唱。惜子孫不習文藝，珠璣散逸，有蔣子者，獲遺稿於敗簏中，輯為四卷。

朱靜庵許過見訪作此以寄

美人曾約來相訪，底事雲軒竟不過？深院雪消芳草綠，小園風過落梅多。

欲餐白石先投藥，愛寫黃庭不換鵝。我欲共君修大道，他年銅狄再摩娑。

德懿律詩尤工，如至淮陰、高郵、秋興、行闔山、遺興、暮春、秋夜諸篇，寫景均勝。晚年飽經世變，厭懷時事，每有出塵之想，如書懷、雜興、贈五臺尼雲秀峯諸詩。至哭夫一首，又不禁身世凄涼之感也。

哭夫

將相功名四十年，豈期一別隔重泉。文章自合今時範，政績堪爲後世傳。對鏡每傷鸞影隻，傳家須得鳳毛賢。凄風苦雨寒燈下，幾度哀思淚慘然。

書懷

五十年來鬢已華，只將修煉作生涯。丹書細閱求傳道，爐灶時封學養砂。服食未諳雲母粉，幽棲多種石榴花。閒來想像陶弘景，高拱樓居遠俗譁。

德懿早年之作與晚歲截然爲二，其分界處，乃在悼亡時也。早年詩如春日云：「池塘弄碧鋪輕絮，庭院飛紅謝小桃。」又「日午堂前人語寂，雨晴堤上燕羣高」。何等輕豔；至其哭夫以後，若書懷詩云：「自知學道疎人事，每爲搜詩減夜眠。閉戶欲尋芳草地，捲簾愁對杏花天」則是學道人生活矣。

又行閩山一詩，乃絕妙一幅山水圖，亦早年作也。詞云：

行盡山溪路渺茫，幾家茅屋對斜陽；引泉竹溜穿廚入，厭粉松花逶舍香。樵徑無人間臥犢，石田有雨漸分秧；平生頗有山林僻，欲向溪邊結草堂。

至淮陰

淮河西畔泊舟行，野蓼汀花客對愁。帆影遠隨波影滅，櫓聲低逐浪聲流。雲橫遠岫千林晚，雨過長堤兩岸秋。最是烟波好風景，白蘋深處浴輕鷗。

高郵

蕭蕭蘆葦沒長堤，野色秋光總入題。木落山空雲影薄，天高水闊浪痕齊。商船泊岸牙檣密，旅館招人酒旆底。一片孤帆隨鳥沒，又聞柔櫓夕陽西。

又有鄒賽貞者，當塗人。少聰慧，博雅好吟。每有奇句，見者以爲無愧能言之士，因號曰士齋。有士齋詩三卷，女壻費鵝湖爲之序，所謂：「文采絢爛，若機錦之初剪；意味雋永，若鼎和之旣調音韻鏗鏘，又若雜佩之交振。」（士齋詩序語）又讀其祭濮公文祭𧨝兒文諸文，知賽貞亦當時之秀，其才固不在孟淑卿、朱妙端、陳德懿下也。

四　鐵鉉二女及其他

靖難之變，山東布政使鐵鉉力禦燕王，及燕王卽位，殺之，發其二女入教坊，二女義不受辱。後原問官至坊，二女各獻詩，詩聞皆赦，以適士人。鉉能詞，有浣溪沙詞一首，亦廣平梅花之賦也。詞云：「晚出閒庭看海棠，風流學得內家妝；小釵橫戴一枝香，削玉梳斜雲鬢膩；鏤金衣透雪肌涼，暗思何事立斜陽。」二女名字不傳，僅以長次分之

長女上父同官詩云：

教坊脂粉洗鉛華，一片閒心對落花。舊曲聽來猶有恨，故園歸去已無家。雲鬟半挽臨妝鏡，雨淚空流溼絳紗。今日相逢白司馬，樽前重與訴琵琶。

次女上父同官詩云：

骨肉傷殘產業荒，一身何忍去歸娼。淚垂玉筯辭官舍，步蹙金蓮入教坊。攬鏡自

憐傾國色，向人休學倚門妝。春來雨露寬如海，嫁得牛郎勝阮郎。

君主喜怒罪及妻孥，想見專制餘威，令人不寒而慄矣。當鐵鉉守山東時，燕王至城下攻之，百方終不能克，乃以礮石擊其城，將破，鉉書明太祖牌懸城上，燕王不敢擊，姚廣孝獻計曰：「師老矣，不如舍之而去。」及燕王卽位，殺鉉，發其家屬教坊爲娼，所以洩恨也。此事王鏊震澤紀聞述之頗詳。

以下更述其他能詩婦人——

明初詩人，林子羽名鴻，閩中十才子之一也。先是，有閩縣女子張紅橋，聰敏善屬文，將才擇壻。林子羽投以詩曰：「桂殿焚香酒半醒，露華如水點銀屏。含情欲訴心中事，羞見牽牛織女星。」遂往來酬和，爲子羽外室。後子羽有金陵之遊，紅橋感念而卒，蓋一多情多才婦也。

初答林子羽

梨花寂寞鬬嬋娟，銀漢斜臨繡戶前。自愛焚香消永夜，從來無事訴青天。

和林子羽

橋畔千花照碧空，美人遙映水雲東。一聲寶馬嘶明月，驚起沙汀幾點鴻。

遺林子羽

一南一北似飄蓬，妾意君心恨不同。他日歸來亦無益，夜臺應少繫書鴻。

紅橋與子羽唱和之詩詞甚多，茲不過略錄一二耳。其詞有念奴嬌別情一闋，內心之描寫頗工。詞云：

鳳凰山下恨聲聲，玉漏今宵易歇。三疊陽關歌未竟，城上棲烏催別。一縷情絲，兩行淸淚，漬透千金鐵。重來休問，樽前已是愁絕。還憶浴罷描眉，夢回攜手，踏碎花間月。漫道胸前懷荳蔻，今日應成虛設。桃葉津頭，莫愁湖畔，遠樹雲烟疊。剪燈簾幕，相思誰與同說？

除上舉諸人之外，明初尚有娟娟者，有寄別木元經詩，王嬌鸞有長恨歌，戴伯璘有寄和林生詩，宋氏（宋濂族女）有題郵亭壁歌；此數人雖其詩婉轉生情，時復可取，然其人與事，恐屬子虛，而爲好事者所僞託。正如元代之王嬌紅、賈娉娉、劉翠翠（註一）一類也。此外又有周氏婦與金山寺僧事，劉氏女男裝事，（註二）其故事均可作傳奇張本，然而其詩不足取也。

（註一）王嬌紅事，見紅樹樓選。賈娉娉事，見剪燈餘話。劉翠翠事見剪燈新話，元詩紀事亦詳載之。

（註二）兩人詩，見鍾惺名媛詩歸。

第六節　明中世以後文學

弘正之際，內外多事，西北邊境，屢遭寇擾；權閹竊柄，天子日以嬉遊爲務；士大夫無復爲用，乃移其力於文學，於是中世詩文，轉駸駸有復起之象矣。——蓋明初詩人，或沿元習，或效宋體，故其弊仍流於曼麗靡蕪。李東陽出，一以清新雅馴爲歸，遂以開七子復古之先聲。沈德潛曰：「永樂以後詩，茶陵起而振之，如老鶴一鳴，喧啾俱廢。」（明詩別裁）是時復古之氣運愈熟，殆李何接踵而起，於是風氣大變，而婦女作者，亦於此時興焉。就中其卓然推爲大家者，以吳中陸卿子與徐小淑爲著。二人同時齊名，頗相酬唱，此外若王鳳嫺母女，更末世之健也。

一 陸徐之唱和

陸卿子吳人，寒山趙凡夫室也。秉心玄澹，不飾榮利，與趙結廬山中，繡佛長齋，吟咏無間，超然有遺俗之志。所著有考槃、玄芝二集，詩多古體，且每酬贈之作。茲錄其近體詩之清雅可誦者，覽之足以概其餘矣。

塞下曲二首

羌笛聲悲怨未還，月明一夜鬢毛斑。閨中莫漫空相憶，匹馬朝來又度關。

寒雁高飛蘆荻秋，朔雲不動動邊愁。黃沙千里行人斷，日暮魂銷哭隴頭。

「烏無聲兮山寂寂，鬼神聚兮雲冪冪。」正同此況，兩首絕詩，乃一篇弔古戰場文也。

卿子又有酬范夫人詩，新聲別調，其用字亦有蛛絲馬跡之妙。詩云：

萬壑松風萬壑秋，一聲啼鳥一聲愁；愁心欲寄憑誰說，寄與溪流帶淚流。

又山中憶范夫人——范夫人者，徐小淑也。詩云：

石壁倒垂霜葉紅，一溪流水月明中；月明何處偏生恨，江左瀛南路不通。

花燭詞、送顧氏姪于飛三首，詞極豔媚，此類詩惟女子優爲之，若無聊文人，強欲效顰，則刻鵠畫虎，求工而反拙矣。詞云：

月照妝樓夜不眠，學梳雲髻尙疑偏。細看鏡裏徘徊影，重拂鴉黃貼翠鈿。

「一生愛好是天然。」觀此尙是女兒嬌態。

畫檻雕闌綴綺疏，蘭房初試繡裙裾。重開芍藥帷前鏡，照見新妝別樣梳。

華燭含輝照洞房，簫歌聲裏識蕭郎。繁音豔節教春住，看取雙蛾畫更長。

卿子歌行中，以行路難、少婦吟、君子有所思行、悲歌行、妾薄命、白紵詞、西湖行、短歌行、諸篇爲饒有古意；五律中如山居諸作，亦工整；至其詞，有憶秦娥、感舊、畫堂春、春怨兩闋，亦雅品也。

憶秦娥感舊

砧聲歇，梅花夢斷紗窗月；紗窗月，半枝疎影，一簾淒切。心頭舊願難重說，花飛春老流鶯絕。今宵試問，幾人離別？

晝堂春春怨

晴空煙裊柳絲微，亂紅風定猶飛。杏花零落燕空歸，門外鶗啼。慵病不禁寬帶，諱愁無那尖眉，香消斜倚畫屏時，——此恨誰知？

卿子又能文，今所傳紫蛺蝶華賦，最有才名。而江母張夫人誄及題項淑裁雲草序，亦雅麗工整。

題項淑裁雲草序

我輩洒漿烹飪是務，固其職也。痛且戒，無所事，則效往古女流遺風，賡響而爲詩。詩固非大丈夫職業，實我輩分內物也。惜無嫻詞以傳其志，方且自慚。而得嘉禾項淑黃夫人者，名閨奇媛，出字高門，經史傳家，雕龍世業，染翰濡毫，不思而構；每一擷藻，落筆成風，雅逸鮮妍，備遵衆妙。觀者目眩心驚，即子墨客卿所不能得，而君得之若探囊取珠，非宿世才情，何以有此？我輩垂垂衰落，記述幾何，而謬爲見諒者妄錄其餘矣，庶幾比之饑年糠粃乎？他日感夫人而興起者何限，後生可畏，故知玉振金聲，君其作明時大家可望而至。因君謬爲見知，以此相勗，當必無讓。讀裁雲草一過，四山盡作玉佩琳瑯，山中人誠不貧矣。聊題數語，歸之詠雪齋。

與卿子以詩唱和者，徐小淑名媛，卿子詩中所稱范夫人者也。方維儀曰：「徐小淑與陸卿子唱和，稱吳門大家。然小淑所著絡緯吟，視卿子尤猥雜。」（宮閨詩評）梅花草堂筆談則謂：「徐小淑詩高自標致，陸卿子詩幽倩古淡。」今觀二人詩，雖各有所長，而才力信是伯仲之間，並無若何之軒輊也。小淑詩、詞、雜文均富，洵可名家，故另節以詳論之。

二　姑蘇徐小淑

徐媛，字小淑，法名淨照，徐實維之女，范允臨之妻也。小淑能文善書，與寒山陸卿子爲詩友，論詩獨不喜子美，而雅慕長吉。謂：「子美雖大家，然多俚語，易入學究；長吉怪怪奇奇，俱出自創，不致以鬼才開宋人門戶。所著有絡緯吟十二卷行世。

小淑詩亦以古體爲多，如詠芳草，題贈燈，秣陵弔故宮燈宵曲，山中孺子妾歌，弔蜀孫夫人諸篇，多學昌黎昌谷。然詞勝而意或不逮，好奇而才力未稱，故方維儀以爲猥雜也。然觀其近體諸作，境致自高，信足以頡頏卿子，睥睨一時矣。

虎邱懷古

石梁飛澗水滄茫，伏虎巖前草色黃；苔印尚留殘鳥跡，空餘疎柳泣斜陽。

舟泊虎邱

虎溪煙柳夕陽收，碧樹銀塘隱畫樓；一片香雲穿玉寺，半林明月影湖頭。

兩詩低徊感動，神韻悠揚。然若明妃詞及重弔孫夫人諸篇，則又亦悽亦慘，令人黯然傷懷也。

明妃詞

漢曲琵琶馬上彈，含悲緘怨度桑乾。獨憐瀚海千秋月，夜夜嬋娟青塚間。

重弔孫夫人三首

杜宇啼聲斷客腸，永安回首路茫茫。錦城絲管渾如夢，惟見春風掃綠楊。

將軍無策定雄圖，巾幗周郎豈丈夫。降城不假天山箭，粉黛翻爲金僕姑。

萬古傷心鎖碧湍，空餘衰草泣孤灘。相望蜀國深宮月，白帝城高起暮烟。

小淑前有弔蜀孫夫人並序，故此言重弔也。三首淒涼悲感，言有餘思。余於小淑詠古詩中，尤愛其楊玉環二首，豔綺驕冶，蓋極風趣之至矣。

楊玉環

六宮誰似美人芳，娘子齊稱擅玉房。豔極卻嫌脂粉汚，遠山微掃倚三郎。

亭亭浴罷出蘭湯，紅汗流珠玉粟涼。晝盡綠窗人不至，偷將玉笛惱寧王。

又竹枝詞

紅袖垂風紫陌東，門前斜插碧芙蓉。妾從江上投魚信，郎在瀟湘暮雨中。

余前所云小淑與卿子唱和之作，今觀其集中，有贈趙夫人，寄懷趙四夫人，酬趙夫人前韻，再寄趙夫人諸篇。趙夫人，卽陸卿子，蓋卿子，趙凡夫室也。

小淑詞亦錄其兩首

霜天曉角（題采石磯峨眉亭）

雙巒鬬碧，寒玉雕秋壁。兩道凝螺天半橫，無限青青色。

拍岸濤千尺，似鼓湘靈瑟。窗下鏡臺鸞去，空留得春山跡。

漁家傲（詠吳延陵郊居小齋）

板扉小隱清溪曲，夜月羅浮花覆屋。木籠戛戛搖生穀，莊田熟，桔槔懸向茆簷宿。

青山一片芙蓉簇，林皐逸韻飄橫竹，遠浦輕帆低幾幅。濃睡足，笑看小婦雙鬟綠。

絡緯集中有詞云：「露浥芙蓉茜翠色，枯棠瓣，傍疎柳西風幾點。」又云「曲曲湖梁，一片秋光織」。皆其名句也。

小淑文傳於今者甚富，如續春思賦，臨蘭皋賦，性明師頌序，送孟年伯母還楚詩序，林母徐儒人傳，遙夜詞，作春思賦引，祭庶母文，祭屠叔母文，悼冢孫文，先人誄諸篇，皆爲傑構也。

書仲容弟游棲霞寺詩後

吾弟幼負不羈，才稱倚馬，一介南中，來館予舍，偕二三逸友，策蹇登棲霞峯，眺覽絕徑，乘皓魄歸來，漏鼓高度，潤染霜毫，立就廿四韻，精彩陸離，咄咄射目，疎櫺殘影未移，而花箋已雲爛矣。陳思王豈能獨步乎？白雲佳章，青雲銳器，此行駿馬春花，長安柳色，冉冉炙宮袍矣。姮娥剌錦，端爲少年工邪？

三　王鳳嫻母女

後於陸徐者，華亭有王鳳嫻，字瑞卿，進士張本端妻。其得名，蓋在季世矣，瑞卿明慧善屬文，垂髫時，大父試以駢句云：「秀眉新月小，」卽應曰：「鬌髮片雲濃。」著有貫珠集焚餘草。二女曰引元，引慶，皆能詩。范濂嘗評鳳嫻詩以爲「高華絕響錢劉，淸新迴出溫許。」今觀其效秋夜長美人換馬，筆力亦挺健，山吐月五首，用東坡殘夜水明樓韻，體例亦新。七律中如塞上曲，歸家哭孟端，寄喬夫人，秋夜寄元慶二女和來韻，憶亡夫，雪霽野望均集中上乘也。

憶亡夫

冰輪初墜漏將殘，萬籟無聲青女寒。鳳去碧梧秋瑟瑟，香消繡戶夜漫漫。三山蓬島魂何返，虛室淒涼淚暗彈。追憶當年歡笑處，等閒誰識會君難。

詩有言之甚淺，而不堪回想者，此等是也。蓋情至之語，不求工而自工，雕紅刻綠，失其眞矣。鳳嫻晚年，遭際坎坷，夫亡女殤，故集中憂怨之詞亦多。如空閨、開鍼、剩粉、廢紙四首，以悲傷二女遺物之作，蓋不勝物是人非之感也。

空閨

壁網蛛絲鏡網塵，花鈿委地不知春。傷心怕見呢喃燕，猶在雕梁覓主人。

開鍼

少年工製獨稱奇，絕似靈芸夜繡時。笑語樓前爭乞巧，傷心無復見穿絲。

剩粉

曉妝曾整傅鉛華，玉匣新開鬬雪花。今日可憐俱委落，餘香猶自鎖窗紗。

廢紙

柳絮風沉恨渺茫，斷腸絲縷在空箱。孤幃老我愁如織，誰記初陽報日長。

鳳嫺長女引元，字文姝，又字蕙如，楊安世妻也，年二十七卒。范濂序曰：「爾雅俊拔，類劉長卿風骨，非但無宋人煙火氣，即長慶西崑諸體，皆不逮也。」范序言之太過。引元之才，要不逮其母氏也。集中古體不多，律詩對仗有迂腐處。如荷亭避暑云：「闃寂頓消司馬渴，淸虛堪解杜陵愁。」是也。

送夏

鳴蟬聲斷夏雲徂，愁裏翻驚日月驅。香裊篆煙浮鵲尾，竹分淸影護蝦鬚。採蓮暫解湖中棹，沽酒先須江上罏。最是小牕今夜月，又將詩思到梧桐。

集中詩題有「癸卯禁烟日，老母以先君遺稿付觀，覽之不勝悲感。雨窗燈下，賦此以示伯元弟，少釋灣沌之恨；蓋弟詰朝云有掃松之役耳。」讀此詩，可想見其家門身世之感也。詩云：

惆悵東風又禁烟，止緣愁絕蓼莪篇。空憐手澤留芳渚，猶似容顏侍往來。華表月明歸獨鶴，松楸日落怨啼鵑。幽齋寂寂春如許，挑盡寒檠思惘然。

引慶，字媚珠，引元妹。其塞上曲云：

西風蕭瑟薊門秋，城上吹笳起暮愁。月射虜營搖寶劍，霜飛戎幙冷狐裘。龍旗夜宿黃雲暗，虎旅朝驅紫霧收。誓掃匈奴歸未得，寄言少婦莫登樓。

鳳嫺亦工詞，集中如春光好，立春，減字木蘭花，納涼，臨江仙秋興，浣溪紗，同喬夫人郊行，憶秦娥，月夜憶亡女引慶，兩闋念奴嬌，別情皆清新可誦。臨江仙秋興云：

珠簾不捲銀蟾透，夜涼獨自凭欄。瑶琴欲整指生寒，鶴歸松露冷，人靜井梧殘。天際一聲新度雁，翩翩似覓回灘。浮生幾見幾悲歡，三秋今已半，楓葉醉林丹。

引元詞有點絳唇答母云：

時節清明，暖風初入芭蕉院；歸期日盼，鬆盡黃金釧。
病起南樓，愁睹將雛燕；無由見雲瞻，十二闌憑遍。

第七節　明末吳江三沈與葉氏諸女

嘉靖以後，何李復古之風漸衰，王愼中歸有光等倡唐宋派古文以代之。其後袁宗道兄弟倡爲公安體，鍾伯敬譚元春等又倡爲竟陵體，門戶聚訟，各是其是，殆國亡而文學亦隨之而亡矣。

當竟陵體盛行之時，鍾譚之名滿天下。且兩人者，又喜獎勵後進，在婦女亦多受其影響。而鍾伯敬又選錄歷代女子詩爲名媛詩歸，以配古詩歸，唐詩歸。雖其書文采未極，要亦有功於婦女文學界也。

沈曼君者，吳江女子也。其哭鍾伯敬先生詩並序曰：「余早失怙恃，未嫻書，雅好詩歌，惜無援引，偶閱鍾先生詩歸，見其評閱，能鑒作者命意，余因亦有所得。每有懷寄詠，率爾成帙，思欲一就正先生，而先生已賦玉樓數載矣。人琴之感，能無慟焉！」又王修微遠遊集與鍾伯敬譚元春之酬贈亦多，更可以想見竟陵一派之影響於明季婦女矣。

一　吳江三沈

吳江沈璟有三女，長大榮，次倩君，季曼君，均能詩。三人者實以開午夢堂之先聲也。大榮適太倉王士騄，晚年學佛，自號一行道人，嘗爲宛君序遺集，兼善草書。其雨後曉起云：

小雨過江干，春陰怯曉寒。無多花片落，有幾夢魂安。衣任熏籠冷，書從棐几攤。樹頭風冉冉，餘瀝響檐端。

倩君適烏程范信臣，其詩有悼宛君姊兩首，又悼甥女葉昭齊悼甥女葉瓊章。瓊章卽小鸞，其所云疎香閣卽小鸞所居也。

悼甥女葉瓊章

不見妝臺佇玉姿，春風何必到花枝。繡籠鸚鵡喃喃語，猶是君家舊教詩。

鶴返翔鸞日影寒，難尋墨子未央丸。疎香無主蕉窗冷，欲讀遺篇不忍看。

曼君名靜專，適嘉興吳昌運，著有適適草。沈祖禹曰：「曼君，大榮幼妹，遭家坎坷，爲詩詞多凄激之音。好學佛，自稱上慰道人，撰頌古一卷，人稱其會宗門第一義。昌運字適之，故所著名適適草。」（松陵女子詩徵）今觀其集中，如悼外，別故居，感亡，哭君庸兄，姪女鬱沉鴛湖詩以哭之，悼宛君姊，悼甥女葉昭齊，悼甥女葉瓊章諸篇，信多憂傷凄楚之音。讀其「君子促晨妝，爲啓湘簾玉……而今別此居，豈意閭巷哭。」（別故居）覩今思往，尤令多情詩人，感歎而傷神也。

悼外詩二十七首，今錄其二詩云：

落魄無聊三十年，生來傲骨不希憐。文高祇爲時人妬，誰料傾賢有老天。

楓樹蕭疏驚老秋，荒寒月色夜臺愁。哀情欲問河隄水，猶恐寒波咽不流。

沈南疑稱曼君詩：「葱蒨鬱蔚，居然風雅。」（松陵女子詩徵引）如春日閨蕙綢遊快風閣賦此戲寄一詩，可以當之矣。詩云：

春風活翠淡於烟，閣外青山借黛鮮。爲問新詩題幾許，想應裝滿載花船。

又夜泛云

水光蒼淡暮江風，生怕漁舟驚睡鴻。分得芙蓉霜面冷，一天烟靄月明中。

「莫向荷花深處去，荷花深處有鴛鴦。」與此詩同一機趣，曼君又有竹枝詞二十九首，詩句甚蒨秀也。詞云：

北牖清香帶雨來，竹間小築望郎臺。花神知妾無情思，不使荷花幷蒂開。

妾住橫塘小有天，數枝垂柳綠於煙。深池淺池俱種藕，要使郎君多見蓮。

行春橋下水流長，半入松陵半跨塘。夫壻輕舟攜小妓，爭看半月漾滄浪。

此詩頗饒風趣，然字句中每露怨歎之意，蓋其境使然也。曼君集中五絕如小窗口占，晚起看梅，雨窗晚眺，病中，冬日聞瓊楨泛舟，寫景均工。至吳葉氏諸女數章，親切中時復寓有憐才之意矣。

二 沈宛君之鸝吹集

吳江沈氏，自大榮，倩君，曼君後，文姝，宛君，少君復續其餘業，故當時有姊妹連珠之目。

而鸝吹一集，尤推倒並時，論者以爲在上慰道人適適草之上也。宛君通經史，嫺風雅，適葉紹袁仲韶生三女，長曰紈紈，次曰小紈，季曰小鸞，皆有文藻。仲韶風神雅令，工六朝駢體，同宛君偕隱汾湖，與子女刻意詩詞以自娛，極人間天倫之樂事矣。宛君所著自鸝吹集外，又有梅花絕句百首，曰雪香吟，輯錄當時名媛之作曰伊人思，今皆見於午夢堂全集中，茲錄其近體詩數首，秋夜云：

悲秋不是斷腸初，風景依依雲影疏。玉漏自殘燈自落，小窗斜月半庭虛。

又君晦新婚

桃李春濃蝶粉黃，雙蛾可似舊時妝。頻年不解東風夢，羅衣新含荳蔻香。朝來並蒂一枝紅，吹遍東風黛麝濃。莫笑休文腰更細，繡窗春色正無窮。

鸝吹集尚有題美人圖贈文然姪新婚，其風趣與此詩同。但余最愛其竹枝詞云：

八月湖邊紫蟹肥，荳花棚底露痕微。但憑嘯傲烟波闊，採得蓴絲棹月歸。

清秋桂露冷寒香，一夜西風剪葉黃。湖水澄澄浸明月，月明何處不瀟湘。

沈祖禹曰：「紈紈小鸞相繼夭歿，安人哭泣憔悴，傷悼之忱，時見篇什。」（松陵女子詩徵引）今觀其集中五古如重午悼女十月朔日憶亡女夜夢亡女瓊章七古如：哭季女瓊章；五律如：壬申除夜悼兩女，寒食悼兩亡女；七夕思兩亡女七律如：哭長女昭齊，夜坐憶亡女，亡女瓊章週年對雪悼亡女，悲憶亡女；夏夜不寐憶亡兒七絕如：悼亡女，長女昭齊周年感悼，見早梅憶亡女，蓋門庭除戶，無地無時不念其兩兒矣。

宛君又工詞，集中有一百幾十首。此外雜文如忘世偈，擬連珠，招兩亡女，傷心賦，寒閨賦，周挹芳詩序，季女瓊章傳，表妹張倩倩傳，俱附鸝吹集後。其詞如：

虞美人立夏

東風已是堤邊柳，雪意還依舊。畫羅綵扇學裁新，不道閑愁又送一番春。

年華只是侵雲鬢，花信何由問？待看雙雁幾時來，猶憶杏花長對月徘徊。

玉蝴蝶思張倩倩表妹

驀地流光驚換，畫欄一帶，烟柳初齊。乍暖輕寒，庭院盡日簾垂。送愁來，數聲啼鳥；

牽夢去，幾樹游絲。憶當年憶含寶帳，未解春思。堪悲，盈盈極目，幾多江水。隔若天涯，恨結丁香也。應還自怪香綦，漫思量，花前舊約，空惆悵，虛負芳期，又誰知，下牕魂斷曉低眉。

宛君嘗集當時婦女得十八人曰伊人思。如方維儀，王鳳嫻，吳山，黃幼藻，黃媛介，張倩倩諸人，俱在選列。更觀其小引，可以知其此輯之旨趣。

伊人思小引

世選名媛詩多矣，大都習於沿古，未廣羅今。太史公傳管晏云：「其書世多有之，是以不論，論其軼事。」余竊仿斯意，既登琬琰者，弗更採擷，中郎帳祕，迺稱美譚。然或有已行世矣，而日月湮焉，山川阻之，又可歎也。若夫片玉流聞，并及他書散見，俱爲彙集，無敢棄去。容俟博蒐，庶期嫾備爾。

鸝吹集共有三序：一沈自徵鸝吹集序，二沈自炳伯姊葉安人宛君遺集序，三郎一行道人大縈之葉夫人遺集序，俱在崇禎丙子。（西紀一六三六）道人爲王夫人於宛君爲從姊，又自署雲棲弟子者也。

三　葉昭齊之愁言

宛君長女紈紈，字昭齊。能詩，兼工書，遒勁有晉人風。崇楨壬申，（西紀一六三二）妹小鸞將嫁，作催妝詩甫就而訃至，哭妹過哀，發病而卒。所著有芳雪軒遺集。紹袁刻入午夢堂集中，更其名曰愁言，蓋謂其「十七結褵，二十三歲而夭，七年之中，愁城爲家，覩飛花之辭樹，對芳草之成茵，聽一葉之驚秋，照半床之落葉，歎春風之入戶，愴夜雨之敲燈，愁塞雁之南書，悽霜砧之北夢，泫芙蓉之墮落，怨楊柳之啼鶯，恨金爐之夕煖，泣錦字之晨題，愁止一端，感生萬族。左貴嬪之詠離思，跂予望之；班婕妤之賦自悼，傷哉悴矣！」（葉紹袁愁言集序）愁言中五古如春日看花有感云：

春去幾人愁，春來共娛悅，來去總無關，予空懷鬱結。愁心難問花，堦前自悽咽，爛熳任東君，東君情太熱。獨有看花人，冷念共冰雪。

此詩聲聲歎歎，無限愁思。又有秋日睡起感悟，冬夜有感諸篇，亦多悽怨語。所謂：「歎春風之入戶，愴夜雨之敲燈。」七年之中，愁城爲家，紈紈不得不早死矣。

其送瓊章妹於歸云

畫堂紅燭影搖光，簫鼓聲繁繞玳梁。頻傳簾外催妝急，無語相看各斷腸。鸞臺寶鏡生離色，鴛帶羅衣惜別長。香靄屏帷凝彩扇，風輕簾幕拂新妝。新妝不用鉛華飾，梅雪蘇來羞并色。傾國傾城自絕羣，飛瓊碧玉驚相識。相顧含情淚暗彈，可憐未識別離難。遙遙此夜離香閣，去去行裝不忍看。欲作長歌一送君，未曾搦管淚先紛。追思昔日同遊處，惆悵於今各自分。春閣連几學弄書，秋牀共被聽風雨。更憶此時君最小，風流早已仙姿嫋。雪句裁成出衆中，新詞欲和人還少。往事悠悠空自思，從今難再不生悲。休題往日今難再，但願無忘別後期。別後離多相見稀；人生不及雁行飛。杳杳離情隨去棹，綿綿別恨欲牽衣。戀別牽衣不可留，揚帆鼓吹溯中流。可憐此去應歡笑，莫爲思家空自愁。

松陵女子詩徵：「相傳此詩甫就而妹死，妹死而身隨死，是則一首催妝詞，竟作兩邊鬼話矣。」芳雪軒集又有哭亡妹瓊章十首，所云「纔賦催妝卽挽章，蒼天此恨恨何長。」蓋實錄也。

又集中竹枝詞云：

綠樹陰陰繫釣船，漁簑常掛夕陽天。門前野色時時好，湖上鱸魚歲歲鮮。

秋來菱芋味新鮮，雪白銀魚更可憐。八月良宵堪賞處，一村燈火月當天。

霜葉楓林葉半疎，碧天寥廓雁來初。家家煮蟹沽村酒，遇得豐年樂有餘。

昭齊亦能詞，集中詞共十三調四十七首，大多傷春悲秋之作，如玉蝴蝶感春，水龍吟，早秋感舊，次母韻其著也。

蝶戀花

盡日重簾垂不捲，庭院蕭條，已是春光半。一片閑愁難自遣，空憐鏡裏年華換。

寂寞香殘門半掩，脈脈無端往事思量遍。正是銷魂腸欲斷，數聲新雁南樓晚。

繫裙腰倣劉叔儗

窗兒半掩簾兒清，庭兒靜，袖兒輕。春光老，天傷情，景兒明，愁懶把步兒行。
黛兒蹙蹙鬢兒傾，欄兒倚悶盈盈。萋萋綠草兒，迷斷歸程。歎聲聲只贏得夢兒成。

四　葉小紈之存餘草

紈紈之妹小紈，字蕙綢，適沈永禎，著有存餘草。葉燮曰：「往年我先安人刻午夢堂集，是時我伯姊昭齊及季姊瓊章，皆先我母卒，故集中有愁言返生香二種，皆先安人手論定入刻者也。仲姊蕙綢，歸於沈，其歿也後我母二十餘年。然余伯仲季三姊氏，自幼閨中相唱和，迨伯季兩姊氏早亡，仲姊終其身如失左右手；再類年哭母哭諸弟，無日不鬱鬱悲傷，竟以憂卒焉。」（存餘草序）按午夢堂集中無小紈集，僅有鴛鴦夢雜劇（註二）一篇，共四齣，蓋小紈悼其姊妹之作也。

分湖竹枝詞

分湖之水碧於天，不數吳江第四泉。湖上人家何所有，家家有個捕魚船。
好景年年二三月，桃花開徧向春風。絳田紅宅傳名久，只在沿湖十里中。

露漸濃時霜作威，低田收拾早禾歸。新篘白酒蘆墟好，小斷分來紫蟹肥。

採蓮曲

生長江頭慣採蓮，蘭橈飛動水雲邊。紅顏灼灼花羞豔，更惜波光整翠鈿。

棹入波心花葉分，花光葉影媚晴曛。無端捉得鴛鴦鳥，弄水船頭溼畫裙。

女伴今朝梳裹新，迎涼相約趁清晨。爭尋並蒂爭先採，只見花叢不見人。

小紈詩，情詞黯淡，過於姊妹二人。惟其後死，所以憂患亦多。故存餘草哭父哭母哭諸弟姊妹之篇什甚多，如上述竹枝採蓮之類，集中不多覯也。

病中檢雜稿付素嘉女

傷離哭死貧兼病，寫盡淒涼二十年。付汝將歸供一淚，莫教彤管姓名傳。

小紈詞亦工，如浣溪紗春日憶家云：

剪剪春寒逼絳綃，幾番風雨送花朝，黃昏時節轉無聊。

夢裏家鄉和夢遠，愁中尺素與愁消，夢魂書信兩難招。

踏莎行過芳雪軒憶昭齊先姊

芳草雨乾，垂楊烟結，鵑聲又過清明節。空梁燕子不歸來，梨花零落殘如雪。

春事闌珊，春愁重疊，篆烟一縷銷金鴨。憑欄寂寂對東風，十年離恨和天說。

（註一）此劇附午夢堂集。劇中蕙綢化名蕙百芳，字茝香，年二十歲。昭齊化名昭綦成，字文琴，年二十三歲。瓊章化名瓊龍雛，字飛玖，年十九歲。三人因志同道合，拜爲兄弟，日以吟風弄月爲娛。後文琴飛玖相繼歿，茝香感生死之靡常，自爾逍遙雲水，訪道尋眞。後因呂純陽之點示，遂大悟人生乃一夢耳。全劇大意如此：劇首題曰：「三仙人吟賞鳳凰臺，呂眞人點破鴛鴦夢。」可以概此劇矣。

五　葉小鸞之返生香

宛君三女之中，昭齊蕙綢雖並能爲詩詞，而才未逮於小鸞。然小鸞雖慧而早世，故其文采亦未極也。小鸞事蹟，俱見父紹袁自撰年譜及年譜別記，宛君撰季女瓊章傳。小鸞死後，或以爲仙去，故午夢堂集中有窈聞續窈聞諸記，要皆荒誕不足信。然葉德耀輯疎香閣遺錄，記小鸞靈異之蹟，流傳大江南北，閨閣名媛，侈爲美談。亦可見文人附會之深矣。

小鸞，字瓊章，一字瑶期。年十七，字崑山張氏，將嫁而卒。小鸞四歲能誦離騷，十歲能韻語。鈕玉樵曰：「小鸞七歲値秋夜，父紹袁命以句云：『桂寒淸露溼，』卽對曰：『楓冷亂紅凋。』是時以爲夭折之徵。」（觚賸）按小鸞所著，有疏香閣遺集，紹袁刻午夢堂集中，更名曰返生香。蓋冀其筆墨精靈，庶幾不朽，亦死後之生也。

九日

風雨重陽日，登高漫上樓，庭梧爭墜冷，籬菊盡驚秋。

陶令一樽酒，難消萬古愁，滿空雲影亂，時共雁聲流。

此詩相傳其將嫁時所作，然觸物懷愁，識者已知其不祥矣。小鸞有看日曉妝一絕，作時年僅十二也。詩云：

攬鏡曉風淸，雙蛾豈畫成？簪花初欲罷，柳外正鶯聲。

又己巳春哭沈六舅母墓所一首，午夢堂集註曰：「小時曾撫育舅家，妗母張氏聰麗能文，雖夙慧，亦其教也。君庸悼亡之年，張止三十四歲。彩雲易散，明珠易碎。五年之間，妗甥兩見，豈紅顏皆薄命耶？」其詩云：

十載恩難報，重泉哭不聞。年年春草色，腸斷一孤墳。

別惠綢姊

歲月驚從愁裏過，夢魂不向別中分。當時最是無情物，疏柳斜陽若送君。

枝頭餘葉墜聲乾，天外淒淒雁字寒。感別卻憐雙鬢影，竹窗風雨一燈看。

竹枝詞

門外枝枝楊柳青，春風歷亂拂煙汀。無端昨日花如雪，化作江頭數點萍。

板扉茅屋野人家，綠樹陰陰一半遮。小艇無風來去穩，滿湖明月捉魚蝦。

小鸞有眉子硯一方，集中有題眉子硯七絕二首。此硯後流落人間，文人淑女題詠甚多，俱見疏香閣遺錄及清人雜記中。清女詞家金匱楊蕊淵有詠返生香古風一篇，余已編入清代婦女文學史矣。

小鸞亦能詞，較諸姊尤工。周勒山云：「昔黃山谷稱晏小山詞爲高唐洛神之流，其下者亦桃葉團扇。今讀返生香諸詞，則全是高唐洛神，非復桃葉團扇可髣髴也。」（女子絶妙好詞）其推重至矣。

虞美人詠燈

深深一點紅光小，薄縷微煙裊。錦屏斜背漢宮中，曾照阿嬌金屋淚痕濃。

朦朧穗落輕煙散，顧影渾無伴。香消午夜漫凝思，恰似去年秋夜雨窗時。

浣溪紗

幾日東風倚畫樓，碧天晴靄半雲浮，韶光多半杏梢頭。

垂柳有情留夕照，飛花無計卻春愁，但憑天氣困人休。

曲榭鶯啼翠影重，紅妝春惱淡芳容，疏香滿院閉簾櫳。

流水畫橋愁落日。飛花飄絮怨東風，不禁憔悴一春中。

葉氏諸女，皆承母教。又張倩倩爲宛君之姑之女，亦善吟咏，午夢堂集中有傳，據松陵女子詩徵，葉氏三女之外，尚有葉小蘩，字千瓔，紹袁第五女，其詩有和家大人初度詩，呈家大人哭亡兄威期諸首，亦輕清可誦。總之，午夢堂一家聯吟，自古閨門之盛，無過其右者。任心齊所謂「豈扶輿秀淑之氣，有特鍾歟？抑其濡染家學有由也。」豈不信哉！

參考書目

元詩紀事　陳衍編商務印書館出版

西湖竹枝集　元楊維楨編

松陵女子詩徵　費昌彥編吳江費氏華萼堂鉛印本

國朝文類七十卷　元蘇天爵撰四部叢刊本

鐵崖先生古樂府十卷詩集六卷　元楊維楨撰四部叢刊本

明詩紀事　貴陽陳田編初印本

明詩綜一百卷　朱彝尊編局刻本

明詩別裁十二卷　沈德潛編掃葉山房本

輟耕錄　元陶宗儀撰石印標點本

震澤紀聞　明王鏊撰（吳曾祺舊小說內）商務印書館出版

女子絕妙好詞選　周勒山編

名媛詩歸　鍾惺編有正書局本

名媛詩彙　明鄭文昂編

閨閣集初編五卷　清女子季嫻編此編選錄明詩四卷皆近體也後附詞一卷

詩女史十四卷拾遺二卷　明田藝衡編

紅樹樓選歷代名媛詩詞　陸昶編掃葉山房石印本

歷代女子文集　趙士傑編掃葉山房石印本

歷代女子詩集　趙士傑編掃葉山房石印本

閨秀詩話　雷瑨編掃葉山房石印本

閨秀詞話　雷瑨編掃葉山房石印本

列朝詩集八十一卷　錢謙益編鉛印本

宮閨百詠四卷　海鹽陳其泰編

午夢堂全集　葉紹袁編吳江葉氏刻本坊間石印本

疏香閣遺錄　葉德輝編原刻本此書皆記葉小鸞事蹟

第七章 清代婦女文學之極盛

婦學而至清代，可謂盛極。才媛淑女，駢萼連珠，自古婦女作家之衆，無有逾於此時者矣！往年余著清代婦女文學史，其所敍錄者，幾及千人。茲編所述，僅舉其著者。且吾意在補苴闕漏，故所敍諸人詩史，亦不與前書盡同也。余惟清代婦女之文學，其發達程序，可分三時期言之。第一，明清過渡中，若商景蘭，黃媛介，吳巖子，方維儀諸人，以及蕉園諸子，則初清作家也。第二，乾嘉之際，國運方盛，士大夫多優游於文學，而倉山碧城諸人，又復提倡風雅，故婦女作家，亦多如過江之鯽，此中世文學也。道咸以後，國家多故，士大夫無復致力於文學之途，而風氣之變，婦學之光燄頓微，此第三期也。

第一節 明清過渡時期之婦女文學家

明季「公安」「竟陵」盛行，而文體日就瑣碎，後風氣將變，而國祚旋移。故清初文學，實賴明遺臣爲之倡始。如侯方域、魏禧之於文，錢謙益、吳偉業之於詩，皆有明三百年文學之後勁，而同時又振新朝文學之先聲者也。至於婦女文學，其演變亦復如此。

靜志居詩話謂：「明初識字婦女，得舉女秀才，入尚功局。」明史記「永樂中梅殷與女秀才劉氏朋邪」。萬載縣志謂：「敖用敬妻易淵碧舉女秀才，陳泰圓妻龍玉英亦舉女秀才。」宛委餘編又謂：「明武宗時林妙玉以女童應試，詔賜進士。」蓋宋以來，女學雖廢，而國家猶有奬勵女學之科，爲之秀才進士之目，與男子等。故明代女子文學之傳於世者，所在多有也。洎乎季世，午夢一堂，駢蕚連珠，儼然爲東南婦女文學之盟主。明社既屋，此風不替，若商景蘭、景徵、黃媛貞、媛介、吳巖子母女、方維儀姊妹，又復詩簡酬唱，自鳴一時。上以綰三百年文學之緒，下以開清代極盛之軌，不僅爲有明一代婦女文學之後勁也。

一　黃媛介姊妹

清初才媛，首推禾中黃媛介。媛介字皆令，沈宛君伊人思之一才婦，而又與商景蘭、吳巖子諸人時相酬唱者也。姜紹書云：「皆令髫齡，卽嫻翰墨，好吟詠，工書畫，楷書仿黃庭經，畫似吳仲圭，而簡遠過之。其詩初從選體入，後師杜少陵，瀟灑高潔，絕去閨閣畦徑。適士人楊世功，蕭然寒素。皆令黽勉同心，恬然自樂也。乙酉鼎革，家被蹂躪，乃跋涉於吳越間，困於檇李，躓於雲間，棲於寒山，羈旅建康，轉徙金沙，留滯雲陽。其所記述，皆流離悲戚之辭，而溫柔敦厚，怨而不怒，旣足於觀性情，且可以考事變，此閨閣而有林下風者也。」（無聲詩史）所著有離隱詞湖上草。

丙戌清明

倚柱空懷漆室憂，人家依舊有紅樓。思將細雨應同發，淚與飛花總不收。折柳已成新伏臘，禁烟原是古春秋。白雲親舍常凝望，一寸心當萬斛愁。

陳其年云：「嘉興黃皆令，詩名噪甚，恆以輕航載筆格，詣吳越間。余嘗見其僦居西泠斷橋頭，凭一小閣，賣詩畫自活，稍給便不肯作。」（婦人集）茲觀其夏日紀貧一詩，蓋實錄也。詩云：

池塘水漲荇如煙，燕啄萍絲翠影懸。高壁陰多能蔽日，新荷葉小未成蓮。著書不費居山事，沽酒恆消賣畫錢。貧況不堪門外見，依依槐柳綠遮天。

皆令作小賦，頗有魏晉風致。嘗客都下，王阮亭聞其名，寄詩乞畫，乃作山水一小幅題詩貽之，詞旨雋永，詩云：

懶登高閣望青山，愧我年來學閉關。淡墨遙傳縹緲意，孤峯只在有無間。

乙酉遭亂後，皆令時時往來虞山，與柳如是（註一）爲文字交。吳巖子偕其女卞元文皆有詩名，與皆令相得。王端淑（註二）嘗寄以詩云：「買舨急欲探先春，風雪偏羈病裏身。聞有梅花供色笑，客途如爾未全貧。凍筆塗殘半是鴉，剡溪渺渺竟迷槎。相逢只恐梅花笑，怪我春來不憶家。」（檇李詩繫）讀此詩可以想見皆令身世矣。

皆令有姊曰媛貞，所著有臥雪齋詩集。

丁卯留別妹皆令

北風淒以慄，不忍吹羅襟。高雲語征鳥，離思兩難沉。今我遠庭闈，與子分芳衾，寧忘攜手好，所以傷我心。一言一回顧，別淚垂又禁。但得頻寄書，毋使相望深。

皆令又有代毛西河之婦陳何作子夜歌寄外云：

白露收荷葉，清明種藕枝。君行方歲暮，那有見蓮時。

蓮同憐，子夜歌中廋詞也。蓋西河嘗自呼阿憐翁。皆令又有采菱句云「中流不是狂風急，應把全湖盡摘歸。」亦甚豪也。黃皆令有幼女不知名，吉水遠山夫人朱中楣（註三）云：「猶記閒坐湖樓，皆令攜幼女過訪，髮方覆額，遂能以詠詩寫帖，楚楚可人。今依然夢想間，幷裁小詩贈之：瑟瑟輕羅淡淡妝，柳眉鶯語乍調黃。烏雲應拂春山小，紅蕊初含夜雨香。鶯水敏靈多飽謝，蠅頭妙楷逼鍾王。夢回猶記殷勤別，幾欲箋詩燕子忙。」（玉臺書史）觀此，則寧馨小黃，亦妙才也。

（註一）柳如是名是，一字蘼蕪，歸虞山錢謙益牧齋。著有戊寅草，雲間陳大樽爲之序。詳拙著清代婦女文學史。

（註二）王端淑字玉映，靜淑妹。（靜淑字玉隱，有清涼集）所著有吟紅留篋恆心諸集。又嘗輯名媛文緯，詩緯，歷代帝王后妃古今年號名史悬行世。毛西河還浙江閨秀詩，獨遺王端淑。端淑寄以詩云：「王嬙未必無顏色，怎奈毛君下筆何？」引用二姓恰合，此事出蓮坡詩話。

（註三）朱中楣字遠山，南昌人。著有石圖五集，錢牧齋爲之序。熊雪堂稱其詞穠纖倩麗，不減易安。康熙時，陳伯璣李雲田選國雅，海內閨秀，僅得二人，惟遠山與黃皆令而已。

二　吳巖子母女

當塗吳巖子母女，亦伊人思之一，而秀水黃皆令之詩友也。巖子名山，適江寧卞琳，著有青山集。魏叔子青山集云：「卞君楚玉夫人吳巖子，家青山，既轉徙江淮無常地。有西湖梁谿虎邱廣陵諸集，最後類次之，以青山名。楚玉中道卽世，未有後，依女夫劉峻度以老。鄧漢儀題其集曰『江湖萍梗亂離身，破硯單衫相對貧。今日一燈花雨外，青山自署女遺民』。以其詩多玉樹銅駝之感也」（杭郡詩輯）如幽居云：

獨尋香處結孤茅，泉石膏肓疾未消。放鶴啓扉欹醉竹，通泉鑿石跨飛橋；露香秋老收蓮種，花雨春深課藥苗，食罷行吟循澤畔，櫂歌聲引夕陽潮。

秦淮舟集同劉李諸夫人分韻

一棹輕隨岸柳斜，晚霞落日集名家。六朝風物秦淮水，三月春晴穀雨茶。隔樹嵐光青照眼，護橋烟色白侵沙。萬重樓閣闌干繞，處處籬邊着好花。

巖子又工書法，晚更好道。得奇疾，疾作，則右手自運動，日夜作字不休，或濡筆書紙上；悉成玄理，疾止，不復記憶，凡二年而愈。白髮朱顏，突然有丹砂之色，遂不甚作詩矣。

集中有姑蘇棹歌，筆意極疏秀之致，詩云：

水色連山青欲流，漁人終日棹輕舟。一條古路分吳越，直到錢塘古渡頭。水轉楓橋徑轉幽，人家綠樹映高樓。木犀秋滿山塘上，一路淸香到虎邱，

巖子長女夢鈺，字元文，號篆生，幼顯慧，其父母教之以文史之學，靡不博通，翰墨詞章流傳吳越。母愛之甚，必得貴且才者字之，因適劉子峻度。（註一）勒牙尺而涉韋編，略寶鈿而親班管，衞夫人之書，管夫人之畫，因兼擅其長。其於詩也，更不染香奩陋習，纚纚閨中之秀，而帶林下之風矣。所著有繡閣遺草。

秋眺

吟息啓層樓，秋光放眼收，雲歸山自在，江靜水安流。遠樹平於草，孤村小若舟。心猶漫擬，聊許似閒鷗。

西泠閨詠：「篆生爲吳巖子女，筆墨疎秀有母風。」吳梅村題其集有云：「絳紗弟子稱都講，碧玉才人本內家。」又云：「紫府高閒詩博士，青山遺逸女尙書。」其推重如此。元文有句云：「夕陽交代笙歌月，曙色輕移鈴大樓。」又云「柳去六橋春色暗，雨來三竺遠山青。」皆時人所激賞也。篆生妹德基，亦能詩善畫，與姊先後事劉峻度，見魏叔子文集。

（註一）王蘊章然脂餘韻云：「顧黃公已丑戊子間客杭，聞其賢能精筆札，祚曰是求人事錯迕，遂以不果。後歸楊州劉孝廉峻度。康熙庚戌，元文墓草五黃，黃公見其舊詩西泠閨詠，題二詩誌感云：『記得銀屏迤邐開，有人青瑣歎多才。簾邊送韻衣香出，湖上回船塔雨來。南國燕支愁欲贈，西泠松柏更堪哀。當時空指廣陵月，未下溫家玉鏡臺。欲喚西湖作莫愁，繁華自昔帝王州。續來明月笙歌院，曉下驚烟雨樓。弱腕題詩心緒斷，修蛾入鬢眼波秋。芙蓉城較蓬山遠，肯信蕭郎已白頭。』」即此詩觀之，可以想見元文之才，傾倒一時矣。

三　桐城方維儀姊妹

清初龍眠閨閣多才，方維儀，維則姊妹尤傑出。維儀字仲賢，著有清芬閣集。其爲詩風格甚高，筆力遒勁，有大雅之遺。靜志居詩話云「其詩一洗鉛華，歸於質直，以文史當織經，尚論古今。女士之作，編爲宮閨詩史，分正邪二集，主於昭明彤管，刊落淫哇，覽者尚其志焉。集中句若：白日不相照，何況他人心。高樓秋雨時，事事異疇昔。何其辭之近乎孟貞曜也。」蓋仲賢適姚孫棨，再期而夭；時年十七，遂請大歸。故其詩多冷激淒楚之音，如死別離，出塞，傷懷，獨歸故閣，旅次聞寇諸篇，正其生活之寫眞耳。

楚江懷吳妹

空林隕葉暮烏啼，雲水迢迢隔皖溪。夜發蒼梧寒夢遠。楚天明月照樓西。

病起

空齋無事晚風前，雨過苔階草色鮮。遠岫雲開舒翠髻，新荷池畔疊靑錢。衰年轉覺多愁日，薄命何須更問天。閒坐小窗初病起，西樓皓月幾時圓。

「衰年轉覺多愁日，薄命何須更問天。」不啻痛苦之哀吟也。又傷懷一首，可當作仲賢小傳讀。詩云：

長年依父母，中懷多感傷。奄忽髮將變，空房獨彷徨。此生何蹇劣，事事安可詳。十七喪其夫，十八孤女殤。舊居在東郭，新柳暗河梁。蕭條下霜雪，臺閣起荒涼。人世何不齊，天命何不常。孤身當自慰，且免摧肝腸。鷦鷯棲一枝，故巢安可忘。

又獨歸故閣

故里何須問，干戈擾不休。家貧空作計，賦重轉添愁。遠樹蒼山古，荒田白水秋。蕭條離膝下，欲望淚先流。

伯姊之粵有贈

昨歲長溪來，今歲粵中去。此別又數年，離情復何語。明發皖江城，山川隔烟霧。皓月臨蒼波，春風滿江樹。

維則字季準，著有茂松閣集，與姊維儀俱工詩。年八十餘，白首往來，商量文字。其題竹詩，乃以自況也。詩云：

小院何空寂，相依獨此君。雪深愁易折，風急不堪聞。白石移花影，青苔擁籀文。樓頭殘月上，空翠落紛紛。

又維儀之姊孟式字耀如，著有紉蘭閣集。

秋興

西風傷往事，笑此客中身。葉落蒼烟斷，花開黃菊新。天涯蓬鬢短，邊徼羽書頻。蟋蟀知秋意，階前鳴悶人。

寄盛夫人

繁霜百歲冷春幃，常共寒燈泣落暉。紅淚已辭機上錦，白頭尚著嫁時衣。煙籠竹葉涼生案，雨溼梨花靜掩扉。杯酒樓頭明月夜，迢迢夢遶楚天微。

以上方維儀維則孟式，世所謂方氏三節者也。靜志居詩話云：「方氏三節，一爲孟式，同夫殉國；一爲維儀，十七而寡，壽八十有四；一爲維則，十六而寡，壽亦八十有四。白圭無玷，苦節可貞，足以昭諸彤管矣。」又維儀弟婦吳令儀（註一）字棣倩，蓋孔炤之妻。相夫教子均有儀法，不幸早世。維儀爲次其遺稿傳之。

（註一）吳令儀夜詩云：「新月不來燈自明，江天獨夜夢頻驚。長年自是無歸思，未必風波不可行。」見閨秀詩話。

第二節　顧之瓊與蕉園諸子

徐燦，字湘蘋，乃蕉園五子中人，清初一大作家也。先是，錢塘有顧之瓊玉蕊者，（有亦政堂集）工詩文駢體，有聲大江南北。嘗招諸女作蕉園詩社，有蕉園詩社啓，時所謂：「蕉園五子」者，即徐燦，柴靜儀，朱柔則，林以寧，及玉蕊之女錢雲儀也，而徐湘蘋爲之長。其後林以寧又與同里顧姒，柴靜儀，馮嫻，錢雲儀，張昊，毛媞，倡蕉園七子之社，而林爲之長。分題角韻，接席聯吟，極一時藝林之勝事。其後分道揚鑣，各傳衣鉢。終清之世，錢塘文學，爲東南婦女之冠，其孕育滋乳之功，厥在此也。

一　徐燦與清詞

陳其年評徐湘蘋詞，謂南宋以來，閨房之秀，一人而已。周勤山曰：「湘蘋詩餘，眞得北宋風格，絕去纖佻之習，其冠冕處，卽李易安亦當避席，不獨爲本朝第一也」（女子絕妙好詞）湘蘋名燦，吳人，有拙政園詩餘，海寧陳之遴繼室也。之遴由明代詞臣躐居政地，時政興革，多出其手。順治丙申，獲罪戍遼陽，湘蘋偕行。康熙丙午，之遴歿於戍所。後五年，湘蘋始疏請骨歸。布衣練裳，長齋繡佛，更號紫䇾氏，卜居小桐溪之上，蓋已蕭然物外矣。

湘蘋詞以燕京元夜詞著稱於時。

御街行燕京元夜

華燈看罷移香屧，正御陌遊塵絕。素裳粉袂玉爲容，人月都無分別。丹樓月淡，金門霜冷，纖手摩娑怯。

三橋宛轉凌波躡，斂翠黛，低回說。年年長向鳳城遊，曾望蕊珠宮闕。星橋雲爛，火城日近，踏遍天街月。

又添字浣溪紗元夜

煖淺寒輕夜氣和，踏春紅袂試纖羅。月似美人猶欲睡，暈紅波。
懶逐香塵看火樹，自箋新調當笙歌。半側流霞三兩爵，不須多。

湘蘋有別墅名拙政園，（註一）林木絕勝。中有寶珠山茶最奇，爲江南僅見。陳之遴買得此園，在政府十年不歸，旋遭遷謫，從未一日居也。湘蘋詞中如一斛珠有懷故園，永遇樂病中諸闋，皆追憶此園作也。

一斛珠有懷故園

恁般便過元宵了，踏歌聲杳。二月燕臺猶白草，風雨寒閨，何處邀春好？
吳儂只合江南老，雪裏枝枝紅意蚤。窗俯碧湖雲半嫋，繡幙纔褰，一枕梅香遶。

永遇樂病中

翠帳春寒，玉墀雨細，病懷如許。永晝愔愔，黃昏悄悄，金篆添愁炷。薄倖楊花，多情時向瑣窗細語。怨東風，一夜無端狼藉，幾番紅雨。
曲曲闌干，沉沉簾幙，嫩草王孫歸路。短夢飛雲，冷香侵佩，別有傷心處。半暖微寒，欲晴還雨，銷得許多愁否？春來也，愁隨春長，肯放春歸去。

湘蘋又工繪事，嘗以從宦不獲供奉吳太夫人甘旨，手畫大士像五千四十有八幅，以祈姑壽，世爭寶貴。（庸閒齋筆記）正始集又記其隨戍瀋陽日發願繪大士相一藏，蓋其工筆白描，當時婦女無出其右也。

湘蘋詩有秋日漫興云：

帝苑芳春鳳吹諧，看花曾遍洛陽街。行吟緩控青絲轡，擊節頻抽白玉釵。共挽鹿車歸舊隱，幾浮漁艇散秋懷。霜風掃盡烟霞況，愁見龍城葉滿階。

湘蘋又有族姪女徐文琳，為湘蘋子子長婦，嗣子長隨父陳之遴謫戍瀋陽，卒於戍所。文琳賫志母家，或勸他適，答曰：「富貴而許，患難而背，我不為也。」越四載，徐湘蘋得請而歸。文琳曰：「我有家矣。」遂孝養以終。其詩見正始續集。又湘蘋從女陳皖永，字倫光，亦工詩，著有素賞樓詩稿，杭郡詩輯載其詠菊七律十六章，謂壓倒一時名流也。

（註一）拙政園者，故大宏寺基，在婁齊二門之間，林木絕勝。嘉靖中王御史獻臣侵之以廣其宮，沈石田文衡山陰爲作圖。衡山圖凡三十一葉，各繫以詩，前後有記，見燃脂餘韻。

二　凝香室詩

柴靜儀，字季嫻，蕉園詩社之健也。適廣文沈鏐，著有北堂集凝香室詞。父雲倩，工琴。嘗以一琴名老龍吟者賜季嫻，教以按指揮弦之法，因手錄琴譜，而雲倩爲之序。季嫻工書畫，爲用濟在沚兩別駕之母。子婦朱柔則又以能詩名，風雅一門，藝林佳話。是時武林風俗繁侈，值春和景明，畫船繡幕，交映湖漘，爭飾明璫翠羽珠髻蟬縠以相夸炫。季嫻獨漾小艇，偕馮又令，錢雲儀，林亞清，顧啓姬諸大家，練裙椎髻，授管分箋，鄰舟游女，望見輒俯首徘徊，自愧不及也。

答林亞清

羅幃不捲坐焚香，靜對殘春欲斷腸。憐我病餘都罷繡，知君愁裏不成妝。牡丹着雨還如泣，柳絮隨風底事忙。倘步池塘閒遣興，莫因幽恨打鴛鴦。

又送顧啓姬北上

一片桃花水，盈盈送客舟，春來萬楊柳，葉葉是離愁。
顧我窮途者，逢君意氣投，烟虹時染翰，風月幾登樓。
只合薰香坐，誰堪鼓枻遊，燕臺一回首，雲白古杭州。

又黃天蕩詠梁氏

玉面雲鬟拂戰塵，芙蓉小隊簇江濱。不操井臼操桴鼓，誰信英雄是美人。

清詩別裁稱：「凝香室詩本乎性情之貞，發乎學術之正，韻語時帶箴銘，不可於風雲月露中求也。」（碧溪詩話）今觀其集中，若與冢婦朱柔則、子用濟有遠行詩以貽之，勖用濟諸篇，信乎其爲賢母之教也。

勖用濟

君不見侯家夜夜朱筵開，殘杯冷炙誰憐才？長安三上不得意，蓬頭黧面似歸來。
嗚呼世情日千變，駕車食肉人爭羨。讀書彈琴聊自娛，古來哲士能貧賤。

靜儀有姊曰貞儀，字如光，能詩，工丹青。繪圖寶鑑稱其「花卉翎毛無不超妙」，其詩有題烟江疊嶂圖云：

誰將素練染霜毫，幻作空濛萬里濤；一片孤帆何處落，千峯雨色暗江臯。

陳維崧婦人集又載其詠羅巾云：「拭去盈盈淚，攜來冉冉香，殷勤纏素手，縷縷似愁腸。」雋簡如子夜，極有思致。至靜儀子婦朱柔則亦工詩，蕉園七子之一也。

三　鳳簫樓與其他

顧之瓊既倡蕉園詩社，其女錢雲儀及子婦林以寧均與其列。以寧字亞清，錢塘人，之瓊子錢肇修之室，而蕉園七子詩社之首倡也。亞清工詩畫，尤長墨竹；且善爲駢四儷六之文，自序言少從母氏受書，取古賢女行事，諄諄提命，而尤注意經學，且願爲大儒，不願爲班左也。所著有墨莊詩鈔鳳簫樓集，

獨夜吟

蕉心未展桐花老，春社纔臨燕聲小。屋角陰雲凍天色，雨脚斜陽砌草纖。暮寒壓夢夢不成，耳邊哀角鳴嗚嗚。幽房鬼逼蘭釭凝，牀頭玉盞敲紅冰。斫桂燒雲老不

死，夜烏啼殺曉烏起。獨繭抽絲結繡襦，儂心未卜郎心似。開簾蠟樹烟依微，海燕賓鴻相背飛。孤吟起坐各無賴，昨夜隣家夫壻歸。

寄顧啓姬雲閒

泖上浮家小結廬，水軒竹檻稱幽居。向人新借簪花帖，教婢閒鈔相鶴書。螳子避潮緣硯席，蟹奴沿月上階除。清閨事事堪題詠，刻玉鏤冰恐不如。

亞淸詩雅麗可誦，別裁集甚稱之。如：「池邊野烏啼寒雨，籬外黃花媚晚妝。」（秋暮讌集顧圃分韻）又「竹架整書除脈望，春池洗硯亂蘋花。」（穀雨）皆集中佳句也。又穀雨云：草草深閨度歲華，生平不解問桑麻。沿籬野豆初牽蔓，繞砌山桃半欲花。細雨漬成楊柳色，暖風吹放牡丹芽。村姬結束新螺髻，傍曉比鄰喚採茶。

催妝詞作者甚多，而婦女尤多佳製，所謂本地風光，尤易描寫也。若亞淸之催妝詞，爲李端芳作一首，其風神豔雅，又何減昭齊送妹之詞。（按昭齊有送瓊章妹于歸一詞）亞淸詩云：

十里花燈影動搖，玉樓絲管出層宵。吳山那得春如許，昨夜人傳嫁小喬。

秦臺初叶鳳凰吹，梅子傾筐正及時。遙憶倚窗人靜後，今宵不自畫娥眉。

雲儀，之瓊女，適錢塘黃式序，爲顧若璞曾孫婦。若璞，字和知，以詩文名世，著有臥月軒稿。（註一）（又曰嘯餘吟稿）雲儀能嗣音和知，嘗以楊子雲作二十五箴而不作女史箴，遂作彤管箴以補之。有古香樓集，其詩才情橫溢，若美人梳頭歌一篇，幾於昌谷矣。詩云：

新林一聲啼綠鳥，三十六宮春欲曉。牀上轆轤牽素梗，秋水溶溶鏡光冷。漸看紅日捲珠簾，雙彎卻有眉纖纖。玉鳳斜飛彈金蟬，珮環搖搖曳湘烟。下階獨自摘芳蕊，櫻桃笑儂不結子。

吾敍至此，更進而略述黃氏一門。——前於雲儀者，更有顧和知女孫黃埈（註二）及女黃修娟（註三）皆能詩；後於雲儀者，有梁瑛字英玉，（註四）爲顧和知五世孫婦，亦能詩；而與雲儀同時者，又有姚令則，字柔嘉，適黃時序，顧和知爲其祖姑，井臼餘閒，執經請益，又得雲儀爲姒，繡閣然脂，互有贈答，著有半月樓集，幾於傳祖庭遺鉢。嗟乎女子才難，黃氏獨蟬嫣數世，殆亦秀氣鍾於一門歟！

（註一）詳拙著清代婦女文學史。（中華書局出版）

（註二）黃堎詩載杭郡詩輯，其事詳見大瓊所撰武林黃氏童女智生髮塔記。

（註三）黃修娟，字媚清，著有娛墨軒詩。

（註四）梁瑛又號梅君，嘗集古人詠梅句子成一帙，曰字字香，集詩紀之云：「年年尋句爲花忙，幾度尋梅費品量。句似梅花花似句，一番吟過一番香。」人目爲女逋仙，見然脂餘韻。

第三節　閩南文學

雍乾之際，天下言文章者在東南，而錢塘吳江婦女之學尤盛。閩嶠僻在南陬，向少稱述，自黃莘田鄭荔鄉提倡風雅，而婦女文學以興。洎乎道咸，閩縣梁茝林章鉅又起而振之。其一家之內，姊妹娣姒，無不能詩者，蓋又遠在莘田荔鄉兩家上也。

一 黄淑窕姊妹

黄莘田有二女：長淑窕，字姒洲；次淑畹，字紉佩；皆擅詩名。莘田以壬午孝廉官四會令，罷官歸，遂不出。工書法，有硯癖，自號十硯先生。其詩秀韻獨出，兼饒逸氣。有泰安云：「倡條冶葉拂瓏璁，帽影鞭絲困午風。十里棗花香不斷，行人五月出東蒙。」（雨村詩話）又有侍兒金櫻，是其千金所購得者。工絲竹，兼解文翰，與姒洲、紉佩相賡和。其夜來香句云：「知隔絳紗帷暗坐，謝娘頭上過來香。」（隨園詩話）亦自翩翩有致也。

閩川閨秀詩話云：「莘田先生壽登八十，重宴鹿鳴，吾鄉先輩以詩賀者，名篇甚夥，同時閨秀亦有所作，姒洲一律，爲時傳誦，實不愧爲香草齋後人也。」其後半云：

接席簪裾多後輩，稱觴兒女半華顛。姓名千佛標金簡，恩禮三朝錫耄年。

紉佩亦有詩云：

老父登科日，慈親未嫁年，至今椿風茂，憶母一潸然。
受籙泥金簡，加飡種玉田，觀香諸姊妹，聯詠大羅天。

莘田外孫女游合珍亦有詩云：

喬松標格鶴精神，白髮簪花作瑞人。六十年來典型在，新嘉賓拜舊嘉賓。

此外賀莘田詩者，尙有鄭靜軒，鄭詠謝，鄭鏡容，鄭雲蔭，鄭金鑾，石德瑗，莊九畹（字蘭齋有秋谷集莘田爲之序）（註一）諸人，其詩皆見莘田香草齋詩話。

紉佩又有題杏花雙燕圖，杭堇浦榕城詩話極稱之。詩云：

豔陽天氣試輕衫，媚紫嬌紅正鬭酣；記得春明池館靜，落花風裏話呢喃。

夕陽亭院曲欄東，語燕時飛扇底風。不管春來與春去，雙雙長在杏花中。

閩川閨秀詩話：「紉佩與姒洲同承庭訓，於詩工力尤深。杭堇浦榕城詩話祇錄其題杏花雙燕圖二絕句，此外佳什尙多。如春陰云「朱戶半扃人語碎，粉廊回合鳥聲多。」殘月云：「坐久不知更漏靜，滿天涼露溼輕紗。」梅花云：「風定月斜霜滿地，西廊人定一聲鐘。」又云：「只恐笛聲吹落去，不知移入膽瓶看。」刺桐花云：「最好斜陽雲外透，錄蔭牆角簇猩紅。」皆清麗可喜。而游鼓山句云：「負郭磄田春水綠，隔江畫舸夕陽紅。」尤堪入畫也。紉佩有女林瓊玉（註二）亦能詩，綽有外氏家風。

（註一）莊蘭齋，吳倬之室，未婚而寡。有賀莘田詩云：「江夏無雙有夙因，耆年儁秀照□□，早書淡墨魁時彥，老把金丹度後人。北海文章留不朽，東山絲竹寫其眞。大羅盡有鈞天響，也許皇孝鑑後塵。」聲韻俱足窺其爲巾幗詩也。

（註二）林瓊玉早寡，有寄許德瑗表姊詩云：「疎影樓頭問起居，邇來詩思復何如？知君多爲梅花瘦，我比梅花瘦有餘。」見惲珠國朝閨秀正始集。

二　荔鄉九女

閩鄭荔鄉一門羣從，風雅蟬嫣，膝前九女，皆工吟詠。長鏡蓉，字玉臺，著有垂露齋集泡影集；次雲蔭，字綠落；三青蘋，字花汀；四金鑾，字殿仙，著有西爽齋存稿。五長庚；六詠謝，字林風，著有簪花軒閨吟研耕詩存；七玉賀，字春盎；八風調，字碧笙；九冰紈，字未詳。九人中惟冰紈未嫁而殤，論者謂午夢堂之有葉瓊章也。

玉臺歸陳文思。其和漁洋山人秋柳詩（註一）四首，音節諧婉，含毫渺然，在閨閫中可稱傑作。詩云：

遣愁何事寫詩魂，節序驚心白板門。斜日寒塘留故態，秋風涼露印啼痕。長條有意縈歸舫，暮色無端黯別村。爲惜當時眉樣好，臨風惆悵與誰論。

雲陰歸嚴應矩有四時吟和殿仙妹韻云：

寒威消盡喜春晴，使逗暄和柳眼明。芳草含烟先旖旎，棠梨滴露乍淒清。畫樓樹密藏鶯語，花塢香濃滯蝶情。九十光陰如過電，又聞社鼓一聲聲。

此外尚有夏秋冬三律，載閩川閨秀詩話中。如「宵來乍覺涼生簟，細聽芭蕉過雨聲」，又「頻添獸炭迎冬暖，細聽鯨鐘入夜清」皆詩中佳叶也。

青蘋歸翁振剛有夏日詩云：

學飛乳燕繞回廊，出水芙蓉冉冉香。曲院花凝晨露潤，小窻人耐晚風涼。蟬聲不隔千條柳，蛙鼓時生半畝塘。隱几橫斜書數卷，了將青課日初長。

荔鄉守兗州時，退食餘閒，日有課題，拈毫分韻，花萼酬唱。梁章鉅曾見此詩墨蹟，中經荔鄉密圈小窗七字，評云：「蘊藉。」蓋課女舊稿也。

殿仙歸林守良。其寒食憶里門諸姊云：

春陰四野柳依依，天氣餘寒細雨稀。善病怕逢餳粥熟，索居喜見雁書飛。馬搖金勒行歌答，人拾花毬帶醉歸。景物不殊同氣隔，芳時偏與賞心違。

此外，詠謝詩以送芥舟伯兄歸建安，詩最佳。又送子度姪歸建安句云：「下第清懷如中酒，送行風物易銷魂。」又云：「孤棹白蘋銜水鳥，秋風黃葉上灘舟。」亦情景兼到之語也。玉賀歸陳華堂，以和芥舟伯兄晚蘭詩爲最有名。風調亦有和晚蘭詩。冰紈許字林天桓，早殤，十歲許詠桃花句云：「施粉施朱紛作態，乍晴乍雨爲誰開。」識者已知其不克長壽也。荔鄉諸女之外，鄭徽柔（註二）鄭翰蓴（註三）亦均能詩，俱見閩川閨秀詩話。

（註一）王漁洋嘗與朱彝尊齊名，少游歷下，集諸名士於明湖，賦秋柳詩，和者數百人。閨秀如李季嫻，王潞卿，蘇世璋（閩人有瑞國詩鈔）及荔鄉諸女，亦多和詩。時荔鄉蓋守兖州也。

（註二）鄭徽柔字靜軒，荔鄉姊，而黃莘田之表姊也。適陳日貫，少寡。著有芸窗寒響集。其賀莘田表弟重宴鹿鳴詩，（見閩川閨秀詩話）偶儷不凡，可以想見其才調矣。

（註三）鄭翰蓴字秋籛，荔鄉猶女，適林其茂。著有帶草居詩集畫荻編。早寡，自課其二子，皆有令名。如暮春感懷云：「几有殘書堪課讀，家無長物不知貧。」蓋實錄也。

三　福州梁氏

後於黃氏姊妹鄭氏諸女而繼起於閩南者，則梁氏一門羣從也。福州梁氏，自莔林母王淑卿後，數世嬋嫣，婦學不衰。淑卿生平喜流覽經史，通其大義，能詩而不甚注意，故所作無多。有梁氏述德詩四首，又嘗和徐雨松素心蘭詩中有云：「三宵桂窟輸清絕，萬頃芝田佇後緣。」識者謂兩句居然詩兆，梁氏之興，未有艾也。

梁莔林之叔母許鸞案，能詩，莔林幼時，卽從受五七言句法。膝前三女，皆嫺吟詠，善鼓琴，所著有琴音軒詩草。

冬夜仿古

蟋蟀鳴堂中，蕭條歲云暮。三冬守京邑，又見澤腹固。繞屋旋風聲，徧地雪花布，兀坐倚紅爐，投寒懶移步。擁被日三竿，自覺荒家務，少壯倘如此，堪知老年苦。言念倚閭人，晨昏缺調護，皤皤雙鬢滿，加餐可如故？值此霜夜嚴；誰與溫臥具，昨夜夢還家，歡與慈姑晤。喜見膝前孫，含飴屢回顧，猶餘笑聲啼，鳴雞忽驚悟。回首望高堂，白雲遮去路，未得板輿迎，寸懷自洄溯。愧彼林中烏，飛飛猶反哺，何日早旋歸，成我蘭陔賦，搔首生百憂，呵筆不成句。

茝林之室鄭齊卿工詩，其重遊西湖示兒女詩云：

賞心樂事首重回，西子湖邊又溯洄。堪笑牽衣兒女輩，黎明便集筍輿來。

朝暾看到夕陽紅，山色湖光平遠中。猛憶坡公詩句好，莫將有限趁無窮。

所云許鸞案膝前三女者，梁符瑞，蓉函，秀芸姊妹也。符瑞字紫瑛，著有崑輝閣詩稿；蓉函字韻書，著有影香齋詩鈔；秀芸早卒，少受學於茝林，工詩善畫，與諸姊唱和，獨喜作豪壯語。如山海關云：「海光時動壁，城勢欲爭山。」永安橋大雪云：「人疑騎白鳳，寒欲透華貂。」渡巨流河云「倒影萬峯環北鎮，急流千里接東瀛。」出都作云「京國陔蘭近十霜，閩雲回首轉蒼茫。今朝忽唱歸來曲，不道還鄉似別鄉。」讀諸詩，幾忘其爲巾幗語也。

茝林弟蘭笙，繼室周蕊芳，著有生紅館詩鈔。興化江口驛行濱海山徑中云：

坡壠如濤湧復斜，筍輿穩似泛輕槎。嶺雲蒸日易成雨，海岸掠風無定沙。水氣混茫搖雉堞，汀烟依約辨漁家。瀠溟萬象供吟眺，賦手何因擬木華。

茝林長女蘭省，字筠如，幼聰慧，適浦城祝普慶。未幾孀居，著有夢筆山房詩稿。茝林嘗於福州新居構東園，分爲十二景，各系以詩，和作甚多。筠如詩能按切情事，爲茝林所賞，擬勒石以存故實。其藤花吟館，榕風樓，百一峯閣，荔香齋，寶蘭堂，曼華精舍，蒲碧廊，般若臺，賓月臺，澹囦沼，小滄浪亭，浴佛泉諸詩，卽詠東園十二景也。

茝林次女蘭苕，字壽研，有杜鵑花七律詩云：

今自天台異種香，繽紛桂嶺趁韶光。風風雨雨都無損，葉葉花花正恰當。不向山程催過客，卻來官舍領羣芳。只因花鳥不同美，引得詩人興欲狂。

梁氏一門，除吾上述之外，若莖林子恭辰室楊渼皋，（註一）莖林兄澤卿之女，賦茗楚琬金英（註二）莖林弟蘭笙之女佩茳，（註三）及澤卿之孫女瑞芝，（註四）亦皆能詩。嗚呼！女子才難，梁氏獨蟬嫣數世，遠之可以媲美午夢一堂，近亦足以頡頏荔鄉諸女，豈第光輝燦爛於閨南一隅而已哉？

（註一）楊渼皋，字婉蕙，與常熟錢守璞爲文字交，有榕風樓詩存。

（註二）梁賦茗，字藻芬，喜作詠史詩，有臥雲樓詩草。楚琬，字蘭芬，襲長齡室。襲六試秋闈不第，投効吳門，楚琬有送行詩後半云：「拋梭怕學翻新樣，賦劍須爭不朽名。此日出山爲小草，好將清白繼家聲」。慷慨激昂，巾幗中高調也。著有小方壺詩草。金英，字溪如，爲澤卿第三女，著有愛荷香詩草一卷。

（註三）佩茳，字梅史，著有蕉香軒吟草。

（註四）瑞芝，字玉田，適林起鴻。嘗遊鈞龍臺，作七言懷古一首，驚其儕輩。著有香雪齋小草一卷。

第四節　錢塘婦女文學之盛

錢塘婦學，自臥月軒顧氏之後數十年，至蕉園諸子乃大昌。其後繁衍孕育者又數十年，至袁子才出而益盛。子才名枚，號簡齋，乾隆間以名進士出知江南，所至提倡風雅，獎挹後進，其影響所及，南至閩粵，北極燕魯。錢塘爲其桑梓之鄉，金陵乃所久居之地，故兩地婦女，被其聲教者尤廣。讀湖樓請業之圖，知一時紅粉，俱拜門牆，蓋自古以來，提倡婦學之力，未有如袁枚者也。

一 隨園諸妹

袁子才曾選其妹素文，綺文及秋卿詩刊三妹合稿，傳播藝林，時人比之「孝綽三妹」也。隨園詩話云：「余三妹皆能詩，不愧孝綽門風，而皆多坎坷少福澤。」蓋綺文早寡，秋卿先逝，而素文遇人不淑，尤不勝身世仳儷之感也。

素文名機，幼字於高。後高以子有惡疾，請離異，素文以爲不可，卒歸之。高子狂暴無人理，傾篋匳爲狎邪費。不足，扑挾交下，甚且以火燒灼之。姑救之，毆之折齒。既欲鬻妻以償博進。不得已，歸依母氏以居，卒憂憤以死。其弟香亭哭之云：「無家枉說曾招婿，有影終年只傍親。」又甥豫庭詩云：「誰信有才偏命薄，生教無計奈夫狂。」不啻素文悲哀生活之縮影也。著有素文女子遺稿。

挽兄子才侍者陶姬（註一）

修眉雲髻態憎憎，欲返香魂路莫尋。鍼線頻勞雙手爪，悲歡同說十年心。無家歎我因緣惡，瘦影憐君春恨深。從此綠窗金翠冷，蘭薰粉澤盡銷沉。

綺文名杼，袁枚四妹也。早寡，依兄子才於隨園。一子名執玉，十四歲詠夏雨云：「潤回青簟色涼逼采蓮人。」既而疾病，目將瞑矣，起問母曰「『舉頭望明月』下句若何？」曰「『低頭思故鄉』也。」遂點首而逝。故綺文哭子詩云：「傷心欲指靈牀問，兒住何鄉是故鄉？」（隨園詩話）所著有樓居小草。

不寐云：

暉暉明月轉西廊，寂寂空爐一炷香。替掩雙扉風作主，代翻空櫃鼠求糧。爲尋古字書抽亂，多繡繁花線放長。欹枕不須人睡穩，空教殘夢入家鄉。

秋卿名棠，袁枚從妹也。嫁揚州汪孟翊，伉儷甚篤。尋卒，汪乃序其遺稿梓之。所著曰繡餘吟稿楹書閣遺稿。

于歸揚州云：

不堪回憶武林春，嬌養曾爲膝下身。未解姑嫜深意處，偏郎愛作遠遊人。綠楊堤畔行遊子，紅粉樓中冷翠幃。爲問秦淮江上月，今宵照得幾人歸。

秋卿之卒也，袁香亭哭以詩云：「最苦高堂念，懷中小女兒。至今傳死信，未敢與親知。書遠摹多誤，人稠語屢岐。調停兩邊意，暗泣淚如絲。」（隨園詩話）所謂「懷中小女兒」者，蓋秋卿之亡以娩難故也。隨園諸妹，除上所舉三人之外，有袁傑字杼英，亦隨園從妹。再後若袁嘉，（註二）袁綬，（註三）袁淑，（註四）袁坤（註五）諸人，則隨園老人之女孫輩也。

（註一）陶氏爲袁枚姬，隨園詩話：「余所娶姬人，無能詩者，惟蘇州陶氏有二首云：新年無處不張燈，箜鼓元宵響沸騰。惟有學吟人愛靜，小樓坐看月高升。無心閒步到蕭齋，忽有春風拂面來。行過小橋池水活，梅花對我一枝開。」按陶氏生一女，嫁蔣氏，袁枚有陶姬傳。

（註二）袁嘉字柔吉，有湘痕閣詩鈔。死於洪楊之役，見王篤生崇節母傳。

（註三）袁綬字紫卿，有簪雲閣詩詞稿，夏愷爲之序。

（註四）袁淑字疏筠，有剪湘亭詞。

（註五）袁妕字小芬，有靈簫閣詩選。

二 隨園女弟子

袁子才晚年，頗收女弟子。若席佩蘭，屈秉筠，歸懋儀，陳淑蘭，吳瓊仙，金逸，王倩，廖雲錦，駱綺蘭，盧元素，汪玉軫，嚴蕊珠，汪妕，孫雲鳳，孫雲鶴……其尤著也。有隨園女弟子詩選行世。當隨園在日，袁每日登壇講詩，女弟子園侍，其善解悟者，袁乃撫摩而噢咻之，衆女以爲榮。乾隆庚戌，子才回杭拜祭先塋，寓西湖孫氏寶石山莊，女子張秉彝，徐裕馨，汪妕（註一）等十三人，以詩受業，大會於湖樓，子才以隨園雅集圖遍令題之，臨行賦詩紀其事云：「紅妝亦愛魯靈光，問字爭來寶石莊，壓倒三千桃杏樹，星娥月姊在門牆。」（雨村詩話）即所謂湖樓請業者也。子才一生享詩之福，四方執贄請謁者，桃李盈門。而閨閣才媛，奉杖履者多至「有女如雲」，以視毛西河僅收女弟子徐昭華者，奚可同日語哉！——又隨園女弟子多，以敍述之便，先及碧梧姊妹，以碧梧錢塘人也。

碧梧，碧梧雲鳳字也。八歲讀書，客出對云：「關關雎鳩。」即應聲曰：「嗈嗈鳴雁。」（隨園詩話）長適程懋亭，所著有湘筠館詩詞。郭麐謂「清新婉美，在夢窗竹山之間。」（湘筠館詞序）孫顥元曰：「花晨月夕，與其妹仙品相酬和以爲樂。後仙品之嶺南，鄭重言離，百端交集，故卷中憶妹之作居其半焉。碧梧詞愈於詩，而音多淒婉，其所遇然也。」（湘筠館遺稿跋）

碧梧詩有媚香樓歌，爲人傳誦。詩云：

秦淮煙月板橋春，宿粉殘脂膩水濱。翠帶紅裙競妝裏，垂楊句惹看花人。
香君生小貌無雙，新築紅樓喚媚香。春影亂時花弄月，風簾開處燕歸梁。
盈盈十五春無主，阿母偏憐小兒女。弄玉雖居引鳳臺，蕭郎未遇吹簫侶。
公子侯生求燕好，輸金欲買紅兒笑。桃花春水引漁人，門前繫住游仙棹。
奄黨纖兒想納交，纏頭故遣狡童招。那知西子含顰拒，更比東林結社高。

樓中剛耀雙星色，無奈風波生頃刻；易服徒悲阿軟行，重房難把臺卿匿

天涯從此別情濃，錦字書招若個通；桐樹已曾棲彩鳳，繡鞋爭肯放游蜂。

困愁久已拋歌扇，教坊忽報君王選；啼眉擁髻下妝樓，從今風月憑誰管。

柘枝舊譜唱當筵，部曲新翻燕子箋；總爲聖情憐靦覥，桃花宮扇賜簾前。

天子不知征戰苦，風前且擊催花鼓；阿監偕傳鐵鎖開，美人猶在瓊臺舞。

銀箭聲殘火尚溫，君王匹馬出宮門；西陵空見宮人泣，南內誰招帝子魂。

最是秦淮古渡頭，傷心無復媚香樓；可憐一片清溪水，猶向門前嗚咽流。

碧梧又通音律，兼工繪事。墨林今話記其佳作，如自題墨牡丹云：「白玉闌邊折一枝，春寒日日雨絲絲，人間自有清華種，多恐胭脂不入時。」荷花云：「窗對遙山水繞廬，紅衣搖落感秋初，西風吹醒閒鷗夢，香冷銀塘夜雨疎。」木芙蓉云：「十年歸夢一扁舟，楓葉蘆花惹客愁，隱映澹紅風露下，空江月白楚天秋。」梅花云：「寒梅點點寫秋釭，忽憶孤舟泊大江，夜半斷崖霜月白，一枝疎影落蓬窗。」諸詩俱有畫意也。

碧梧妹雲鶴，字蘭友，其詩秀渾可誦。如寶劍篇云：

寶劍還編在，挑燈擊節吟。恩仇千古事，湖海一生心。氣逼秋霜冷，光騰夜月沉。從軍應有賴，慷慨答知音。

送伯兄東歸云：

登高兼送遠，客淚一沾裳。歸棹隨流水，鄉心帶夕陽。秋高山落木，風急雁分行。叢菊何情緒，籬邊依舊黃。

秋夜寄懷云：

新月照庭柯，開軒雨乍過。客懷當夜永，鄉思入秋多。殘暑未消竹，涼風欲到荷。天涯時節感，不寐發長歌。

友蘭亦工詞。春融堂詞稱其「取法南宋，風韻蕭然」（自註）讀詠指甲沁園春一闋，可以窺其才情矣。詞云：

雲母裁成，春冰碾就，裹住葱尖。憶綠窗人靜，蘭湯悄試，銀屏風細，絳蠟輕彈。愛染仙葩，偶調香粉，點上些兒玳瑁斑。支頤久，有一痕鈎影，斜映腮間。摘花淸露微粘，剖繡線，雙虹掛月邊。把霓裳暗拍，代他象板，藕絲白雪，掐個連環。未斷先愁，將修更惜，女伴燈前比並看。銷魂處，向紫荆花上，故逞纖纖。

雲鶴有女金佩芬，字芷香，武進陽雨生子婦也。工白描，小篆詩詞皆雋雅，年未三十卒。（墨林今話）雲鶴之妹雲鵬，字嫻卿，著有停雲館吟草。其詩藻思綺韻，吐屬閒遠，無鉛脂習。善草書，縱逸秀勁，得魏晉人遺則。嘗作停琴佇月圖，徵詠徧諸名宿，雅人高致，亦閨閣佳話也。

（註一）張秉彝之事未詳。徐裕馨，字蘭韻，著有蘊蘭詩草，袁子才評之曰：「抱芬芳悱惻之懷，寫流管淸絲之韻。」病革時，其夫程堯文爲摹小影，倚枕作短句題之。夜聞風聲瑟瑟，起坐歎曰：「塵緣盡矣。」喃喃誦辭世詩二章而逝。蘭韻又工畫，題畫眉云：「莫向碧紗窗畔喚，美人猶是未梳頭。」卽景云：「吹燈欲禁花留影，剛捲珠簾月又來。」（西泠閨詠）極秀麗芊眠之致矣。汪妕字順哉，亦錢塘人，其詩見正始續集。

第五節　松陵之婦女文學

松陵爲文學淵藪，代挺聞人，閨閣之間，亦多名媛。溯自詞隱虞部倡導風雅，一門彬彬。下逮乾嘉，吳趨翡翠，尙湖環碧，閱百餘年，流風未沫，閨閫多才，於茲爲盛。洎夫靈芬繼起，炳蔚一時，拾香寫韻之樓，竹韻宜秋之院，山陰歸櫂，亭角尋詩，此唱彼和，足稱後勁。故論者謂松陵笠澤，紅粉多才，蓋不在錢塘下也。

一　松陵之隨園女弟子

隨園女弟子，除吾上章所述外，其籍隸松陵者，若汪宜秋，吳瓊仙諸人，已詳吾著清代婦女文學史矣。茲更略述數人如左：

嚴蕊珠，字綠華，夙慧好學，年二十而卒。著有露香閣詩草。

隨園師見過

全家雞犬翠微巔，翹首江村悵各天。公到眞同春有脚，話長惟願日如年。藍輿緩綏吟紅葉藜杖輕輕拄岫煙。莫問蓬瀛何處島，詩翁原是地行仙。

寄戴柔齋夫人

閘川煙水望迢迢，我住松陵第四橋。他日掛帆容訪戴，不逢雪夜即花朝。

憶蕙文嫂

杏花紅鎖曉妝樓，放燕簾櫳半上鉤。憶得峭寒鬟未整，看花人溜玉搔頭。

幽蘭小院逗香微，睡穩花魂蝶倦飛。憶得桐蔭雙待月。滿庭風露勸添衣。

袁淑芳，字麗卿，湘湄之妹，蓋子才之私淑弟子也。耽吟詠，與吳瓊仙數相唱和，著有拾香樓稿。又善畫，所作白描仕女風鬟霧鬢，翛然埃壒之外。而詩境亦復如此也。

題汪宜秋女士詩鈔（註一）

一卷縹緗續玉臺，清吟字字出心裁。應知如此雕雲手，定是前生帶得來。

麗卿有病起一詩，爲人所稱。詩云：

月照闌干半面斜，夜來如水裌衣加。經旬臥病紗窗裏，孤負一叢指甲花。

猶自慵慵懶下樓，憑闌閒弄玉搔頭。今朝風自來西北，東面珠簾可上鉤。

郭頻伽有題亭角尋詩圖云：「寫韻閒來足唱酬，似聞百尺拾香樓。詩成莫便移時立，多恐風簾未下鉤。」此詩末句，卽以麗卿病起詩「今朝風自來西北，東面珠簾可上鉤。」二句而作。又亭角尋詩圖爲陳秋史所作，陳麗卿夫也。

又題頻伽上舍寒壚買醉圖云：

寒聳詩人山字眉，愛看紅葉夕陽邊。若非兌酒餘杭媼，客裏憑誰乞酒錢。竹溪堂畫懶不作，蘅夢樓詞愁自吟。莫是阿兄乘醉寫，要將蒼莽鬬幽深。（題爲湘湄兄作）

佳話新翻舊酒爐，畫來山徑未模糊。他時佛座燒香去，望見青帘憶此圖。（珊珊約余二月間作西湖之遊）

袁子才有贈陳丈詩云：「訪君曾到水雲隈，更見吾家詠絮才。」（隨園詩話）所謂「吾家」者，卽袁麗卿也。麗卿亦有句云：「詩壇若準宗盟例，同姓人應作領班。」（題湖樓請業圖）更不僅僅私淑已也。

家子才叔命題十三女弟子湖樓請業圖同珊珊夫人作。

不扶鳩杖不乘船，步訪書帷日午天。贏得癡兒與嬌女，爭先出戶看神仙。

螺丸只賜女門人，自說隨園例可循。閨友莫嫌今破例，原須讓我數家珍。

畫圖纔捲又重開，白髮紅妝細認來。拼着他時遊寶石，一花一草又徘徊。

請業重圖後十三，侍公容我蝨其間。詩壇若準宗盟例，同姓人應作領班。

吳珊珊夫人瓊仙以秋夜鴛湖泛棹詩見示和作兩首（註二）

傍月魚龍輕欲飛，弄珠人卻御風歸。須防瓊姊蘭姨笑，夜露如珠涼透衣。

春秋佳日泛歸航，蓬底風來草樹香。只是負他明月色，未曾消受水天涼。

姑蘇女子金纖纖，名逸，有詩才，嫁陳竹士，亦隨園女弟子也。著有瘦吟樓詩稿，麗卿有題纖纖詩幅二絕句云：

遺墨零星欲化煙，一回展卷一淒然。衞家書格簪花句，合受香花供養緣。

未結平生半面因，詩成亦自寄我頻。而今無計親花骨，只賸靈犀一點眞。

袁子才稱「纖纖生而婐妮，有天紹之容」（小倉山房文集）讀麗卿此詩，與嚴守田之「簪花小格衍波箋，詩句新鮮字可憐。」（舟中讀纖纖夫人詩）可以想見纖纖風致矣。又松陵女子詩徵謂：「湘湄一家皆擅吟詠，幾與汾湖諸葉先後輝映。」如宋箬（字箬卿，袁湘湄室）柳綫，（字如絲，小字三多，湘湄側室。）王蕙芳，（字秋卿，有和麗卿小姑作，著有秋卿遺詩）諸人，皆有可傳之作。

（註一）汪宜秋，名玉軫，工詩善畫。所適不偶，乃賣文以自活。偶吟云：「風飄柳絮雨飄花，多少新愁上碧紗。借問過牆雙蛺蝶，春光今在阿誰家？」其境困厄，於此可見。著有宜秋小院詩。

（註二）吳瓊仙字珊珊，能詩，與麗卿善，亦隨園女弟子也。嫁黎華里詩人徐山民達源，著有寫韻樓詩草。

二　清溪吟社

隨園女弟子方盛時，松陵任心齋偕婦張允滋，與同里張紫蘩芬，陸素窗瑛，李婉兮嫩，席蘭枝蕙，文朱翠娟宗淑，江碧岑珠，沈蕙孫纕，尤寄湘澹仙，沈皎如持玉（註一）結清溪吟社，與隨園相犄角。所謂吳中十子者，近媲西泠，遠紹蕉園，洵藝林勝事。有吳中女士詩鈔。

允滋字滋蘭，號淸溪，別號桃花仙子。幼受業徐香溪女史之門，工詩文，兼寫墨梅，著有潮生閣集，赫然爲吳中十子盟主。江珠曰：「淸溪深悟詩悟，故言之溫厚，有風有雅，出入三唐，而不名一家，蓋其淸超之致，能以無爲爲工，得詩之三昧矣。」（松陵女子詩徵）

春日

虛窗靜坐夕陽斜，新竹閒庭感歲華。堪愛風輕春日暖，桃紅又見一枝花。經年庭樹留殘葉，隔浦靈禽聚淺沙。野岸池塘芳草綠，石橋南畔釣魚家。

步心齋桃花韻

簾外緋桃映日明，晚霞江上占春晴。不知何處桃源路，棹去磯頭碧水生。

心齋名兆麟，以詩名，與允滋偕隱林屋山中，琴瑟唱和。潮生閣集中酬唱之作居多，職是故也。

秋夜

一輪月色白雲明，簷外蕭蕭竹葉聲。坐久覺來人靜後，星移斗轉逼殘更。

夏夜

修竹亭亭曲檻前，碧天星月照池邊。夜深微覺涼風動，人靜當窗猶未眠。

潮生閣集有憶婉兮陸夫人幷柬令姑素窗夫人，詩云：「不滅三年字，長留一卷詩。那堪重省憶，又是菊殘時。」自註：「婉兮嘗出其外子梅垞遺稿屬心齋選存。」陸梅垞名昶，卽紅樹樓名媛詩詞之編輯人也。婉兮卽漫翁詩老其永女，著有琴好樓集。

秋夕

十二層樓夜月明，美人簾底坐吹笙。芙蓉露冷秋夜薄，飜到霓裳第幾聲。

送梅垞之白下

躑躅江畔別愁深，落月蒼蒼曙色侵。笑我祇堪謀斗酒，憐君惟有載囊琴。秋風矮屋三條燭，夜雨寒窗十載心。想到歸期眞可負，桂枝香裏細聽吟。

素窗，梅垞妹也。著有賞奇樓詩詞，蠹餘稿，羣雅集稱其：「詩才淸婉，與嫂婉兮吟詩，時稱雙璧」十愁詩云：

殘照西風碧樹秋，行雲望斷楚江樓。不知何處吹橫竹，喚起新愁與舊愁。

吳中十子詩，吾已於清代婦女文學史詳言之矣，故玆略述之。此外名媛詩話有朱宗淑月夜聞笛懷清溪云：「天寒露重不勝情，遙夜披衣坐月明。何處樓中還弄笛，落梅如雪滿江城。」一詩，則學婉兮秋夕風調矣。按宗淑字翠娟，工詩詞及駢體文，著有修竹廬吟稿，德音近稿。

（註一）張芬號月樓，允滋從妹。有兩面樓詩詞，別雁吟草，尤澹仙爲之序。澹仙一字素闈，有曉春閣詩詞。席蕙文號耘史，有采香樓詩草，自怡集，江碧岑爲之序。碧岑名珠，號小維摩，工詩詞，尤長駢文，著有清藜閣小維摩集。沈持玉字佩之，父母無子，事親以孝聞，有停雲閣稿，沈纕號散花女史，沈起鳳女，善吹洞簫，與有簫譜，所著有繡餘集，翡翠樓詩文集，浣紗詞。

第六節　汪端之自然好學齋詩

錢塘婦學，自蕉園諸子而後，才媛輩出，如方芳佩之疏朗，（註一）梁德繩之超落，（註二）黃蕉卿姊妹之聲閒雅靚（註三）沈湘佩姊妹之識見卓絕，（註四）凡此諸人，皆能獨步當時，稱霸吟壇，又不僅錢塘一隅婦女之秀也。迨後汪端挺出，益爲錢塘張目——端字允莊，號小韞，陳文述之子婦也。所著有自然好學齋詩鈔，大興舒鐵雲，婁縣姚春木均有題詞。允莊識局疏朗，其詩旨遠而辭文。論古尤有卓識，非若近時詩娃之徒，以「有情芍藥含春淚，無力薔薇臥晚枝」一派婉媚爲工也。試觀其讀史雜詠云：

少伯藏弓識禍機，五湖歸去遂幽棲。功名、脫屣眞千古，未必當年更相齊。
如雪衣冠易水邊，謾言七首竟亡燕。勝他齊建悲松柏，空事秦王四十年。
逐鹿羣豪戰血紅，高皇提劍定關中。尉佗臣漢田橫死，一樣英雄志不同。
漢室恭仁說孝文，盛時遺恨亦難平。趙談驂乘黃頭富，卻向長沙謫賈生。
豐鎬貽謀八百春，傷心九鼎竟歸秦。如何六國重興日，不立東周一後人。
徐市樓船去渺茫，驪山種樹自蒼蒼。祖龍空慕長生術，太華凌雲讓玉姜。

寧靜無爲致治平，更張祇足禍蒼生。曹參但守蕭何法，未有人嘲伴食名。

李斯殘刻佐秦王，六籍灰飛國亦亡。若使當年爲逐客，不悲黃犬向咸陽。

允莊集中有讀晉史詩數章，筆力雄健，議論賅博，蕭掄稱：「小韞記誦賅洽，其舅雲伯嘗於十七史中舉隱僻事問之，輒應口對，及觀所作讀晉書與諸論古之作，信乎其熟於史也。」（自然好學齋詩序）

小韞爲汪琴雲姪女，嘗以詩寄呈琴雲云：

美人雲影在西湖，誰識青溪最小姑。殘墨冰甌和雨滌，迴風羅袂倩花扶。熏香靜展藏眞帖，拂素春臨望遠圖。絕似當年曹比玉，瓊簫吹徹月明孤。

又題河東君小像詩後云：

嬋娟閨集費搜羅，翠羽蘭膏指摘多。冷雨幽窗圖倩影，愛才終讓顧橫波。

允莊嘗選明三十家詩，頗具獨識。梁楚生評之曰：「允莊所選以清蒼雅正爲宗，一掃前後七子門逕，於文成、青邱、清江、孟載諸人表章尤力。至於是非得失之故，興衰治亂之源，尤三致意焉。讀是書者，不特三百年詩學源流，朗若列眉；卽三百年之是非得失，亦瞭如指掌，選詩若此，可以傳矣」（明三十家詩選序）

序允莊自然好學齋詩集者，有管筠字湘玉，陳文述之副室也。所著有小鷗波館詩鈔。

詠西湖詩

淡妝濃抹問何如，周昉丹青好畫圖。環翠春山凝淺黛，橫波秋水湛清矑。苧蘿原是傾城豔，花柳都疑絕世姝。若把西湖比西子，西湖應是美人湖。

題桃花扇

絲竹蒼涼酒一樽，南朝遺事寫温存。江山誰墮新亭淚，花月空鎖舊院魂。公子才名歸黨局，美人消息種愁根。不堪重話青溪事，落葉如霞冷白門。

江山青山翠黛浮，當年遺事水東流。玉臺已破菱花鏡，紅粉甘居燕子樓。複壁人遙梁苑暮，重門天遠秣陵秋。美人恨血燕支色，一握冰紈弔莫愁。

軼事何年記板橋，才人細意譜冰綃。北來鼙鼓連三月，南渡煙花又六朝。水閣祇今聽暮雨，石城依舊上寒潮。新聲大有離騷意，一片滄桑付紫簫。

漏舟歌舞事經年，狎客新詞十種箋。宰相無權驕帥鎮，君王有詔選嬋娟。不聞戰馬嘶金鼓，終見宮車走翠鈿。讀到雲亭新樂府，南都遺事總淒然。

此詩激昂感歎，與孫碧梧媚香樓歌同稱佳作。陳文述詩集中有秦淮訪李香君故居，題桃花扇樂府後七絕十六首，其末首云：「掌書捧硯坐桐霞，七字新題寫碧紗。解爲寒光寫任俠，鷗波仙子碧城花。」卽指湘玉而言，桐霞亦湘玉所居館名。又文靜玉字湘霞，亦陳文述副室，著有小停雲館詩鈔。此外又有汪菊孫者，字靜英，汪小韞爲其從姑，靜英幼時嘗請業焉，著停雲佇月軒詩鈔，其詩亦取法靑邱。卒後，魏滋伯廣文評選其稿付刋。

（註一）方芳佩字芷齋，錢塘人，適汪新，著有在璞堂集。王鳴盛稱「芷齋之詩，剪刻明淨，欲以幽好遯羣言志之篇，宛轉而纏緜，體物之作，透發而瀏亮，譬則秋蘭叢菊，嫣然風露之外。」（在璞堂吟稿序）芷齋三女嗣徽、畹姝、靜姝及子婦王雲芝，一門耽詠，皆以芷齋爲師，足以遠追班左，近邁商祁矣。

（註二）梁德繩字楚生，著有古春軒詩鈔，阮元爲之作傳。冷廬雜識記其斷句：「薄雲漏日明孤塔，新水涵秋淡還天。（郎景呈夫子）江山勝處詩尤健，兒女多時宦亦愁。（送樓山四兒之粵西任）皆爲集中佳句也。」

（註三）黃巽字順之，號蕉鄉，梁紹壬室，有聽月樓詩。妹履，字頴卿，工詩詞，通天文算學，作寒暑表千里鏡，與常見者迥別。鏡於方匣上布鏡四，就日中照之，能攝數里外之影，平列其上，歷歷如繪。讀書過目不忘，亦閨中異才也。著有琴譜及詩詞稿。

（註四）沈湘佩名善寶，著有鴻雪樓集，名媛詩話。富呢楊阿稱其詩：「至情流露，深得溫厚和平之旨」（鴻雪樓詩集序）妹善芳，字蘭仙，能詩，卒年僅十九。其詩見杭郡詩三輯。

第七節　清代婦女文學之尾聲

清季浙中婦女能詩者雖多，然大抵清俊柔婉，情致纏綿。惟山陰秋瑾女俠詩，跌宕縱橫，有不可一世之概，絕無半點脂粉氣。女俠一枝生花筆，實可橫掃千人也。遺集有秋瑾詩詞一卷，蘇元瑛章炳麟爲之序。

感懷詩

飄泊天涯無限感，有生如此復何歎。傷心鐵鑄九州錯，棘手棋爭一着難。大好江山供醉夢，催人歲月易溫寒。陸沈危局憑誰挽，莫向東風倚斷欄。

中江題壁

又是三千里外程，故鄉回首倍關情。高堂有母髮垂白，同調無人眼不青。懊惱襟懷偏泥酒，支離心緒怕聞鶯。疎枝和月都消瘦，一枕淒涼夢未成。

女俠善飲酒，習騎馬，好劍俠傳，慕朱家郭解之爲人。明媚倜儻，儼然花木蘭，秦良玉之倫也。當其留學日本時，往來東瀛，恆以短劍自隨，故集中多詠劍之作。其古劍歌一首，悲壯淋漓，直想見其拔劍高歌氣概，眞豪傑也。詞云：

若耶之水赤堇鐵，鍊出霜鋒凜冰雪。歐冶爐中造化工，應與世間凡劍別。夜夜靈光射斗牛，英風豪氣動諸侯。也曾渴飲樓蘭血，幾度功銘上將樓。何期一旦入君手，左手把劍右把酒。酒酣耳熱起舞時，天矯如見龍蛇走。肯因乞米向胡奴，誰識英雄困道途。名刺懷中半磨滅，長劍居處食無魚。熱腸古道宜多毀，英雄末路徒爾爾。差遍天涯知者稀，手持長劍爲知己。歸來寂寞閉重軒，燈下摩挲認血痕。君不見孟嘗門下三千客，彈鋏由來解報恩。

集中又有紅毛刀歌一首，更爲雄壯。如云：「抽刀出鞘天爲搖，日月星辰芒驟韜。斫地一聲海水立，露鋒三寸險風號。陸剸犀象水截蛟，魍魎驚避魑魅逃。遭斯刀者凡幾輩，髑髏成臺血湧濤。」此歌如和以銅琵鐵板，則一聲高唱，必能愁天地而驚鬼神也！

女俠詞亦多作壯語。集中如滿江紅感懷諸闋：「骯髒塵寰，問幾個男兒英哲？算只有娥眉隊裏，時聞傑出。」正如其詩句「謫來塵世恥爲男」，頗能自占身分也。

又唐多令秋雨云：

腸斷雨聲秋，烟波湘水流；悶無言，獨上妝樓。憶到今宵人已去，誰伴我，數更籌。

寒重冷衾裯，風狂亂幙鈎，挑燈重起倚熏籠。窗內漏聲窗外雨，頻點滴，助人愁。

浪淘沙秋夜云：

窗外落梧聲，無限淒清。蛩鳴啾唧夜黃昏，秋夜感人眠不得，細數鼉更。

斜月上簾紋，竹影縱橫，一分愁作十分痕。幾陣吹來風乍冷，寒透羅衾。

女俠奔走革命，後爲清廷所繫，代碧入地。一時士女，多作詩哀之，其見秋瑾女俠寃錄，茲擇錄數詩，石湖菱女詩云：

生成俠骨逼人寒，如此風波不忍看。遙望斷頭臺上拜，香花斗酒奠羅蘭。

風風雨雨復朝朝，碧血青燐恨未消。兒女英雄同一哭，不堪嗚咽浙江潮。

又女士某詩云：

莫把無情說有情，杜鵑啼血一聲聲。從今嗚咽錢塘水，也向秋風激不平。楚歌四面家何在，隻手回天事本難。寄語兒曹休學問，庸愚無識轉平安。

鑑湖女俠之歿，桐城吳芝瑛亦撰聯誌其墓門云：「一身不自保，千載有英名。」集文選句，立言亦殊得體。吳女士爲吳摯甫汝綸之猶女，以書法名海內，生平勇於爲義，不避艱險，閨閣中之有俠氣者。杭州西湖小萬柳堂係女士與其夫廉南湖借隱讀書之所，中懸女士肖像，有自寫近體詩云：「天地蒼茫百感身，爲君收骨淚沾襟。秋風秋雨山陰道，太息難爲死後人。」蓋營葬秋瑾女俠時所作。女俠有女王燦芝，磊落能文章，綽有母風。幼時曾寄養吳女士家，女士撫若己出。今女士垂垂老矣，兩家往來逾骨肉，眞可風也。又吾之所述僅及女俠文學，至其關於革命事業，世多有知之者，故不贅。

參考書目

杭郡詩輯一百卷　錢塘丁申編局刻本
檇李詩繫四十二卷　清沈季友編原刻本
續檇李詩繫四十卷　平湖胡昌基編原刻本
國朝閨秀正始集　惲珠編初刊本
清代閨秀詩鈔八卷　清暉樓主人編中華新教育社石印本
清代閨閣詩人徵略十卷補遺一卷　施淑儀編崇明女子師範鉛印本商務印書館代售
隨園女弟子詩選　袁枚編石印本
隨園詩話　袁枚編掃葉山房本
名媛詩話　沈湘佩編石印本
然脂餘韻六卷　王蘊章編商務印書館出版

碧城仙館女弟子詩　活字本

國朝閨閣詩鈔不分卷　德化蔡殿齊輯共一百家初印本

江蘇詩徵一百八十三卷　王豫編初刻本

西泠閨詠十六卷　錢塘陳文述編白紙本

西泠仙詠三卷　陳文述編白紙本

蘭茵集二卷　陳文述編白紙本

兩浙輶軒錄四十卷補遺十卷　阮元編局刻本

兩浙輶軒續錄五十四卷補遺六卷局刻初印

全閩詩話（宮閨一卷）　清鄭方坤編

閩川閨秀詩話　梁章鉅編

自然好學齋詩集　清汪端撰初刊本

清詩別裁集　沈德潛編掃葉山房石印本

小檀欒室彙刻閨秀詞百種詞鈔十六卷補遺一卷續補四卷　南陵徐乃昌編初刻白紙本

閨秀百家詞選　此乃前書選本掃葉山房石印

秋瑾詩詞　劍湖女俠秋瑾撰章炳麟輯日本鉛印本

民國廿一年九月初版發行

實價大洋一元
（實價不折不扣 外埠酌加寄費）

婦女問題研究會叢書
"中國婦女文學史綱"

有著作權不許翻印

編著者 梁乙真

發行者 杜海生 上海東百老匯路仁興里

印刷者 美成印刷公司 上海東熙華德路餘慶里

總發行所 上海四馬路九五號 電報掛號七〇五四 開明書店發行所

分發行所 廣州惠愛東路 北平楊梅竹斜街 漢口中山路 開明書店分店